LA FORZA DI GILLIAN

Team Delta Due, Libro 1

SUSAN STOKER

Titolo originale: *Shielding Gillian*

Traduzione dall'inglese di Patrizia Zecchin per One More Chapter Translations

Editing di Nadia Carena

Trovare Lexie
Trovare Kenna
Trovare Monica
Trovare Carly
Trovare Ashlyn (7 Febbraio)
Trovare Jodelle (22 Luglio)

Armi & Amori: verso il futuro

Soccorrere Caite
Soccorrere Brenae
Soccorrere Sidney
Soccorrere Piper
Soccorrere Zoey
Soccorrere Avery
Soccorrere Kalee
Soccorrere Jane

Delta Force Heroes

Salvare Rayne
Salvare Emily
Salvare Harley
Il Matrimonio di Emily
Salvare Kassie
Salvare Bryn
Salvare Casey
Salvare Sadie
Salvare Wendy
Salvare Mary
Salvare Macie
Salvare Annie

Armi e Amori

Proteggere Caroline

Proteggere Alabama
Proteggere Fiona
Il Matrimonio di Caroline
Proteggere Summer
Proteggere Cheyenne
Proteggere Jessyka
Proteggere Julie
Proteggere Melody
Proteggere il Futuro
Proteggere Kiera
Proteggere i figli di Alabama
Proteggere Dakota

Mercenari di Montagna

Difendere Allye
Difendere Chloe
Difendere Morgan
Difendere Harlow
Difendere Everly
Difendere Zara
Difendere Raven

Ace Security

Il riscatto di Grace
Il riscatto di Alexis
Il riscatto di Bailey
Il riscatto di Felicity
Il riscatto di Sarah

Una raccolta di storie brevi

Un momento nel tempo

Nel gennaio del 2018, io e il signor Stoker abbiamo girato una puntata per l'emittente HGTV intitolata Mountain Life. Ho intrapreso una conversazione sulla mia carriera con la produttrice, e si è lamentata per non aver mai visto il suo nome in un libro. Be', Gillian, questo è per te!

CAPITOLO UNO

GILLIAN ROMANO CHIUSE gli occhi e appoggiò la testa sul sedile. Era esausta... ma in senso positivo. L'evento che aveva impiegato mesi della sua vita a pianificare, si era svolto senza intoppi. Inizialmente l'aveva innervosita che si tenesse in Costa Rica, ma visto che era andato tutto per il meglio, sapeva che probabilmente le sarebbero arrivati molti più contratti.

L'amministratore delegato della Pillar Custom Homes di Austin, Troy Johnson, l'aveva contattata quasi un anno prima per chiederle se avrebbe potuto organizzare tutti gli aspetti di un viaggio per ringraziare i clienti più prestigiosi dell'azienda.

Aveva risposto positivamente, poi era andata subito fuori di testa. In qualità di organizzatrice di eventi, Gillian era abituata a organizzare matrimoni, feste di compleanno e gala di beneficenza, nelle aree di Killeen e Austin. Il suo nome era stato consigliato al signor Johnson dal presidente di un rifugio per animali locale, che l'aveva assunta l'anno prima per organizzare la loro cena annuale per la raccolta fondi. Si era servito della Pillar Custom Homes per costruire la propria casa e lo aveva indirizzato da lei.

Il signor Johnson aveva invitato all'evento una dozzina dei suoi clienti più stimati e le loro famiglie, nonché alcuni dei nomi più influenti del settore immobiliare di Austin. Gillian era stata responsabile di tutti gli aspetti del viaggio di quattro giorni. Dall'organizzazione del volo e del trasporto, alla prenotazione delle suite private nell'hotel, alla selezione delle opzioni di intrattenimento per il soggiorno. Era stata la cosa più difficile che avesse mai fatto, soprattutto considerando che aveva dovuto fare la maggior parte della pianificazione da remoto, ma tutto era andato alla grande, se le era concesso dirlo.

Sorridendo, si lasciò sfuggire un lungo sospiro di soddisfazione. Aveva salutato gli ultimi ospiti il giorno prima e trascorso una giornata nel bellissimo resort costaricano, crogiolandosi nella sensazione di un lavoro ben fatto e prendendosi un meritato riposo.

Stava tornando a casa e non vedeva l'ora di raccontare alle sue migliori amiche – Ann, Wendy e Clarissa – quanto fosse bella la Costa Rica e quanto fosse andato bene l'evento.

Spalancò gli occhi quando sentì uno strano rumore provenire dalla sezione della prima classe dell'aereo. Guardando al di là del sedile davanti a lei, vide che quasi tutti i passeggeri erano in piedi. Non si allarmò, finché non sentì una donna fare un verso che le fece rizzare i peli sulle braccia; era un misto di incredulità e terrore.

Prima di riuscire a fare qualcosa di più che aggrottare la fronte, un uomo apparve nella parte anteriore della classe economica. Teneva in mano un fucile. Lo puntò in aria e disse qualcosa in spagnolo, provocando grida inorridite da parte delle persone intorno a Gillian, molte delle quali iniziarono a piangere.

Paralizzata dalla paura, quasi non riuscì a credere a ciò che stava sentendo quando l'uomo passò all'inglese e disse: «Sono Luis Vilchez, a nome del Cartello dei Soli, io e i miei amici abbiamo preso il controllo dell'aereo e atterreremo nella nostra patria, il Venezuela. State calmi, non fate nulla di stupido, e potreste vivere abbastanza a lungo da vedere un altro giorno.»

Gillian era incredula. Il suo aereo era stato *dirottato*? Com'era possibile che stesse succedendo? Mai, nemmeno in un milione di anni avrebbe pensato che sarebbe potuta succedere una cosa del genere dopo l'11 settembre, con le compagnie aeree che avevano rinforzato la sicurezza.

Ma d'altronde, non era negli Stati Uniti. In effetti, quando si era resa conto di aver dimenticato di mettere nel bagaglio da stiva il coltellino tascabile che le aveva dato Clarissa per proteggersi, era rimasta sorpresa di aver superato la sicurezza costaricana con la piccola arma nella borsetta.

Ma come aveva fatto il tizio a portare un *fucile* a bordo? Era un passeggero?

Osservando con più attenzione, si rese conto che era vestito come uno degli assistenti di volo. Tuttavia, ora che ci pensava, probabilmente avrebbe potuto introdurre di nascosto l'arma sull'aereo in diversi modi... soprattutto se avesse avuto l'aiuto di un complice che lavorava all'aeroporto.

L'uomo fece un cenno a qualcuno di fronte a lui e quando Gillian si voltò, vide che c'erano altri tre uomini nei corridoi con dei maledetti fucili.

Merda, merda, merda.

Deglutendo a fatica, sussultò quando ci fu un altro urlo

in prima classe, e girò di nuovo la testa. Il tizio che aveva parlato con loro guardò dietro di sé, poi tornò ai passeggeri e puntò il fucile contro una donna seduta in prima fila. «Tu. Ritira i passaporti a tutti.»

La signora si alzò visibilmente scossa.

«Tirate fuori subito i passaporti!» disse ad alta voce il dirottatore. «Li consegnerete a questa donna.» Quando tutti rimasero bloccati dalla paura, si accigliò e senza ulteriori esitazioni, si voltò verso un uomo seduto nella prima fila e gli sparò alla testa.

Il poverino si rovesciò a terra, e seguirono altre urla di terrore da parte dei suoi compagni di viaggio.

Gillian era sotto shock, non riusciva a emettere un suono. Non poteva fare altro che fissare a occhi spalancati ciò che stava accadendo proprio di fronte a lei.

«Ho detto di tirare fuori i passaporti... *subito*!» gridò il dirottatore, sia in spagnolo sia in inglese.

Come Gillian, la giovane coppia che aveva accanto si chinò iniziando subito a rovistare nelle borse. Porse il libricino blu alla donna scelta per raccoglierli e che si spostava lungo il corridoio. La sua mano tremò mentre la oltrepassava e, per un solo secondo, catturò il suo sguardo. Era completamente terrorizzata.

Con tutta la confusione e il panico tra i passeggeri, non aveva pensato molto a ciò che il dirottatore aveva detto in precedenza, ma lo fece in quel momento; stavano andando in Venezuela. Non era aggiornata sugli avvenimenti recenti, ma era comunque a conoscenza della grave instabilità in cui si trovava il Paese in quel periodo. E il tizio aveva detto che faceva parte di un gruppo, un "cartello" di qualche tipo.

Di solito significava droga.

Troppo spaventata per distogliere lo sguardo dal dirottatore, Gillian si rese conto di respirare con affanno. Stava succedendo davvero. Gli uomini che avevano preso il controllo avevano già ferito delle persone. Ucciso qualcuno.

Sentì l'aereo virare a destra con una manovra improvvisa e d'istinto allungò la mano per tenersi salda al sedile.

Le cose erano due, o i piloti erano coinvolti nel complotto oppure i dirottatori li avevano obbligati; stavano *davvero* girando per tornare verso il Sud America.

Pensò per un attimo di tirare fuori il cellulare per vedere se funzionava, ma non aveva idea di chi chiamare. Il 9-1-1, non era un'opzione. Le sue amiche? E cosa avrebbero potuto fare?

«Le donne davanti, gli uomini dietro!» ordinò una nuova voce dietro di lei.

Gillian si voltò a guardare e vide che gli altri dirottatori stavano separando i passeggeri. La donna accanto a lei piagnucolò e suo marito le sussurrò qualcosa, ovviamente cercando di calmarla e rassicurarla.

Il braccio dell'uomo fu tirato di colpo verso l'alto da uno dei dirottatori che lo trascinò verso il retro dell'aereo. Gillian si alzò subito e si lasciò spingere in avanti. Inciampò entrando in prima classe e si bloccò davanti alla carneficina intorno a lei.

Quasi tutti gli uomini e le donne erano stati uccisi; a un certo punto, nel mezzo del caos generale, forse mentre venivano ritirati i passaporti, avevano tagliato loro la gola.

Vide anche tre assistenti di volo sdraiati immobili.

Ebbe un secondo per pensare di essere grata che l'aereo non fosse pieno, prima che il suo braccio venisse afferrato in una presa brutale. Alzando lo sguardo in preda al panico, fissò gli spietati occhi castani del dirottatore che aveva sparato con tanta calma all'uomo della prima fila.

«*Tu*. Sarai la nostra portavoce con le autorità» dichiarò.

Gillian scosse la testa, ma non riuscì a parlare. Non voleva avere niente a che fare con tutto quello. Voleva rannicchiarsi in un angolo ed essere invisibile.

L'uomo si chinò su di lei e l'odore del suo corpo le assalì i sensi. Puzzava di sudore e cipolle e si sforzò di non vomitare. «Hai due scelte» le disse con calma. «Essere il nostro portavoce o morire.» Poi le lasciò andare il braccio e si raddrizzò. Sollevò il fucile e le mise la canna contro la fronte. Era calda e sembrava che le stesse scavando un buco nel cranio.

Deglutendo a fatica, Gillian sussurrò: «Sarei felice di parlare con chiunque tu voglia.»

Le sue labbra si piegarono verso l'alto in un sorriso malvagio e soddisfatto, mentre abbassava l'arma. «Come immaginavo.» Quindi, l'afferrò di nuovo per il braccio e si fece strada tra donne e bambini terrorizzati trascinandola nell'area riservata agli assistenti di volo, dove l'equipaggio preparava cibo e bevande per i passeggeri.

La spinse a terra e Gillian scivolò indietro finché la sua schiena non sbatté contro un lato dell'aereo. «Tanto vale che ti metta comoda, abbiamo un po' di tempo prima di arrivare a Caracas» le disse il dirottatore.

Chiuse gli occhi, ma non riuscì a bloccare i suoni: donne che piangevano, i terroristi che minacciano i passeggeri, occasionali spari terrificanti.

Tutt'intorno la gente stava morendo... e lei era completamente impotente. Odiava quella sensazione. Ma sapeva anche che, se voleva sopravvivere, non c'era niente che potesse fare se non cercare di mantenere la calma e fare come le era stato ordinato.

———

Trigger sfogliò cupo la cartella con le informazioni che gli erano state fornite prima che lui e il resto del suo team Delta Force salissero a bordo del volo per Caracas, in Venezuela. Due giorni prima, un aereo diretto dalla Costa Rica a Dallas era stato dirottato e portato nel Paese sudamericano.

Ora era parcheggiato sulla pista di decollo da quasi quarantadue ore, e i dirottatori aspettavano che le loro richieste venissero soddisfatte.

Il gruppo aveva affermato di essere associato al Cartello dei Soli, coinvolto nel traffico internazionale di droga. Era un'organizzazione presumibilmente guidata da membri di alto rango delle forze militari del Venezuela, nonché da alcuni dei più influenti dipendenti del governo. Non molto tempo prima infatti, il nipote della first lady del Paese, era stato arrestato per aver tentato di far entrare negli Stati Uniti ottocento chili di cocaina per il cartello.

A Trigger non importava un cazzo della droga *o* dell'uomo che i dirottatori stavano tentando di far uscire di prigione. Hugo Lamas era un agente di frontiera in Venezuela, ed era stato incarcerato all'inizio di quell'anno per aver preso tangenti e aver lasciato passare milioni di dollari di droga attraverso i suoi posti di blocco.

Quello che gli *importava* erano i ventiquattro americani rimasti sull'aereo; dodici donne, dieci uomini e due bambini. Era preoccupato anche per la dozzina di cittadini che si trovavano a bordo, provenienti dalla Costa Rica, dal Messico, dal Canada, dal Giappone, dalla Colombia, dal Panama, dal Nicaragua e dall'India.

L'intero team Delta Force pensava che le richieste fossero una cazzata. Non era possibile che il Cartello dei Soli si preoccupasse di un agente di frontiera, non tanto da arrivare a dirottare un aereo. Ma al momento, non gli interessava quale fosse il loro vero scopo, voleva solo capire come salire su quel velivolo e far fuori quegli stronzi che pensavano fosse giusto terrorizzare civili innocenti.

I rapporti dal Venezuela dicevano che i cadaveri erano stati scaricati sulla pista. I dirottatori non stavano scherzando. Non si erano solo limitati a minacciare di uccidere le persone, l'avevano già fatto. E a ogni ora che passava, sempre più vite erano in pericolo.

I Delta erano stati chiamati ad assistere perché specializzati in missioni di recupero ostaggi. Quel tipo di salvataggi non erano esattamente i preferiti di Trigger. La possibilità che venissero ferite molte persone era estremamente alta. Odiava sapere che i passeggeri sarebbero potuti morire per far sì che loro raggiungessero i dirottatori. Era probabile che quegli stronzi avrebbero usato uomini e donne come scudi per cercare di sopravvivere.

«A cosa stai pensando?» gli chiese Lefty.

Sospirando, Trigger si rivolse al suo amico e compagno di squadra. «Penso che questa cosa puzzi da morire.»

Annuendo, l'altro concordò: «Lo so. Qualcosa non quadra.»

«I conti non tornano» intervenne Grover. «Voglio dire, il governo venezuelano odia gli Stati Uniti. E con tutte le voci che circolano, secondo cui sono pesantemente coinvolti con il Cartello dei Soli, perché avrebbero dovuto chiamarci per uccidere la loro stessa gente?»

«A meno che questo gruppo *non sia* la loro gente» disse Brain.

Tutti annuirono.

«Questo avrebbe senso» confermò Trigger. «Potrebbero essere incazzati che qualcuno abbia dirottato l'aereo usando il loro nome, e vogliono inviare un messaggio.»

«Ma a quale prezzo?» chiese Oz.

«Non gliene frega niente delle vite innocenti» sbuffò Doc. «Non si preoccupano di nient'altro che di restare al potere e fare soldi. A molti di loro non interessa nemmeno dei *propri* connazionali e delle donne che muoiono di fame e che soffrono, di certo non si preoccuperanno di un gruppo di stranieri.»

«E non ho dubbi che ci abbiano coinvolti in modo che se le cose dovessero andare male, possono dare la colpa a noi» aggiunse Lucky disgustato.

Trigger si passò una mano tra i capelli e sospirò agitato. «Non importa il motivo, dobbiamo solo fare tutto il necessario per fare uscire vive il maggior numero di persone.»

Il resto della squadra annuì d'accordo.

«Quali sono le ultime informazioni?» chiese a Brain.

Il compagno sfogliò la sua documentazione e disse: «Sembra che uno dei passeggeri stia comunicando con il negoziatore.»

«Furbi. Quindi non possiamo usare un software di riconoscimento vocale» dichiarò Lucky.

«Esatto» concordò Brain. «Inoltre, sembra non abbiano molta fretta. Hanno chiesto le solite cose, tipo "portateci cibo e acqua o inizieremo a uccidere i passeggeri", ma per il resto sembra che stiano solo lì nascosti in attesa.»

«Di cosa?» chiese Grover.

«Nessun indizio» rispose Brain.

«Chi è il passeggero che fa da tramite?» domandò Trigger.

Brain spostò delle carte. «L'FBI ha raccolto delle informazioni di base su tutti i passeggeri statunitensi a bordo. Il portavoce è identificato come Gillian Romano. Trent'anni, single, organizzatrice di eventi di Georgetown, Texas. Risulta pulita. Un metro e settantaquattro, capelli biondi, occhi verdi, ottantaquattro chili. Ha conseguito la laurea presso l'Università del Texas ad Austin, e ha svolto una serie di stage prima di avviare la propria azienda circa quattro anni fa. Entrambi i genitori sono vivi e stanno ancora insieme; vivono in Florida. È stata in Costa Rica per sette giorni, a quanto pare era responsabile di una grande festa organizzata dalla Pillar Custom Homes di Austin. Gli ospiti se ne sono andati tutti il giorno prima di lei.»

«Pensi che sia coinvolta in qualche modo?» chiese Lefty.

«No» rispose subito Brain. «Ho alcune delle trascrizioni delle telefonate che ha avuto con il negoziatore, si capisce che è qualcosa fuori dalla sua portata. Sta facendo un buon lavoro per quanto riesca, ma lo stronzo con cui ha parlato di certo non ha aiutato.»

«Prendiamo il controllo noi della negoziazione?» chiese Doc.

«Cazzo, sì» Trigger rispose al posto di Brain. Aveva visto anche lui le trascrizioni. Gillian Romano era chiaramente spaventata, ma aveva comunque fatto il possibile per mantenere calmi i dirottatori e per dare ai passeggeri ciò di cui avevano bisogno per sentirsi a loro agio. Supponeva che le sue capacità derivassero dal fatto di essere un'organizzatrice di eventi.

«Atterreremo nello stesso aeroporto, sull'unica pista che è ancora aperta» li informò Brain. «Ma non ci è permesso di lasciare il posto. Il governo non ci vuole nel loro Paese e soprattutto non vuole che gironzoliamo.»

«Stronzi» disse Oz sottovoce.

«Allora qual è il piano?» chiese Doc.

Trigger si schiarì la gola. «Andiamo lì, sostituiamo lo stronzo al telefono che sta negoziando con la signorina Romano e vediamo di riuscire a ricavare quante più informazioni possibili da lei. L'idea è di spacciarci per i fattorini che riforniscono l'aereo, eliminare i dirottatori e mettere in salvo i passeggeri.»

Grover ridacchiò. «Be', *sembra* facile... o anche no.»

Trigger non sorrise nemmeno. «Non lo sarà. Lo sappiamo tutti. Quegli stronzi potrebbero stancarsi di aspettare. Molto probabilmente è tutta una falsa pista, un diversivo per qualunque sia il vero piano. Dobbiamo stare vigili. Non fidarci di nessuno. Sono atterrati in Venezuela per un motivo, ma qualunque sia non ha importanza finché quei passeggeri non saranno al sicuro. Capito?»

Tutti furono subito d'accordo. La loro missione era il salvataggio degli ostaggi. Nient'altro. Spettava alla CIA, all'FBI, alla DEA e a chiunque altro fosse coinvolto, capire le ragioni dietro il dirottamento.

Ma anche se i membri del team rimasero in silenzio, persi nei propri pensieri sulla missione imminente, Trigger non poté fare a meno di sentirsi a disagio. C'era qualcosa che non quadrava nell'operazione, e salire su un aereo senza essere scoperti era impossibile. Civili innocenti stavano per morire, era indubbio.

Il suo pensiero tornò a Gillian Romano, il collegamento designato dai dirottatori. Solo leggendo le trascrizioni poteva dire che era una donna intelligente. Stava facendo del suo meglio per non farsi prendere dal panico, cosa che lui ammirava. Non molti degli ostaggi con cui aveva avuto a che fare nel corso degli anni, erano riusciti a mantenere la calma come lei. Anche se non aveva sentito la sua voce e non poteva leggere le sue emozioni attraverso le parole scritte, poteva comunque dire che era terrorizzata. E per qualche ragione, ciò lo turbava.

Era ridicolo. Trigger non aveva idea di che aspetto avesse o di che persona fosse. Magari era un'arpia, o una ragazza vanitosa preoccupata solo di quanti selfie avrebbe potuto pubblicare sui social. Ma non pensava fosse così.

Forse era stato insieme a Ghost e alla sua squadra per troppo tempo. Forse desiderava un po' troppo di riuscire a trovare qualcuno da poter amare e apprezzare come facevano quelli dell'altro team con le loro donne e famiglie. Non poteva negare di essere pronto. A trentasette anni, si sentiva come se la sua vita gli stesse passando davanti. Voleva quello che avevano i suoi amici.

Voleva che qualcuno fosse lì quando tornava a casa dopo una missione difficile. Qualcuno con cui poter ridere, con cui poter abbandonare del tutto la sua facciata dura e che gli facesse sentire che valeva la pena fare quel lavoro pericoloso.

Aveva sempre pensato di avere un sacco di tempo. Ma ora era vicino ai quaranta, non era affatto vecchio, però non poteva comunque fare a meno di avere la sensazione che una parte essenziale della sua vita gli stesse sfuggendo.

Scuotendo la testa, cercò di riprendere il controllo. Nel bel mezzo di un'operazione impossibile, che molto probabilmente sarebbe finita con la morte di troppe persone, non era il momento di iniziare a pensare alla sua vita sentimentale... o alla mancanza di essa.

Scacciando quei pensieri personali inappropriati, fece del suo meglio per formulare un piano. Sarebbe stato lui a subentrare al negoziatore; era bravo in quello. Il resto della squadra avrebbe esplorato l'area e raccolto quanti più dettagli possibili, per poter trovare il modo più sicuro per prendere d'assalto quell'aereo.

Stiamo arrivando, Gillian, promise silenziosamente Trigger. *Tieni duro ancora un po', stiamo arrivando.*

CAPITOLO DUE

Gillian cercò di non andare in iperventilazione. Avrebbe voluto essere ovunque tranne che lì. Non voleva negoziare per i mostri che avevano preso il controllo dell'aereo. Non voleva essere la persona responsabile del fatto che gli altri vivessero o morissero. Ma non aveva scelta.

Il dirottatore che sembrava essere al comando, quello che aveva detto a tutti di chiamarsi Luis, le aveva messo in mano un cellulare non appena atterrati obbligandola a parlare con la persona dall'altra parte della linea.

Stava parlando da quasi due giorni con lo stronzo condiscendente assegnato a comunicare con lei e i terroristi, e il tizio si stava comportando come se fosse una ragazzina stupida che non capiva la situazione.

Ma Gillian capiva più di *lui*. Aveva capito che quando non aveva accettato di inviare subito acqua e cibo all'aereo, qualcuno sarebbe morto. E infatti era successo. Un altro dei dirottatori, Jesus, aveva sparato a un uomo alla tempia e lo aveva gettato fuori dall'aereo. Non avrebbe mai dimenticato il tonfo del corpo che atterrava sul cemento sottostante.

Il cibo e l'acqua erano stati consegnati poco dopo.

Aveva detto all'uomo dall'altra parte della linea che i dirottatori volevano che facessero uscire di prigione qualcuno di nome Hugo Lamas, e lui le aveva solo risposto che ci stavano lavorando. Temeva che presto, "lavorarci", non sarebbe più bastato. Luis stava diventando impaziente e voleva le prove che il governo stesse facendo qualcosa per liberare il suo amico.

Il bastardo la afferrò di nuovo e Gillian sussultò. Aveva lividi viola intenso su tutto il braccio perché agli stronzi piaceva maltrattarla. Si chinò e la minacciò ancora una volta: «Di' loro che stiamo perdendo la pazienza. Devono smetterla di cazzeggiare e rilasciare Hugo. Abbiamo occhi puntati sulla prigione e sappiamo che stanno solo prendendo tempo. Inoltre, informali che devono rifornire di carburante quest'aereo. Una volta rilasciato Hugo, ce ne andremo da qui. Se continuano a temporeggiare, moriranno altre persone. Tutto questo avrebbe potuto già essere finito se solo avessero fatto ciò che diciamo, cazzo!»

Gillian fissò l'uomo scioccata. La sua barba stava diventando sempre più arruffata di giorno in giorno, e nonostante il suo fetore non le facesse più rimescolare lo stomaco, perché ormai tutti sull'aereo avevano un odore piuttosto rancido, quella nuova informazione lo fece.

«Ma ci lascerete andare tutti prima di decollare, vero?» gli chiese.

Luis sorrise. Ma non era un bel sorriso, era malvagio e minaccioso. Fece scorrere le dita lungo la guancia di Gillian e disse: «Penso che potrei portarti con noi. Sei stata una ragazza così obbediente e brava.»

Lei allontanò la testa dal suo tocco, ma Luis si mosse

velocemente, afferrò nel pugno i suoi lunghi capelli biondi e le tirò indietro la testa. Le leccò la guancia prima di spostarsi per sussurrarle all'orecchio: «Non pensare di essere migliore di me, ragazzina. I tuoi capelli biondi e le tue tette potranno farti ottenere ciò che vuoi in America, ma ora sei nel *mio* mondo. E se ti voglio, ti avrò. Se voglio ucciderti, lo farò. Farai *esattamente* ciò che dico, quando lo dico. Capito?»

Gillian aveva la bocca secca. Era terrorizzata da quegli uomini fin da quando avevano preso il controllo dell'aereo, ma non si era mai preoccupata che potessero provare a molestarla sessualmente... fino a quel momento. Annuì come meglio riuscì, con la testa ancora immobilizzata dalla sua mano.

«Bene.» Districò le dita dai capelli e glieli accarezzò. «Sai, se tu fossi più carina con me, allora io potrei essere più gentile con gli altri.»

Gillian rabbrividì. Non voleva di certo essere "più carina" con lui... ma se fosse riuscita a far liberare alcuni degli altri passeggeri, forse ne sarebbe valsa la pena.

Nel profondo, aveva la sensazione che nessuno di loro ne sarebbe uscito vivo. I dirottatori non avevano mostrato la minima preoccupazione per il benessere di qualcuno. Avevano ucciso gli assistenti di volo, i passeggeri di prima classe e minacciavano costantemente gli altri. Non potevano ancora ucciderli tutti, ne avevano bisogno come merce di scambio per i funzionari venezuelani, ma se non avessero dato loro ciò che volevano, sapeva che non avrebbero esitato a farne fuori altri.

Voleva vivere, disperatamente. Voleva anche salvare tanti altri passeggeri. In soli due giorni, aveva formato un intenso legame con le altre donne.

Come per esempio Alice, che era seduta accanto a lei

sul volo. Non stava affrontando molto bene la situazione; piangeva ininterrottamente.

O Janet e la figlia di sette anni, Renee.

E soprattutto Andrea. Aveva più o meno la sua età ed era stata in vacanza in Costa Rica con alcune amiche che avevano preso tutte altri voli, mentre lei era finita sull'aereo dirottato. Anche Andrea viveva ad Austin, e nonostante la situazione opprimente in cui si erano trovate, o forse a causa di questa, erano andate subito d'accordo.

Anche se le donne erano state separate dagli uomini, era riuscita a vedere la paura anche nei loro occhi. Un gruppetto di quattro ragazzi, che dovevano essere poco più che ventenni, era decisamente spaventato. E un anziano signore aveva una costante espressione di terrore sul viso e spesso si metteva la mano sul petto, come se provasse dolore. Non conosceva la maggior parte dei nomi degli uomini, ma non significava che non volesse salvarli, se possibile. Nessuno aveva chiesto di trovarsi in quella situazione.

L'ultima cosa che voleva era che Luis o Alberto o Henry, o uno qualsiasi dei terroristi uccidessero altri passeggeri quando non ottenevano ciò che volevano.

«Sto facendo tutto il possibile per assicurarmi che le autorità sappiano che sei serio riguardo alla liberazione del tuo amico Hugo» gli disse con calma.

«Non è mio amico» ringhiò Luis.

Gillian deglutì a fatica. «Forse se dessi in cambio qualcosa, se mostrassi un po' di compassione verso gli altri passeggeri, lavorerebbero più velocemente per soddisfare le tue richieste.»

Luis sorrise. «Tu dici?»

Lei annuì.

«Allora... chi pensi che dovrei lasciar andare? Te?»

Lei scosse la testa. «Non lo so. Magari Janet e sua figlia. O Alice. Andrea. Uno degli uomini.»

Il bastardo rise. «Ma perché non li lascio semplicemente andare tutti?»

Non osò mostrarsi d'accordo o in disaccordo. Aveva la sensazione che Luis la stesse solo tormentando. Le voltò le spalle senza dire una parola e lei sospirò di sollievo, ma fu di breve durata.

Sollevò Andrea da terra e la trascinò davanti a Gillian.

«Pensi che dovrei lasciarla andare?» chiese in tono duro.

Poté solo fissarlo con occhi enormi.

«Allora? Che dici?» abbaiò.

Annuì appena.

«No» decise Luis. «È bellissima, e molto più il mio tipo rispetto a una stronza bionda, sciatta e grassa come te.»

Prima che Gillian potesse offendersi per essere stata chiamata grassa – non lo era, preferiva il termine formosa – Luis aveva piegato Andrea sul suo braccio e abbassato la bocca su di lei.

La ragazza tentò freneticamente di respingerlo. Spinse contro il suo petto e cercò di voltare la testa, ma lui non glielo permise; usò la mano libera per afferrarle il mento con forza obbligandola a baciarlo.

Gillian chiuse gli occhi, ma non poté evitare di sentire i lamenti acuti di Andrea.

Non si sarebbe mai abituata alla violenza che i dirottatori usavano contro i civili sull'aereo; la odiava, e avrebbe voluto fare tutto il possibile per farli smettere.

Non sapeva per quanto tempo quel mostro costrinse Andrea a subire il suo abuso, ma all'improvviso lo squillo del cellulare che Gillian teneva in mano risuonò forte nell'aereo rovente.

Luis si raddrizzò, spinse via la ragazza e si voltò di nuovo verso di lei.

Aprì un coltello a scatto che portava sempre addosso e glielo premette alla gola. «Rispondi. E fagli capire che siamo seri. Puoi dire loro che se ci portano cibo e acqua entro le prossime due ore, rilascerò dieci ostaggi. Puoi anche sceglierli... purché non sia la tua amica Andrea. O la stronza con la bambina. Alla gente importa molto più dei bambini che degli adulti. Ho bisogno di lei per contrattare. Puoi scegliere otto uomini e due donne.»

Gillian odiava sempre di più Luis a ogni parola che pronunciava.

Lanciò un'occhiata ad Andrea, che si stava pulendo ripetutamente la bocca mentre tornava in fretta al suo posto sul pavimento.

Facendo un respiro profondo, annuì.

Luis le premette un po' di più il coltello sul collo. «E abbiamo bisogno di carburante per questo aereo. Devono iniziare a lavorarci il prima possibile, ma non dire nulla che mi costringa a uccidere altre persone» la avvertì. Poi tolse il coltello e lo puntò contro la piccola Renee. «Inizierò con *lei*.»

Gillian annuì ancora una volta, si appoggiò con la schiena contro la porta della cabina di pilotaggio e scivolò sul pavimento. Isaac, un altro dirottatore, si sedette sul sedile dell'assistente di volo lì vicino in modo da poter ascoltare la sua conversazione, mentre Luis si avvicinava agli altri suoi compari che stavano facendo la guardia agli uomini raggruppati nella parte posteriore.

«Pronto?» disse tremante, dopo aver portato il telefono all'orecchio.

«Gillian Romano?» chiese una voce profonda.

Sorpresa di non sentire quella acuta e nasale dell'uomo

con cui aveva parlato negli ultimi due giorni, rispose semplicemente: «Sì.»

«Il mio nome è Walker Nelson. Ho preso in carico io le negoziazioni.»

Gillian non sapeva cosa pensare. Da una parte era contenta di non dover parlare con l'altro stronzo, ma dall'altra non aveva nessuna voglia di spiegare da zero cosa volessero Luis e gli altri. Ma come se potesse leggerle nel pensiero, Walker la rassicurò.

«Sono stato informato di quello che sta succedendo. Stai certa che siamo ben consapevoli delle richieste avanzate dai dirottatori e che il governo venezuelano sta lavorando per ottenere la liberazione di Hugo. Stai bene?»

Gillian sbatté le palpebre stupita. «Cosa?»

«Come *stai*? So che non è facile e per quel che vale, penso che tu stia facendo un ottimo lavoro. Hai solo bisogno di tener duro ancora un po'.»

Avrebbe voluto piangere, l'altro tizio l'aveva fatta sentire come se stesse sbagliando tutto. Non pensava l'avesse fatto di proposito, ma alcune delle cose che le aveva detto, forse a causa della frustrazione, le avevano dato quell'impressione. Il fatto che *quest'uomo* avesse iniziato la conversazione con qualcosa di positivo le fece venire voglia di raggomitolarsi e piangere. Si era sempre considerata una donna forte e indipendente ma, in quel momento, avrebbe ucciso per avere qualcuno che la stringesse e le dicesse che le cose sarebbero andate bene.

«Gillian?»

«Ci sono» mormorò con voce incrinata. «Sto bene.»

Ci fu una breve pausa, poi le disse: «Non credo, ma starai bene presto. Stanno ascoltando la tua parte di conversazione?»

Andò un attimo in confusione con il cambio improvviso di argomento. «Sì.»

«Va bene, avrò bisogno che tu sia creativa. Devi darmi quante più informazioni possibili su ciò che sta succedendo all'interno di quell'aereo. Quanti ostaggi ci sono. Dove sono. Qualunque cosa tu possa dirmi sui dirottatori. Mi dispiace che sia passato così tanto tempo senza che nessuno sia venuto a liberarvi, ma siamo fiduciosi che ora le cose cambieranno. Ok?»

«Ok» sussurrò. Sentì la speranza crescere dentro di lei. Quel Walker sembrava sapere ciò che faceva, a differenza dell'altro tizio. «Sei americano, vero?»

Lui ridacchiò, e quel suono calmante le attraversò il corpo, riscaldandola fino alla punta dei piedi. «Sì. Attualmente sono di stanza in Texas.»

Di stanza. Ciò significava che era un militare, e anche che probabilmente faceva parte delle forze speciali.

Gillian non era stupida. Vivere così vicino a Fort Hood significava entrare in contatto con molte persone che lavoravano nell'esercito. Sapeva che c'erano diverse squadre di operatori della Delta Force di stanza alla base. Chiuse gli occhi e pregò più intensamente di quanto avesse mai fatto, che Walker fosse uno di quei super soldati.

«Gillian?»

«Anch'io vengo dal Texas» disse sommessamente.

«Lo so» rispose.

«Ahi!» Gillian gridò di dolore quando Isaac le diede un forte calcio sulla gamba.

«Cosa state dicendo?» abbaio l'uomo.

«È un nuovo negoziatore» gli disse. «Vuole sapere con chi sta parlando.»

«Digli che vogliamo più cibo e abbiamo bisogno di carburante. Chiedigli di Hugo» le ordinò.

«Mi ha già detto che si stanno dando da fare per liberarlo, ma che c'è un sacco di burocrazia e ci vorrà un po' per lavorare con le autorità venezuelane. Ma se ne stanno occupando» disse velocemente quando lui stava per prepararsi a darle un altro calcio. «E gli chiederò del cibo, dell'acqua e del carburante, ma non ne ho ancora avuto la possibilità» lo informò.

Sentendosi più coraggiosa del solito, solo perché dall'altra parte del telefono c'era una voce gentile e si sentiva già più sicura con lui a organizzare le cose che con l'altro tizio, disse al dirottatore: «In America è consuetudine fare conoscenza con qualcuno prima di iniziare a fare richieste. Gli dirò ciò che vuoi, ma lasciarmi parlare con lui per cinque minuti non manderà all'aria la vostra tabella di marcia.»

Non fu sorpresa che Isaac la guardasse in malo modo, lo fu perché annuì, anche se si chinò in avanti e affondò con forza le dita nel suo polpaccio avvertendola: «Va bene, ma se non avremo presto dell'altro cibo, sarà colpa tua se qualcun altro muore.» Le strinse ancora una volta la gamba, poi la lasciò andare e si appoggiò allo schienale, fissandola intensamente con i suoi occhi castano scuro.

«Merda, stai bene?» le chiese Walker. «Ti ha fatto del male?»

«Sto bene» ripeté Gillian. Non era vero, ma non c'era niente che Walker Nelson potesse fare per la fitta alla gamba o per la paura che le scorreva nelle vene. Sapeva di non avere molto tempo per fornirgli informazioni e sperava che sarebbe stato in grado di capire i suoi indizi. Non era esattamente una professionista di spionaggio, ma avrebbe fatto del suo meglio.

«Mio padre era un pilota» iniziò «ma è morto. Mia madre lavorava per la sua stessa compagnia aerea ed è così che si sono conosciuti. Era un'assistente di volo. Mio padre l'ha corteggiata corrompendo i fattorini affinché le consegnassero i regali. Il primo che le ha fatto è stato un peluche. Sdolcinato, ma ha funzionato perché ha accettato di uscire con lui.» Gillian sapeva che Isaac ascoltava ogni parola e aveva paura di essere troppo vaga. Ma le parole successive di Walker la rassicurarono.

«Va bene. So che i tuoi genitori vivono in Florida e non erano un pilota o un assistente di volo. Quindi, se sto interpretando bene, mi stai dicendo che il pilota è morto e pensi che i dirottatori abbiano fatto entrare armi di nascosto a bordo prima che l'aereo decollasse?» le chiese con calma.

Gillian si rilassò un po'. Grazie a Dio aveva capito. «Sì.»

«In quanti sono?»

«Ho sei fratelli. Sono la più giovane» rispose.

«Capito» la rassicurò Walker. «Tutti armati?»

«Sì.»

«Pistole?»

«Sì.»

«Coltelli?»

«Sì.»

«Stai andando alla grande, Gillian.»

«Mia madre mi ha raccontato storie su quanto adorassero spassarsela in aereo dopo che tutti i passeggeri erano scesi. Adesso non potrebbe mai succedere, ma a quei tempi non avevano problemi a infilarsi dentro di nascosto dopo che i voli della giornata erano terminati. La mamma voleva sempre stare davanti, in prima classe, ma papà preferiva la parte posteriore.»

«Va bene... so che stai cercando di dirmi qualcosa, ma non sto capendo» disse Walker. «Mi dispiace tanto. Continua. Lo capirò.»

Gillian si rifiutò di scoraggiarsi, stava fornendo alle autorità informazioni che sperava avrebbero potuto usare in qualche modo. Si costrinse a ridacchiare, come se Walker avesse detto qualcosa di divertente. «Quindi sai com'è, i miei fratelli erano tutti molto protettivi nei miei confronti, mi lasciavano sempre il posto migliore. In macchina ero sempre davanti e quando andavamo al cinema mi mettevano in fila davanti a loro in modo che potessero tenermi d'occhio.»

«Quindi sei nella parte anteriore dell'aereo?» le chiese Walker.

«Mm-mm.»

«Ho capito. Vi hanno separati mettendo le donne nella parte anteriore e gli uomini in quella posteriore, giusto?»

Avrebbe voluto piangere per il sollievo. Aveva capito i suoi patetici indizi. «Esatto.»

«Ottimo lavoro. Sapevamo dalle termocamere che c'erano due gruppi di ostaggi, uno davanti e uno dietro, ma non che foste stati separati in base al genere.»

A ogni parola che le diceva, Gillian si sentiva meglio. Se vedevano i segnali termici significava che avevano apparecchi elettronici sofisticati e potevano guardare cosa stessero facendo.

«Ti tirerò fuori da questa situazione» le disse.

Chiuse gli occhi. Non poteva prometterglielo, ma apprezzò comunque che glielo avesse detto. «Ok.»

«Lo farò» affermò con più decisione.

«Lo spero» sussurrò lei.

Isaac le diede un altro calcio, facendola urlare quando il piede toccò lo stesso punto in cui l'aveva colpita e affondato le dita poco prima. «Sbrigati» sibilò.

«Sarà meglio che quel bastardo la smetta di farti del male» ringhiò. «Tutto bene, Gillian?»

Chiuse di nuovo gli occhi godendosi la sua preoccupazione; dopo l'inferno che aveva passato negli ultimi due giorni, le sue parole furono come un balsamo per la sua anima martoriata.

Nei pochi minuti in cui erano stati al telefono, Gillian stava già formando un attaccamento emotivo a un uomo che non aveva mai visto, un uomo su cui contava perché la portasse in salvo. Ma non poteva farci niente, la sua gentilezza significava tanto per lei.

«Cos'è successo?» chiese Walker con urgenza.

Riscuotendosi dai suoi pensieri, Gillian sbatté le palpebre.

Cosa diavolo pensava? Quell'uomo stava facendo il suo *lavoro*. Qualsiasi attaccamento provasse era dovuto alla situazione, niente di più.

«Abbiamo bisogno di altra acqua» sbottò, senza staccare gli occhi dal piede di Isaac. Voleva essere pronta se avesse deciso di prenderla ancora a calci. «E di cibo. E vogliono che l'aereo sia rifornito.»

«Aspetta... cosa? Vogliono provare a portare quell'aereo fuori da qui?» le chiese.

Gillian ignorò la domanda. Non era a conoscenza di cos'avessero pianificato i dirottatori. Sapeva solo che c'erano dieci persone che sarebbero potute fuggire da quell'incubo se avesse interpretato correttamente il suo ruolo. «Hanno detto che avrebbero lasciato andare delle persone se avessimo ricevuto cibo e acqua presto, altrimenti, avrebbero ucciso qualcun altro. E fanno sul serio.»

«Respira, Gillian. So che fanno sul serio.»

Lo ignorò e continuò, parlando velocemente per assicurarsi di dargli quante più informazioni possibili. «L'ultima volta hanno sparato e gettato fuori uno degli uomini. Ho sentito il suo corpo cadere sul cemento.»

«Gillian» disse Walker con fermezza, «prendi un respiro. Il cibo e l'acqua sono pronti, verranno consegnati entro un'ora. La responsabilità delle morti è *loro*, non tua.»

Cercò di rilassarsi, ma non ci riuscì. Le venne in mente un'altra cosa. «Non so come funzioni, ma i servizi igienici sono tutti intasati. Sono pieni, credo. Questa non è una delle loro richieste, ma per favore, se è possibile, possono essere ripuliti?»

«Vedrò cosa posso fare» la rassicurò.

«Aspetta» gli disse, poi guardò Isaac. «Dice che l'acqua e il cibo stanno arrivando.»

«E il carburante?»

«Walker? Vuole anche che l'aereo sia rifornito.»

«Dato che si tratta di una nuova richiesta, deve passare una serie di approvazioni, ma giuro che me ne occuperò.»

Non era ciò che avrebbe voluto sentire, ma si ritrovò comunque ad annuire e informò Isaac inventandosi qualcosa da dire. «Tutti i camion di carburante sono usciti dall'aeroporto. Non credo che avranno problemi a rifornire l'aereo, ma non può avvenire nell'immediato.»

L'uomo ringhiò e fece un gesto a Carlos, un altro dirottatore che si trovava lì vicino. Si parlarono in spagnolo per un breve momento, poi annuì. «Va bene, ma digli che non rifornirci non è un'opzione. Più tempo ci vorrà, più persone uccideremo. Dieci, quindici... forse di più... a seconda di come mi va.»

«Ho sentito» le disse Walker. «Digli che sarà fatto.»

«Ha detto che va bene» lo informò tremante. «Farà in modo che l'aereo sia rifornito.»

«Bene. Dammi il telefono» le ordinò.

Gillian non aveva avuto problemi a rinunciare al cellulare dopo aver trasmesso le loro richieste, ma per qualche ragione, questa volta esitò. Walker Nelson era come un'ancora di salvezza, aveva la sensazione che se avesse riattaccato, avrebbe firmato la sua condanna a morte. Strinse le dita intorno alla plastica scadente.

«Non arrenderti» le disse Walker. «Siamo qui a osservare. Stai facendo un ottimo lavoro e sarai fuori prima che te ne accorga. Non vedo l'ora di incontrarti faccia a faccia.»

Mentre quelle parole le risuonavano nella mente, Isaac, ovviamente stanco di aspettare che lei obbedisse al suo ordine, le tirò un pugno colpendola sulla mascella.

Gridò, volando di lato. Nello spazio ristretto della cabina di pilotaggio era impossibile cadere, così sbatté con il viso contro la parete.

Gillian si raggomitolò sul pavimento, tenendosi la testa tra le mani, pulsava di dolore da entrambi i lati, a causa del pugno di Isaac e del conseguente contraccolpo.

Il dirottatore si chinò, prese il telefono che aveva lasciato cadere e lo spense, mettendoselo in tasca. Le voltò le spalle senza dire una parola e si diresse verso Luis, che si trovava al centro dell'aereo.

Gillian tornò strisciando nel punto in cui le altre donne erano raggruppate in prima classe e si sforzò di non piangere.

«Cos'hanno detto?» le chiese Andrea. «Cosa sta succedendo?»

«Se tutto va bene, sistemeranno i wc» le informò Gillian.

«E il cibo e l'acqua?» domandò Alice.

«Anche quelli. Il dirottatore ha anche detto che alcuni di noi potrebbero essere rilasciati.»

Le donne intorno a lei sussurrarono esclamazioni entusiaste e avrebbe voluto essere felice che alcune di loro sarebbero potute uscire da quella situazione orribile... ma tutto ciò a cui riusciva a pensare in quel momento era Walker.

Aveva sentito la sua imprecazione indignata quando Isaac l'aveva colpita, proprio prima che le cadesse il telefono... e le aveva anche detto di volerla incontrare.

Per quanto cercasse di convincersi che si stava semplicemente attaccando a uno sconosciuto a causa dello stress della situazione, non le importava. Voleva superare quella terribile faccenda, se non altro, per incontrare l'uomo che in qualche modo l'aveva resa più determinata che mai a sopravvivere.

———

Trigger strinse il tavolo davanti a lui così forte che sembrava stesse per spezzarlo. Era rimasto colpito da Gillian prima di parlarle, ma ora che lo aveva fatto lo era ancora di più. Non c'era dubbio che avesse paura, ma stava tenendo duro. Era intelligente e nonostante le circostanze orribili in cui si era ritrovata, era rimasta forte, determinata ad aiutarlo il più possibile. Si era aspettato di doverle spiegare come dargli degli indizi senza far capire che lo stava facendo, ma non ce n'era stato bisogno.

Avevano appreso che c'erano sei dirottatori a bordo e che i passeggeri erano stati separati; le donne si trovavano nella parte anteriore e gli uomini sul retro. I terroristi avevano anche dichiarato che avrebbero potuto rilasciare alcuni ostaggi, e aveva la sensazione che fosse grazie a una negoziazione di Gillian per loro conto. La richiesta di rifornimento carburante era una cosa nuova, ma non del tutto sorprendente. Tuttavia, se i dirottatori pensavano di sopravvivere a quella piccola bravata e di poter volare verso il tramonto, erano più idioti di quanto sembrassero.

Ma al momento, tutti i pensieri di Trigger erano per Gillian. Aveva sentito che veniva picchiata e non era affatto contento che fosse stata oggetto di violenza. Voleva lei e gli altri civili innocenti fuori da quell'aereo. *Subito*.

«Brain?» chiese al suo compagno di squadra, che era stato seduto accanto a lui ad ascoltare la conversazione. «Hai qualcosa?»

L'altro uomo scosse la testa. «Non ancora. Devo riprodurre la registrazione e isolare le conversazioni in background. Ci vorrà un po'.»

Trigger annuì. Brain era un esperto di lingue, ne parlava correntemente almeno trenta e poteva impararne di nuove senza troppe difficoltà. Il suo compito era ascoltare i rumori di fondo e raccogliere informazioni dalle conversazioni che i dirottatori stavano avendo tra loro.

«Il cibo e l'acqua sono pronti per essere consegnati» lo informò Grover. «E parleremo alle autorità della richiesta di carburante.»

«Ho già mobilitato gli addetti allo scarico delle acque reflue» aggiunse Oz.

«Dev'essere un inferno in terra lì dentro» mormorò Lucky. «Tra il caldo, i servizi igienici e la paura...» La sua voce si smorzò.

Trigger era più che consapevole di ciò che stavano passando le persone all'interno dell'aereo. Non si era trovato nella loro esatta situazione, ma c'era andato abbastanza vicino.

Sentì una mano sulla spalla e capì che Lefty era dietro di lui. «Starà bene» mormorò il suo amico.

Scosse la testa. «Non ne siamo sicuri. Ho detto la stessa cosa anch'io, ma ho la sensazione che lei sappia bene quanto noi che non ci sono garanzie. Tutta questa cosa mi puzza davvero tanto.»

«Sono d'accordo» disse Doc. «Da un certo punto di vista, sembra un dirottamento da manuale anche se un po' eccessivo. Il Cartello dei Soli è gestito dal governo venezuelano. Perché dovrebbero ricorrere al dirottamento di un aereo proveniente dalla Costa Rica?»

«Infatti!» confermò Lefty. «Avrebbero potuto semplicemente far organizzare la fuga di Lamas da uno dei loro contatti dell'esercito o del sistema carcerario.»

«A prescindere da ciò, il nostro lavoro non è quello di capire questa roba» disse Trigger al suo team. «Siamo stati chiamati rigorosamente per salvare quegli ostaggi. Non per risolvere i problemi politici del mondo. Dobbiamo concentrarci su come faremo a entrare in quell'aereo e a salvare quanti più innocenti possibili.»

Tutti annuirono in accordo.

«Gillian ha detto che in cambio di cibo e acqua, potrebbero lasciare andare alcuni ostaggi» continuò. «Lefty, tu e Grover siete con me. Metteremo le divise del personale dell'aeroporto e consegneremo noi le provviste. Speriamo così di riuscire a intravedere alcuni dei dirottatori e di poter valutare la situazione a bordo.»

Annuirono di nuovo.

«Brain, continua a lavorarci, facci sapere se scopri qualcosa.»

«Certo» confermò.

«Il resto di voi dovrà essere pronto a coprirci il culo là fuori. Ho l'impressione che tutta la faccenda si muoverà più in fretta di quanto pensiamo» avvertì Trigger.

«Più velocemente usciamo da questo Paese, meglio è» ribatté Oz. «Ho la sensazione che ci osservino dal momento in cui siamo atterrati.»

«Anch'io» ammise Lucky.

«Il governo degli Stati Uniti ha organizzato un volo per

portare via da qui gli americani sopravvissuti, non appena questa cosa sarà finita» aggiunse Brain.

«Esatto. Penso che sia più il governo venezuelano a volerli fuori dal Paese, così non ci sarebbe motivo per gli Stati Uniti di rimanere qui più a lungo del necessario» disse in tono secco Doc.

Trigger smise di ascoltare i suoi compagni di squadra. Non stavano dicendo niente che non avesse già considerato lui stesso. Riusciva solo a pensare al modo in cui la voce di Gillian aveva tremato di paura – o di dolore? – mentre parlava con lui. Si stava prendendo un bel po' di botte dagli stronzi che si stavano divertendo a stuzzicare lei... e i negoziatori. In apparenza, le loro richieste erano ragionevoli e sensate, anche se non poteva fare a meno di sospettare che stesse succedendo qualcos'altro.

Ma in quel momento, il suo unico obiettivo era salvare gli ostaggi. In particolare una bionda.

CAPITOLO TRE

TRIGGER GUIDÒ il piccolo carrello della compagnia aerea verso l'aereo parcheggiato sulla pista. Appariva imponente e inquietante. Non c'erano altri aerei o veicoli intorno e non si vedeva nessuna luce provenire dall'interno della cabina. Il sole era tramontato e l'oscurità stava calando rapidamente. L'aereo si trovava ben lontano dal terminale e non c'era copertura per lui e i suoi compagni mentre si avvicinavano con il cibo e l'acqua richiesti.

Il cemento sotto il portello posteriore era macchiato dal sangue degli uomini e donne che erano stati scaricati fuori. Tutti i passeggeri della prima classe erano stati assassinati, i corpi gettati all'esterno dopo l'atterraggio. E dall'arrivo del team in Venezuela c'era stato almeno un altro passeggero ucciso e scaricato. Trigger non avrebbe permesso che accadesse di nuovo, se poteva evitarlo.

C'era un silenzio inquietante. Quando si fermarono sotto il lato destro, vicino all'ingresso utilizzato dalle società di catering per rifornire l'aereo, il portello si aprì lentamente.

Alzando lo sguardo, vide una figura vestita di nero

nell'ombra, vicino all'apertura, ma non riuscì a distogliere lo sguardo dalla donna che apparve accanto.

Gillian. Ci avrebbe scommesso la vita.

I lunghi capelli pendevano intorno al suo viso pallido. Aveva un paio di jeans e una sottile camicetta blu scuro che svolazzava nella lieve brezza della sera. La osservò prendere un respiro profondo, come se si stesse godendo l'aria fresca, prima che l'uomo accanto a lei le premesse la canna di un fucile nel fianco.

Si allontanò con un sussulto e abbassò lo sguardo verso di lui, Grover e Lefty.

Il personale che aveva consegnato le provviste l'ultima volta aveva portato una scala e l'aveva usata per raggiungere il portello. Non era l'ideale, ma visto che aveva già funzionato una volta, pensò che fosse meglio non destare sospetti richiedendo un metodo di consegna diverso.

«Avete cibo e acqua?» gridò la donna.

Trigger annuì.

«E per i servizi igienici?» chiese.

«Dopo che avremmo consegnato questa roba, inizieranno a svuotare i serbatoi» le rispose, aggiungendo un accento spagnolo alla sua parlata.

L'uomo accanto a lei disse qualcosa in tono troppo basso perché Trigger potesse sentire, e Gillian annuì. «Proprio come l'ultima volta, uno di voi deve salire con la scala e consegnarmi le scatole. Non potete venire a bordo e se farete qualcosa di sospetto vi spareranno. Poi uccideranno anche uno degli ostaggi per punizione.»

La sua voce tremava leggermente e Trigger sentì l'adrenalina scorrergli in corpo. Avrebbe potuto tranquillamente saltare sull'aereo prima che lo stronzo di guardia potesse ucciderlo, ma c'erano altri cinque dirottatori e lo avrebbero sicuramente eliminato prima che Grover o Lefty potessero entrare. Per non parlare del fatto che ciò avrebbe messo in pericolo tutti i civili.

Doveva essere paziente; i terroristi sarebbero morti, ma non in quel momento.

La donna si leccò le labbra e si inginocchiò davanti all'apertura. «Va bene. Muoviti lentamente. Non dargli un motivo per sparare a te o a chiunque altro, per favore.»

Era decisamente Gillian, riconosceva la voce. Le annuì e si voltò verso i suoi compagni di squadra. Lefty e Grover incontrarono il suo sguardo e comunicarono senza parlare. Avrebbero giocato sul sicuro, ma se fosse scoppiato il caos, sarebbero stati tutti pronti ad agire. Si erano nascosti addosso diverse armi e avrebbero potuto estrarle e sparare in pochi secondi, se necessario.

Sistemò la scala e salì alcuni gradini. Si chinò e prese la scatola che Lefty gli porse, poi continuò a salire fino al portello dell'aereo.

«Sono Gillian Romano, e quella è Andrea Vilmer» disse lei, mentre si allungava per prendere la scatola.

Trigger annuì. Era una scelta intelligente fargli sapere i nomi delle persone ancora all'interno. La ragazza afferrò il pesante pacco e il dirottatore indietreggiò, impedendogli di vedere bene il suo viso.

Frustrato dal fatto che Gillian e Andrea dovessero occuparsi di quell'incombenza, poté solo stare a guardare mentre le due, insieme ad altre donne, si davano da fare per spostarle dal portello verso l'interno.

«Grazie, Janet. Forse c'è qualcosa di dolce lì dentro, per tua figlia Renee» disse Gillian mentre consegnava un'altra scatola a una donna dietro di lei. «Questa è pesante, Alice» avvertì, mentre ne consegnava una a un'altra donna. «Forse Leyton e Reed potrebbero aiutare a spostare le scatole sul retro, per gli uomini. So che Charles apprezzerà avere dell'acqua, con la sua tosse e tutto il resto.»

Con ogni scatola che consegnava, recitava dei nomi. Maria, Camile, Rebecca, Mateo, Alejandro, Muhammad... aveva fatto un lavoro straordinario nel ricordare i nomi degli altri ostaggi.

Trigger era impressionato. Che fosse intenzionale o meno, stava facendo del suo meglio non solo per mantenere umani gli altri prigionieri, ma per fargli sapere chi fosse ancora vivo. Avrebbe voluto rassicurarla. Dirle che aveva capito ciò che stava facendo, che ammirava quanto fosse forte. Ma non poteva. Poteva solo continuare a porgerle quelle dannate scatole piene di cibo e acqua.

Avevano fatto tutto troppo in fretta e non era pronto a consegnarle l'ultima che gli stava porgendo Lefty. Non era stato in grado di vedere molto dell'interno dell'aereo... e di sicuro aveva passato troppo poco tempo con lei.

«Questa è l'ultima» disse Gillian all'uomo nell'ombra, mentre passava la scatola a qualcuno alle sue spalle. «Avevate detto che se avessero consegnato le provviste entro due ore, avreste lasciato andare dieci persone.»

Avrebbe voluto dirle di non inimicarsi il dirottatore, ma dovette tenere la bocca chiusa. L'uomo con il fucile non avrebbe avuto difficoltà a capire che non era madrelingua spagnolo e che c'era qualcosa di strano. Doveva interpretare una parte, proprio come Gillian. Ma ciò non significava che gli piacesse.

Rifiutandosi di scendere dalla scala, rimase lì immobile, aspettando di vedere cosa sarebbe successo.

Il tizio fece un gesto a qualcuno all'interno e prima che se ne rendesse conto, un uomo sulla trentina apparve al portello e lo guardò dall'alto.

«Fai attenzione» gli stava dicendo Gillian. «Non cadere mentre scendi dalla scala.»

Trigger non ebbe altra scelta che indietreggiare mentre il primo ostaggio sbarcava dall'aereo.

Lefty e Grover indirizzarono verso il terminal ogni persona che arrivava a terra, che correva come se avesse alle calcagna i cani dell'inferno. Non poteva biasimarli. Era ovvio che fossero sollevati di essere lontani dall'aereo e dai dirottatori.

Ma qualcosa lo preoccupava riguardo ai civili che avevano scelto di liberare. Normalmente, nei dirottamenti, i primi a essere liberati erano spesso donne, bambini o infermi. In questo caso solo due erano donne, gli altri tutti uomini. Uomini sani e relativamente *giovani*.

Persone che avrebbero potuto essere in grado di lottare e magari sopraffare i dirottatori; Trigger comprese che avevano adottato proprio la linea di pensiero di lasciare liberi i giovani forti e in salute, e ciò lo fece incazzare. Guardando il portello, vide di nuovo Gillian. Per un attimo ebbe l'impulso di incoraggiarla a scendere dalla scala e fuggire da lì. Ma in un certo senso, sapeva che anche se fosse stata la cosa giusta da fare, cosa che non era, lei non l'avrebbe fatto. Non sarebbe mai scappata lasciando indietro gli altri.

I loro occhi si incontrarono per un momento. Lei corrugò la fronte, si leccò le labbra e mimò con la bocca il nome Walker in una muta domanda.

Trigger annuì, poi vide un braccio coperto di nero circondarle il petto e strattonarla indietro, quasi sollevandola. Gillian emise un piccolo verso sorpreso, mentre veniva trascinata via.

Il portello si chiuse e si sentì il meccanismo scattare quando venne bloccato.

«Cazzo» imprecò Grover, mentre lui e Lefty prendevano la scala e la fissavano al carrello di servizio che avevano trainato fino all'aereo.

«Sei riuscito a vedere qualcosa?» gli chiese Lefty.

Trigger scosse la testa. «No. Hanno giocato in modo intelligente. Usare il portello anteriore ha permesso di bloccare la visuale sul resto dell'aereo.»

«Suppongo che quella fosse Gillian?» domandò Grover.

«Sì» confermò.

«Ho sentito un po' di quello che ha detto» osservò Lefty. «Stava cercando di darci quante più informazioni possibili su chi fosse ancora vivo a bordo, non è vero?»

Annuì. «Credo di sì.»

«Abbiamo la lista dei passeggeri» ricordò Grover agli uomini. «Abbiamo già i nomi di tutti.»

«È vero, ma non sappiamo chi è stato ucciso e chi no» replicò al suo amico. Sapeva che le persone reagivano al pericolo in modi molto diversi. C'era chi rimaneva paralizzato dal terrore, altri invece andavano fuori di testa. E alcuni, rarissimi, sembrava rimanessero calmi ed elaborassero la situazione con attenzione... come Gillian. Era ovvio che fosse spaventata, ma aveva messo da parte le sue emozioni per cercare di aiutare gli altri.

«C'è una puzza terribile là dentro» mormorò Lefty. «Riuscivo a sentirla anche da dove mi trovavo sulla scala.»

Per qualche ragione, le parole del suo amico lo irritarono. «Non è che possano farne a meno» sbottò. «Fa maledettamente caldo durante il giorno e non accendono i motori per permettere un ricambio d'aria. E non dimentichiamo che i servizi igienici non sono pensati per essere utilizzati per giorni e giorni da quel numero di persone.»

«Ehi, calma!» disse Lefty, sollevando le mani. «Non stavo criticando. Era solo un'osservazione.»

Fece un respiro profondo e cercò di calmarsi mentre Grover li riportava al terminal. «Lo so, scusa.»

«Hugo dovrebbe essere liberato stasera. Temporeggeremo dicendo loro che stanno ancora sistemando le scartoffie o qualcosa del genere, ma dovremmo essere pronti a fare la nostra mossa domani mattina presto» disse Grover.

Trigger annuì. Era la scadenza che aveva predisposto anche lui.

La consapevolezza che l'indomani, a quell'ora, sarebbe tutto finito, avrebbe dovuto farlo sentire meglio. Invece, il disagio che provava nel profondo continuava ad aumentare. Per la prima volta da molto tempo, si sentì come se il nemico fosse tre passi davanti a loro. Non era una sensazione piacevole... soprattutto considerando i suoi pensieri riguardo a Gillian Romano.

Era pazzesco. Non la conosceva nemmeno. Non proprio. Ma d'altronde, sapeva le cose importanti: che era intelligente e premurosa; che si preoccupava più per i suoi compagni di prigionia che di se stessa; che era coraggiosa... e avrebbe solo voluto abbracciarla e dirle che sarebbe andato tutto bene.

Non era da lui, ma Trigger non riusciva a togliersi quella donna dalla mente. Lo aveva davvero impressionato e non accadeva molto spesso. Voleva conoscerla meglio. Sapere ogni piccola cosa di lei.

Ma... era un Delta. Sì, Ghost e il suo team avevano trovato una donna con cui passare il resto della vita, ma erano stati dannatamente fortunati. Trovare qualcuno che avrebbe potuto sopportare il suo lavoro e il pericolo che comportava, e che non facesse storie non sapendo mai dove fosse o cosa stesse facendo, era praticamente impossibile.

No, non sarebbe stato giusto chiedere a Gillian di farlo.

Ma dannazione, avrebbe voluto.

Prendendo un respiro profondo, tornò con la mente al compito da svolgere. Stava correndo un po' troppo. Non c'era alcuna garanzia che lui o Gillian sarebbero usciti vivi da quella situazione. E probabilmente lei non avrebbe voluto avere niente a che fare con qualcuno che, in qualche modo, si era ritrovato coinvolto in quel disastro. Non che potesse biasimarla. Di sicuro avrebbe voluto lasciarsi tutto alle spalle e andare avanti con la sua vita.

Trigger ripeté nella mente i nomi che aveva usato Gillian così da non dimenticarli. Doveva parlare con Brain e vedere se era riuscito a isolare eventuali conversazioni in sottofondo dalla sua precedente telefonata. E lui e la sua squadra dovevano pianificare il modo migliore per far irruzione, facendo in modo che venisse ucciso il minor numero possibile di civili innocenti.

Gli pulsava la testa ma lo ignorò e strinse le labbra. In un modo o nell'altro, avrebbe tirato fuori Gillian da quell'aereo.

———

Gillian avrebbe voluto piangere quando bloccarono il portello. L'aria era stata così rinfrescante, che non si era nemmeno preoccupata di essere obbligata a trasportare tutte quelle scatole pesanti.

Ma era stato l'uomo in cima alla scala che le aveva dato la carica più forte. All'inizio, non gli aveva prestato molta attenzione, concentrandosi maggiormente sulla leggera brezza e l'aria pulita, ma quando alla fine si era accorta che la stava osservando con *molta* attenzione, si era fermata un attimo a guardarlo.

Aveva i capelli scuri e i suoi bicipiti tendevano la stoffa

della tuta che indossava. I suoi occhi grigi erano penetranti nella loro intensità, e trasudava sicurezza e positività come fossero feromoni. Ma quello che l'aveva convinta che fosse l'uomo con cui aveva parlato al telefono, era l'assenza di paura in lui. Quelli che avevano consegnato l'ultima partita di cibo e acqua erano stati impazienti di scaricare le scatole e allontanarsi dall'aereo.

Lui e i suoi compagni invece, avevano dato l'impressione opposta. Gillian aveva la sensazione che se Luis avesse fatto qualche mossa minacciosa dietro di lei, l'uomo in cima alla scala sarebbe salito sull'aereo e lo avrebbe neutralizzato.

Sentendosi incoraggiata dalla sicurezza in sé che mostrava, aveva iniziato a usare il maggior numero possibile di nomi degli ostaggi; se quello fosse stato il suo Walker, voleva che sapesse esattamente chi c'era a bordo.

Il *suo* Walker?

Scosse la testa esasperata. Non era suo. Doveva darsi una regolata. Lui stava solo svolgendo un compito e una volta finito tutto, e sperava che succedesse presto, sarebbe tornato a casa e avrebbe dimenticato la sua esistenza.

Ma una parte di lei non voleva crederci, sentiva di aver creato un legame con quell'uomo. L'ennesimo pensiero stupido come il fatto che fosse "*suo*". Probabilmente era concentrato al cento per cento sulla missione di salvare tutti gli ostaggi sull'aereo. Gillian non era nessuno di speciale, e prima se lo fosse ficcato in testa, meglio sarebbe stato.

Era una fantasia ridicola che anche Walker avesse sentito l'attaccamento emotivo che aveva provato lei, anche solo in minima parte, ma era molto meglio che pensare alla sua situazione attuale.

In realtà, aveva mimato il suo nome appena prima che

il portello si chiudesse, avendo bisogno di sapere se era davvero lui. L'aveva visto annuire impercettibilmente... poi Luis l'aveva afferrata e trascinata dentro con forza.

Si sedette a terra con la schiena contro la porta della cabina di pilotaggio, a osservare Alberto e Jesus che distribuivano acqua e cibo alle altre donne. Leyton, un uomo ispanico che doveva avere poco più di trent'anni, era stato incaricato di portare alcune scatole sul retro per gli uomini trattenuti lì.

Rivolgendo la sua attenzione alle ragazze, Gillian sospirò. Aveva sperato che avrebbero lasciato andare Janet e la sua bambina. O anche Alice, che non stava affrontando bene la situazione da quando era stata separata dal marito. Invece, come promesso, avevano liberato solo due delle donne. Gillian non le conosceva; erano più vecchie e non avevano detto una parola a nessuno, per quanto ne sapesse.

Avevano rilasciato anche otto uomini, per lo più giovani, che non avevano lanciato loro nemmeno uno sguardo oltrepassandole, mentre se ne andavano. Era stata una scelta strana, ma per lei aveva un senso; le donne non erano forti come gli uomini ed erano meno propense a pianificare qualsiasi tipo di rivolta.

I dirottatori magari vedevano Gillian e le altre come persone più deboli di loro, ma non lo erano. Avrebbero solo dovuto usare armi diverse dai muscoli.

Si ripromise in quel momento di fare tutto il necessario per contrastare i loro piani, qualunque fossero. Se pensavano di decollare ed essere salvi, si sbagliavano di grosso. Avrebbe dovuto trovare un modo per sabotare l'aereo. Aveva visto Luis bloccare il portello; forse avrebbe potuto disabilitare la chiusura in qualche modo. Non avrebbero potuto decollare se non era bloccata, no? Non lo sapeva, ma valeva la pena provarci. Avrebbe anche lavorato di più per fornire a Walker quante più informazioni possibili.

«Ho voglia che qualcuno mi succhi il cazzo» annunciò Luis.

Gillian era persa nella sua testa, pensando a Walker e a come avrebbe potuto contrastare i terroristi, quando le parole forti e minacciose del dirottatore la fecero trasalire.

Si spinse di più contro la porta e lo fissò a occhi spalancati. Lui era in mezzo al corridoio circa sei file più indietro, dove terminava la prima classe e iniziava quella economica.

Stava guardando tutte le donne raggruppate insieme, come se stesse facendo la spesa e cercasse di trovare i frutti più maturi.

«Tu» disse, indicando Andrea che era seduta per terra in una delle file.

Lei emise un piccolo singhiozzo e scosse la testa.

«Alza il culo, subito!» le ordinò Luis.

Andrea si alzò molto lentamente, teneva la testa bassa, fissando il pavimento.

«Be'? Cosa stai aspettando? Vieni qui!» le disse con un sorrisetto malvagio.

Nessuno pronunciò una parola. Gillian poteva sentire Janet e le altre piangere, ma nessuna di loro si oppose al dirottatore o andò in aiuto della donna.

Fece per parlare – non sapeva cosa avrebbe detto, non che volesse offrirsi volontaria – ma era già troppo tardi. Luis aveva afferrato il braccio di Andrea e la stava trascinando con violenza in fondo al corridoio.

La attirò in una delle file vicino all'uscita, probabilmente perché era più ampia e quindi aveva più spazio. La spinse a mettersi in ginocchio davanti a lui. Gillian non riusciva più a vedere Andrea, o cosa stesse facendo, ma si intuiva. Vedeva solo Luis dal petto in su. Il senso di colpa aumentò per il fatto di essere grata che i sedili le bloccassero la visuale.

Il bastardo stava guardando in basso e aveva ancora quell'orribile sorrisetto sul viso. Mentre l'osservava, disse qualcosa ad Andrea, e immaginò che tenesse la sua testa tra le mani mentre lei gli slacciava i pantaloni. Luis rimase immobile per un minuto o giù di lì, poi gettò indietro la testa, come se si stesse completamente godendo ciò che stava succedendo.

Gillian riuscì a capire dai movimenti ondeggianti che spingeva i fianchi avanti e indietro, sempre più velocemente, poteva solo immaginare cosa stesse sopportando la povera Andrea. Carlos e Jesus stavano osservando rapiti dal retro dell'aereo, e si rese conto che Henry si stava accarezzando seduto sul sedile accanto a lei.

Non riuscì più guardare e rabbrividendo chiuse gli occhi.

Luis era orribile. E *anche* i suoi amici. Come se la situazione non fosse già abbastanza grave, ora abusavano anche degli ostaggi? Sarebbe stata lei la prossima? O la povera Janet? Alice? E la bella Camile? Era troppo. Non avevano già sopportato tutte abbastanza?

Sentì del trambusto, riaprì gli occhi e vide Luis che riportava indietro Andrea. I suoi pantaloni erano chiusi con la zip ma il bottone era ancora slacciato e aveva un'espressione soddisfatta sul viso. A Gillian venne da vomitare.

Andrea si portò una mano sulle labbra e si rifiutò di incontrare gli occhi delle altre.

«Se non vi comportate tutte esattamente come vi viene detto, sarete le prossime» disse, mentre gettava la povera ragazza al suo posto sul pavimento. Poi fece un cenno ad

Alberto e Isaac e i tre camminarono tranquilli lungo il corridoio per avere una conversazione nella relativa privacy del centro dell'aereo, dove aveva appena costretto Andrea a quell'atto.

Henry mormorò qualcosa in spagnolo che fece ridere gli altri, e fu contenta di non poterlo capire. Aveva la sensazione che avesse detto qualcosa di dispregiativo su Andrea, o forse sulle donne in generale.

Avrebbe voluto andare dalla sua amica per chiederle se stesse bene. Per rassicurarla che ne sarebbero uscite vive e che dovevano essere forti. Ma anche nella sua mente, quelle parole suonavano vuote. Pensò a come si sarebbe sentita se fosse stata al suo posto. Non avrebbe voluto ascoltare banalità da nessuno.

Chiudendo gli occhi, cercò di ritornare ancora una volta ai pensieri calmanti su Walker, ma scoprì che era impossibile. Tutte le sue paure e preoccupazioni la stavano travolgendo e non poteva pensare a nient'altro che a quello che Luis e i suoi amici potevano avere in serbo per loro.

Alla fine, fece del suo meglio per riposarsi un po', anche se fu un sonno pieno di incubi.

Quando venne svegliata da un doloroso calcio sul fianco, le sembrò di aver dormito solo per pochi secondi, anche se in realtà erano passate delle ore.

Lanciando un urlo, si mise subito a sedere e sussultò per la luce che le accecava gli occhi.

«È ora di fare un'altra chiamata» le disse Luis bruscamente. «Dobbiamo sapere quando Hugo verrà liberato e quando riforniranno l'aereo di carburante. Ci stanno mettendo troppo e abbiamo già aspettato a sufficienza. È l'una di notte. Hanno tempo fino alle cinque per portare a termine entrambi i compiti.»

«Cosa succederà alle cinque?» chiese Gillian.

Luis sorrise e si chinò. «La gente inizierà a morire» rispose lapidario. «Uno ogni quindici minuti, finché non avremo la prova che il nostro compagno è libero. Assicurati che capiscano. Inizieremo con le tue amiche. Forse con quella bambina.»

«No!» esclamò Gillian. «Per favore!»

L'afferrò per i capelli e la strattonò indietro. Le puntò il coltello contro la gola e ringhiò: «Allora fagli capire che non stiamo scherzando! Fallo e tutti vivranno. Fai una cazzata e tutti moriranno! Tu sarai l'ultima. Ti costringerò a guardare morire ogni persona su questo aereo. Capito?»

«Sì» sussurrò. Non c'erano dubbi che avrebbe fatto esattamente ciò che aveva minacciato.

Luis annuì, poi le gettò il cellulare in grembo mentre si raddrizzava. «E non provare a fare niente di stupido» la avvertì. «Ti ascoltiamo.» E con ciò, si fece da parte e rimase a fissarla con uno sguardo feroce.

Le tremavano le dita, ma accese il telefono e andò alle chiamate più recenti. Premette sull'ultima ricevuta e aspettò che qualcuno rispondesse. Aveva il cuore in gola e per un secondo pensò che nessuno le avrebbe risposto dato che era notte fonda, ma alla fine sentì la voce di Walker.

«Sì?»

«Sono Gillian.»

«Ehi.» Il suo tono cambiò immediatamente da quello brusco e minaccioso che aveva usato per rispondere a uno più gentile. «Tutto bene?»

«Sì. Devo riferirti un messaggio.»

«Va bene, ma prima fai un bel respiro.»

Gillian aggrottò la fronte. «Come scusa?»

«Prendi fiato, Di. Sento che sei stressata da morire. Respira.»

«Di?»

«Scusa, mi è appena saltato in mente. Diana Prince. Sai, l'alter ego di Wonder Woman? Mi ricordi lei. Mantieni la calma anche sotto pressione, cercando modi per aiutare anche quando le probabilità sono contro di te. Prima non ho visto un lazo dorato, ma potresti nasconderlo da qualche parte.»

Era letteralmente senza parole. Non riusciva a pensare a niente da dire in risposta.

«Stai respirando? Credo che tu non lo stia facendo.»

Buttò fuori con un sibilo udibile il respiro che stava trattenendo e, sorprendentemente, sentì Walker ridacchiare dall'altra parte della linea.

«Bene. Ora dimmi cosa vogliono quegli stronzi.»

E altrettanto in fretta, fu risucchiata nella sua situazione attuale. Alzando lo sguardo, vide Luis ed Henry che la fissavano con le braccia incrociate sul petto. Era decisamente svantaggiata seduta ai loro piedi, ma cercò di non lasciarsi intimidire.

Accidenti, ma chi stava prendendo in giro? Si sentiva terribilmente intimidita.

Gli diede rapidamente il messaggio, sentendo la bile salire in gola dovendo pronunciare quelle parole ad alta voce. «Hanno detto che avete tempo fino alle cinque del mattino per rifornire di carburante l'aereo e liberare Hugo. Altrimenti inizieranno a uccidere le persone. Una ogni quindici minuti.»

«Le autorità stanno aspettando che sorga il sole per iniziare il rifornimento» disse con calma. «Posso chiedere che inizino prima. E credo che Hugo verrà rilasciato tra circa due ore. Stanno ascoltando?»

Gillian annuì ma non riuscì a pronunciare alcuna parola.

«Sono sicuro di sì» continuò. «Forza, riferisci quello che ho detto.»

Gillian non aveva idea di come potesse essere così calmo e tranquillo. Si schiarì la gola e trasmise il messaggio.

Luis e Henry iniziarono subito a parlarsi in spagnolo.

«Io non...»

«Zitta» le disse prontamente Walker.

Sorpresa che fosse stato così brusco, deglutì a fatica e tenne il telefono vicino all'orecchio. Non sapeva cosa dire o perché lo stesse tenendo ancora in mano. Avrebbe dovuto riattaccare; aveva riferito il messaggio. Ma per quanto fosse stato sconvolgente il tono conciso di Walker, non riusciva a spezzare la loro connessione.

Lo sentiva respirare dall'altra parte della linea e si concentrò su quello. Cercò di sincronizzare il respiro con il suo. Sorprendentemente, ciò la calmò. Lui non stava sbuffando e ansimando e non si stava comportando in modo nervoso o da fuori di testa.

I due uomini alla fine smisero di litigare e Luis si allontanò a passi pesanti verso il retro dell'aereo. Henry si passò una mano tra i capelli, agitato, e grugnì prima di allontanarsi anche lui da dove era seduta Gillian. Non andò lontano, solo alla fine della prima classe, ma in quel modo le aveva dato un po' di privacy.

«Walker?» sussurrò.

«Scusami, Di.»

«Cos'è successo?» gli chiese.

«Avevo bisogno di ascoltare la loro conversazione» le rispose.

Gillian comprese. «Cos'hanno detto?»

«Non lo so. Ma il mio compagno di squadra lo scoprirà.

Sta arrivando e ascolterà la registrazione della nostra chiamata.»

«Quel tizio sarà davvero liberato presto?»

«Sì» le rispose semplicemente.

«E faranno rifornimento all'aereo?»

«Immagino che nessuno ti stia ascoltando in questo momento, vero?» le domandò.

«No, Henry è imbronciato. Oh! Luis, Jesus, Alberto, Carlos, Henry e Isaac. Sono i nomi dei dirottatori.»

«Brava ragazza» le disse, l'ammirazione era evidente nel suo tono. «E presto finirà tutto.»

«Inizieranno *davvero* a uccidere le persone» lo avvertì. «Hanno detto che partiranno dalle donne.»

«Ti credo, ma non si arriverà a tanto.»

«Prometti?» Sapeva che non era giusto chiederglielo, ma era disperata. Il suo cuore sprofondò quando non rispose subito. «Scusa. Ignorami, io...»

«Non sono un indovino, tesoro. Vorrei esserlo. Vorrei poterti dire con certezza cosa succederà nelle prossime ore. Ma *posso* assicurarti che sto facendo del mio meglio per far uscire interi da quell'aereo te e tutti gli altri.»

«Per favore, non lasciarli decollare con noi dentro.»

«Per niente al mondo» dichiarò con fervore.

Gli credeva. «Ho visto Luis bloccare il portello. Sono sicura di poter fare qualcosa per aprirlo o per evitare che si chiuda correttamente. Non possono decollare se non è chiuso bene, giusto? Magari quando riforniscono l'aereo, qualcuno può lasciare una pistola o altro in uno scompartimento segreto che possa raggiungere così da sopraffarli. Potrei...»

«Diana Prince, dalla testa ai piedi» la interruppe Walker.

«Scusa?»

«Ci pensiamo noi, Di. Tutto quello che devi fare è seguire la corrente, tenere la testa bassa e non metterti sulla linea di fuoco. Ok?»

«Va bene. Walker?»

«Sì?»

«Eri *tu* quello che ha portato il cibo e l'acqua, non è vero?»

«Esatto.»

Gillian si sentiva un po' stupida. Certo che era lui. Lo aveva confermato con un cenno del capo. Ma in quel momento era sopraffatta dalle emozioni. Era esausta, stressata e spaventata. Per non parlare del fatto che aveva la sensazione di puzzare in modo atroce... non poteva davvero dirlo dal momento che tutti intorno a lei avevano un odore terribile. Odiava che Walker l'avesse vista nel suo momento peggiore. Avrebbe voluto impressionarlo, assomigliare alle donne toste dei film che riuscivano a superare le cose peggiori e anche a sedurre l'eroe.

«Immaginavo» disse debolmente quando il silenzio si protrasse troppo.

«Cosa ti passa per la testa?» le chiese.

Gillian chiuse gli occhi e appoggiò la fronte sulle ginocchia. Sentiva male dappertutto. Era sfinita e terrorizzata ma abbastanza vanitosa da voler piacere a Walker... mentre si trovavano nel bel mezzo di un *sequestro ostaggi*. Era ufficialmente pazza. «Niente.»

«Vuoi sapere cos'ho visto quando sono salito su quella scala?» le chiese in tono sommesso.

Gillian scosse la testa, ma disse: «Forse.»

Lui ridacchiò piano, poi la sconvolse. «Ho visto una donna che era al limite della sopportazione, ma che teneva ancora duro. Non solo, ho visto una leader. Qualcuno che probabilmente tutti su quell'aereo rispettano. Qualcuno che poteva anche essere spaventato, ma che stava facendo del suo meglio per superarlo, per il bene del resto del gruppo. Ho visto una donna che ammiro, e ho giurato in quel momento che non sarebbe diventata una statistica o una breve descrizione di una notizia.» E poi, dopo un attimo concluse: «Ho visto una donna che volevo conoscere meglio.»

Le sue parole davano una bella sensazione. Meravigliosa. Facendo un respiro profondo, gli chiese: «Vuoi sapere cos'ho visto io quando ho guardato *te*?»

«Certo, Di, dimmelo.»

«Speranza.»

Rimasero entrambi in silenzio per un momento. «Mi piace più di quanto dovrebbe. Tieni duro ancora un po', Gillian. Stai all'erta e il più calma possibile. Va bene?»

«Ok.» Poi le venne in mente una cosa a cui avrebbe dovuto pensare prima. «Walker? Hai detto che registri le telefonate?»

«Sì.»

«E se non chiudessi la chiamata quando restituisco loro il telefono, ma facessi finta di farlo?»

«No.»

«Ma...»

«No. Se dovessero accorgersene, ti faranno del male.»

«Mi faranno comunque del male. Me lo hanno *già* fatto. Finora mi hanno solo punzecchiato, ma so che nel momento in cui ne avranno la possibilità, Luis o uno degli altri proveranno un grande piacere nel farmi soffrire. Ma se riesci a sentire le loro conversazioni, potresti essere in grado di catturarli se dovessero fuggire.»

«Tu sei più importante.»

Gillian sapeva che avrebbe ripetuto nella testa quelle

parole in continuazione per il resto della vita... per quanto breve potesse essere.

Aveva avuto diversi fidanzati, ma non si era mai sentita messa al primo posto. Era uscita con un musicista che si era trasferito a Los Angeles per intraprendere la sua carriera. Sarebbe andata con lui... se glielo avesse chiesto, ma non l'aveva fatto. Poi c'era stato il contabile che spariva nel periodo delle tasse. Anche il ragazzo che amava tanto lo sport non le aveva mai chiesto di andare con lui quando giocava la sua squadra preferita, perché lo avrebbe distratto.

Walker non la conosceva nemmeno e la metteva al di sopra della cattura di sei spietati terroristi.

«Ho intenzione di farlo» gli disse. «Spero di poterti incontrare presto ufficialmente, Walker Nelson. Fai attenzione.» Poi, senza aspettare la sua risposta, perché aveva la sensazione che sarebbe riuscito a convincerla a non farlo, cliccò sul telefono per spegnere lo schermo. Pregò che il suo piano funzionasse davvero e che gli stronzi che li tenevano in ostaggio dicessero qualcosa di incriminante, mentre Walker e i suoi amici li ascoltavano.

Sollevò il telefono e aspettò che Henry si rendesse conto che l'aveva lasciata sola con il cellulare. Sorprendentemente, ci mise qualche minuto. Quando se ne accorse, corse indietro lungo il corridoio e glielo strappò di mano. Se lo ficcò nella tasca posteriore dei pantaloni e le diede uno schiaffo in faccia. «Cosa gli hai detto?» abbaiò.

«Niente!» protestò Gillian. «Ho riattaccato quando te ne sei andato.»

«Sarà meglio per te che non sia una bugia» sibilò, mentre incombeva su di lei minacciosamente.

«Non sto mentendo! Lo giuro!»

Le diede un calcio, si voltò e se ne andò. Gillian catturò

lo sguardo di Andrea e cercò di rivolgerle un sorriso rassicurante. Avrebbe voluto dire a lei e alle altre che l'aiuto stava arrivando, che presto sarebbe stato tutto un brutto ricordo, ma non osò farlo.

Sperava che Walker fosse stato onesto con lei e che l'amico dei dirottatori sarebbe stato rilasciato. Forse, così, avrebbero potuto uscire tutti vivi da lì.

CAPITOLO QUATTRO

Trigger si trovava sul bordo della pista di atterraggio. Ogni muscolo del suo corpo era teso. Aveva odiato sentire Gillian che veniva malmenata e percepire la paura nella sua voce. Ma non poteva negare che ciò che aveva fatto sarebbe tornato utile. Magari non in quel momento, ma in seguito, una volta finito tutto, i funzionari avrebbero ascoltato le conversazioni dei dirottatori e appreso quale fosse stato il loro piano. Da quello che poteva dire, il bastardo che aveva preso il telefono non si era reso conto che fosse ancora acceso, e pregò che le registrazioni fossero udibili.

Ora però, avevano un aereo da assaltare e ostaggi da salvare. Quello era il loro obiettivo principale e il motivo per cui erano lì, in primo luogo.

E non c'era più tempo. Erano le quattro e la scadenza stabilita dai dirottatori si stava avvicinando rapidamente. Hugo Lamas era stato liberato, ma nell'istante in cui il veicolo aveva lasciato la prigione, era stato colpito da una granata a propulsione a razzo. Tutte le persone nell'auto erano state disintegrate.

Nessuno sapeva chi ci fosse dietro l'attentato. Era stato

il Cartello dei Soli a far fuori uno dei loro perché non parlasse? Era qualcuno nell'esercito o nel governo che non voleva che fosse liberato? Una gang di spaccio rivale? Nessuno aveva risposte, e ciò aveva innervosito Trigger e il suo team. Chiunque ci fosse dietro l'assassinio, o aveva avuto delle informazioni riservate riguardo al suo rilascio o stava guardando in attesa di colpire. In ogni caso, se Luis e gli altri dirottatori avessero saputo che il loro amico era stato ucciso, era impossibile sapere cos'avrebbero potuto fare per rappresaglia.

Non si poteva più perdere tempo. Gli uomini sull'aereo stavano aspettando l'arrivo del loro compagno e, una volta capito che non sarebbe successo, avrebbero iniziato a uccidere civili innocenti. Era compito dei Delta impedirlo.

«Sapete tutti i vostri ruoli?» chiese Trigger attraverso il trasmettitore intorno al collo; quando iniziavano a parlare si attivava la connessione.

«Positivo.»

«Sì.»

«Affermativo.»

Le risposte furono immediate e decise. Ondate di adrenalina scorrevano nelle vene di Trigger. Erano pronti a prendere d'assalto l'aereo. Lui e Lefty sarebbero entrati dal portello dove veniva consegnato il cibo. Grover, Brain e Oz avrebbero fatto irruzione da quello posteriore, Doc da quello dell'uscita di emergenza su un lato vicino alle ali e Lucky dall'altro. Speravano che l'attacco simultaneo avrebbe causato confusione nel gruppo, e che sarebbero stati in grado di eliminare abbastanza dirottatori, prima che potessero vendicarsi sparando agli ostaggi.

Era molto rischioso ma non c'era altro modo di salire sull'aereo, ed era il miglior piano d'azione e qualcosa su cui facevano pratica di continuo durante l'addestramento.

Erano pronti. Trigger sperava solo che lo fossero anche Gillian e gli altri.

«Il camion del rifornimento è quasi pronto a partire» disse Doc. «Tutti in posizione. Lo useremo come copertura e una volta arrivati all'aereo ci sparpaglieremo. Uno, due... cazzo! Che diavolo succede?»

Trigger guardò verso il punto in cui il camion era in attesa di partire e vide un piccolo aereo bimotore Beechcraft Queen Air arrivare da dietro un angolo del terminal. Le eliche erano in funzione ed era chiaro che non si trattasse semplicemente di un pilota incapace, ignaro della situazione. Il velivolo poteva contenere fino a dodici persone e stava andando dritto all'aereo dirottato senza dar segno di rallentare.

Il loro piano studiato con cura era appena andato a puttane.

Trigger sentì il rumore di uno scivolo di emergenza che si gonfiava e girò la testa di scatto verso il mezzo con gli ostaggi.

«Cazzo, cazzo, cazzo» mormorò, facendo cenno alla sua squadra di muoversi.

Prima che riuscissero ad arrivare all'aereo, le persone iniziarono a uscire. In coppia. Un uomo e una donna. L'istante in cui i primi due arrivarono in fondo allo scivolo, iniziarono a correre verso il piccolo Beechcraft.

Non conoscevano l'aspetto dei dirottatori, quindi non potevano sapere se quelli che correvano fossero i loro bersagli oppure no.

Due a due, sempre più persone scesero lungo lo scivolo di emergenza, lanciandosi poi verso il velivolo più piccolo che aspettava lì vicino con i motori accesi; la prima coppia lo aggirò e si diresse verso il terminal dietro di esso.

Parcheggiarlo proprio nel mezzo del percorso che gli

ostaggi avrebbero dovuto fare per mettersi in salvo, era stato dannatamente geniale; rendeva molto più difficile distinguere i civili dai terroristi.

Era chiaro che i dirottatori non avessero mai avuto l'intenzione di andarsene da lì con l'aereo di linea. Avrebbero viaggiato su quello più piccolo e manovrabile, uno che poteva volare sotto i radar e scomparire in America centrale senza lasciare traccia.

Trigger corse accanto a Lefty, mentre la squadra si dirigeva verso i passeggeri in preda al panico, concentrati a fuggire dall'inferno che avevano vissuto negli ultimi tre giorni.

«Stanno usando i passeggeri come copertura» disse al suo team. Sapeva che ne erano già consapevoli, ma aveva dovuto comunque dirlo. «Sparate per uccidere, ma assicuratevi che la persona a cui mirate sia effettivamente un dirottatore!»

Avevano un'ampia zona aperta da coprire prima di poter raggiungere uno dei due aeroplani, e Trigger non si era mai sentito un bersaglio così facile come in quel momento.

All'improvviso risuonò uno sparo e tutti e sette i Delta, in sincronia, si gettarono a terra e rotolarono. Non avevano possibilità di riparo, ma non sarebbero nemmeno rimasti lì a farsi sparare. Dopo pochi secondi erano di nuovo in piedi e correvano verso l'aereo. Nessuno sapeva chi stesse sparando o da dove, ma non potevano fermare la missione.

Sembrò volerci un'ora, ma alla fine raggiunsero il carrello anteriore del velivolo dirottato, dietro cui si misero in fila usandolo come copertura. Trigger era davanti e stava cercando freneticamente di scoprire chi stesse sparando contro di loro.

La scena era un caos totale. Le donne piangevano, gli uomini urlavano ed era consapevole che era una priorità individuare subito chi di loro fosse un dirottatore e chi un civile innocente.

«Grover, elimina il pilota del Beechcraft» ordinò. «Doc, coprilo. Lefty, tu e Brain dovete trovare un modo per deviare i civili... separarli dai nostri obiettivi. Oz e Lucky, siete sui dirottatori con me.»

Senza una parola, gli uomini della sua squadra si aprirono a ventaglio. Trigger sentì Lefty fischiare più forte che poté, mentre Brain iniziò a gridare di correre nella direzione opposta al Beechcraft.

Come se gli ostaggi stessero solo aspettando che qualcuno dicesse loro cosa fare, girarono immediatamente a destra e si diressero verso i due uomini che facevano cenni frenetici indicando dove andare.

Con quel cambio di flusso di umani, Trigger riuscì facilmente a capire chi fosse un terrorista e chi no. Ma c'era un nuovo problema: i dirottatori stavano usando le donne e i bambini come scudi.

Un uomo aveva una bambina piccola in braccio e le teneva un coltello alla gola mentre si precipitava verso il piccolo aereo.

Un altro aveva la canna di un fucile conficcata nel fianco di una donna mentre la costringeva a correre verso il Beechcraft.

Poi Trigger vide Gillian.

I suoi capelli biondi risaltavano, anche alla luce scarsa del sole che stava sorgendo. Un bastardo le aveva messo un braccio intorno al collo e stava tentando di camminare all'indietro verso il loro mezzo di fuga, mentre sparava a caso agli ostaggi che si allontanavano e al team Delta.

Dentro di lui scattò qualcosa, e lo travolse una sensazione che non aveva mai provato durante il lavoro.

Paura.

All'improvviso, era terrorizzato che l'uomo potesse salire sul piccolo aereo con Gillian e che non l'avrebbe mai più rivista. Non avrebbe mai più sentito la sua voce.

Non. Succederà.

Socchiuse gli occhi e si concentrò sull'uomo. Visione a tunnel. Trigger sapeva cosa fosse, ma non cercò di liberarsene. Aveva fiducia nella sua squadra. Lo avrebbero coperto e si sarebbero occupati degli altri dirottatori. Lo stronzo che stava facendo del male a Gillian stava per morire.

———

Gillian non capiva più niente. Quando i dirottatori all'improvviso avevano radunato le donne costringendole ad andare sul retro con gli uomini, aveva pensato che le avrebbero liberate tutte. Che l'aereo fosse finalmente stato rifornito di carburante e si stessero preparando per il decollo. Vederli aprire un portello, aveva confermato le sue conclusioni. Non aveva potuto fare a meno di sorridere.

Ma poi Luis aveva parlato in una radio portatile che non aveva mai visto prima, iniziando ad accoppiare gli ostaggi: un uomo e una donna. Aveva spinto giù per uno scivolo la prima coppia, senza dar loro alcun preavviso, poi la successiva e quella dopo ancora. Poi Henry aveva afferrato Alice ed era saltato fuori dietro a un paio di ostaggi.

Cosa diavolo stava succedendo?

Guardò fuori dal portello e vide un piccolo aereo venire verso di loro, velocemente.

E comprese.

I dirottatori non sarebbero partiti con quello di linea,

era chiaro che un complice li avrebbe prelevati per portarli via sul bimotore.

Gillian era così sbalordita, che aveva smesso di prestare attenzione a ciò che stava accadendo intorno a lei, e si trovò impreparata quando Alberto la trascinò contro di lui afferrandola per il braccio; glielo strinse così forte che non poté fare a meno di gridare per il dolore.

«Tu vieni con me» le sibilò. «E se scappi, ti sparo. Capito?»

Si limitò ad annuire.

Lui si fece largo tra alcuni degli altri ostaggi che aspettavano con ansia la loro possibilità di scappare, e la trascinò dietro a Luis. Il bastardo teneva Andrea, le aveva puntato una pistola contro la tempia e le stava dicendo qualcosa in spagnolo. Quando lei e Alberto apparvero dietro di loro, Luis si raddrizzò ma non spostò l'arma.

«Ci stiamo divertendo, no?» chiese con un sorriso malvagio. Poi si chinò su Andrea e le leccò un lato del viso. «La porto con me. Mi ha succhiato il cazzo così bene, come potrei non farlo? Io e lei ci divertiremo ancora molto, vero?»

Gillian rabbrividì mentre Andrea chiudeva gli occhi.

«Andiamo» ordinò. «Non abbiamo molto tempo. Sono usciti tutti?»

«Sì, e Isaac è dietro di me» rispose Alberto.

Gillian si voltò a guardare e vide che era proprio dietro di loro. Accanto a lui c'era Leyton, l'uomo ispanico che aveva dato una mano con le scatole di viveri in precedenza, quando i loro sguardi si incontrarono, disse: «Andrò con lei.»

Aggrottò la fronte, confusa.

Si fece avanti. «La prendo io» insistette.

Non aveva idea del perché si fosse offerto di andare

con lei quando sembrava ovvio che Alberto avesse intenzione di usarla come scudo.

«No, salto giù io con lei» sentì dire a Wade, il marito di Alice, che era seduto nella sua stessa fila quando tutto era iniziato.

Alla fine, Gillian si rese conto che gli uomini stavano facendo il possibile per cercare di aiutarla. Per allontanarla dal dirottatore.

Leyton si sporse e le afferrò il braccio. Per un attimo, lui e Alberto fecero una sorta di tiro alla fune, con lei tra di loro. «Vuoi venire anche tu con noi?» gli chiese il bastardo con un ghigno, poi mise una mano sul petto di Leyton e spinse forte. Il giovane indietreggiò ma non distolse gli occhi dal dirottatore.

«Fatti da parte» lo avvertì Alberto in tono duro. «E questo vale per tutti voi» continuò, parlando a quelli che si erano raggruppati intorno a loro. «Fate *ciò* che vi diciamo, *quando* ve lo diciamo, e potreste sopravvivere. Fate i furbi e vi ucciderò all'istante!»

«Dobbiamo andarcene di qui» lo interruppe Luis con impazienza, prima di spingere in avanti Andrea. Entrambi scesero giù per lo scivolo gonfiabile.

Prima che Gillian fosse pronta, Alberto saltò, portandola con sé. Nel momento in cui toccarono l'asfalto, la tirò in piedi e la trascinò verso il piccolo aereo che li aspettava.

La gente correva ovunque. Il caos era fuori controllo. Gli ostaggi liberati non sapevano da che parte andare. Alcuni si stavano dirigendo verso il piccolo aereo, ma altri si erano girati e stavano correndo verso un uomo vestito di nero sulla destra. Risuonarono dei colpi di pistola, ma non c'era alcun posto in cui ripararsi.

Alberto le avvolse un braccio intorno al collo e la attirò contro il suo petto. Gillian vi si aggrappò con le mani cercando di tirarlo via dalla gola; le stava togliendo l'aria e non riuscì a concentrarsi su nient'altro che sul far entrare ossigeno nei polmoni. Mentre camminavano all'indietro, Alberto sollevò il fucile e sparò agli uomini e alle donne che correvano nella direzione opposta, poi rise quando delle urla risuonarono tutto intorno.

«Smettila di perdere tempo!» gridò Luis dietro di loro. «Vai sull'aereo!»

Gillian allora lottò. Non avrebbe preso un altro aereo con quegli stronzi senza cuore, sapeva che se l'avessero fatta salire a bordo, nessuno l'avrebbe mai più rivista. Nessuno, né i suoi genitori, né le sue migliori amiche. Le avrebbero fatto del male, avrebbero abusato di lei, per poi scaricare il suo corpo da qualche parte nel profondo della giungla.

Non aveva intenzione di lasciare che accadesse.

Alberto fu ovviamente sorpreso quando iniziò a combatterlo, perché smise di sparare e lasciò andare il fucile che teneva appeso alla schiena con una cinghia; aveva bisogno di usare entrambe le mani per cercare di sottometterla.

Ma per quanto duramente lottasse, non riusciva a sfuggire alla presa del bastardo. Fu solo quando sentì Luis imprecare in spagnolo che si rese conto che avevano raggiunto l'aereo.

Prima che potesse elaborare ciò che stava accadendo, Andrea gridò. Sentì anche la povera piccola Renee piangere da qualche parte lì intorno. Notò distrattamente che Leyton doveva averli seguiti perché era lì vicino, ma non stava cercando di aiutare lei o Andrea, e nemmeno la bambina, stava solo a guardare quasi come fosse sotto shock.

Avrebbe voluto gridargli di scappare, di allontanarsi

dall'aereo e dai dirottatori, di salvarsi, ma non ne ebbe la possibilità, perché un attimo prima Gillian era in piedi, e quello dopo si ritrovò a terra con Alberto. Si erano scontrati violentemente con Andrea e Luis, ed erano caduti tutti e quattro. L'altra coppia ora stava sotto di loro. Erano tutti ammassati alla base dei tre gradini che portavano dentro al bimotore e Luis urlava in spagnolo cercando di alzarsi in piedi.

Renee era raggomitolata e piangeva chiamando sua madre.

Era tutto caotico e confuso e stava accadendo troppo velocemente perché Gillian riuscisse a elaborarlo.

All'improvviso, si sentì un forte scoppio e tutti sembrarono bloccarsi. Subito dopo giunse il rumore di un vetro che si rompeva e le schegge piovvero sul quartetto in fondo ai gradini.

«Dannazione!» gridò Luis prima di districarsi da sotto Andrea e alzarsi. Si voltò per arrampicarsi su per la scaletta, ma un altro colpo di pistola riempì l'aria e il capo dei dirottatori si accasciò contro i gradini che stava tentando di salire.

Andrea urlò di nuovo.

Alberto strattonò Gillian facendola inginocchiare, ma prima che riuscisse a rialzarsi, risuonò un altro sparo e lo sentì accasciarsi contro di lei.

Qualcosa di bagnato le schizzò il viso, poi cadde di nuovo sotto il peso dell'uomo che la bloccò a terra.

Andrea continuava a urlare, Renee continuava a piangere e per quanto il pensiero fosse poco compassionevole, Gillian avrebbe voluto che stessero zitte. Ma c'erano comunque altre urla e pianti tutt'intorno a lei.

Mentre si dimenava per tirarsi fuori da sotto Alberto, sentì altri spari, questa volta molto più vicini. Sussultando a ogni colpo, decise di restare dove si trovava. Era irrazionale, ma in un certo senso si sentiva più sicura a stare nascosta sotto quel cadavere piuttosto che in piedi ed esposta ai proiettili vaganti.

Non sapeva se fossero passati due minuti o due secondi, ma finalmente sentì solo silenzio.

Poi qualcuno urlò: «Gillian!»

Avrebbe riconosciuto quella voce ovunque.

Walker.

Decise di riprovare a liberarsi. Si dimenò e lottò per qualche secondo e poi riuscì a spingere via il corpo. Voltando la testa, fissò gli occhi grigi e preoccupati dell'uomo che stava correndo verso di lei.

Sembrava molto diverso dall'ultima volta che l'aveva visto. La tuta grigia della compagnia aerea era sparita. Ora era vestito di nero, persino il viso era ricoperto di nero. Teneva in mano un fucile e aveva qualcosa avvolto intorno alla gola.

Abbassandosi, la sollevò con una mano tenendo pronta l'arma e la attirò a sé.

Gillian non si oppose.

Era massiccio ovunque, soprattutto a causa del giubbotto antiproiettile che ovviamente indossava, ma anche i suoi bicipiti erano duri come rocce.

Non si era mai sentita così al sicuro in tutta la sua vita.

Si concesse un secondo per chiudere gli occhi e rilassarsi contro di lui prima che i singhiozzi di Andrea la costringessero a riaprirli. Guardando alla sua destra, vide un uomo vestito come Walker che l'aiutava a rimettersi in piedi. Sembrava terrorizzata a morte, tanto da non riuscire nemmeno a camminare; dovette prenderla in braccio per portarla in salvo.

Il corpo di Luis era stato spinto giù dalla scaletta e

giaceva sull'asfalto, accanto al piccolo aereo. Un altro uomo, ovviamente compagno di Walker, si trovava sulla soglia del portello, era accigliato e la sua espressione cupa la spaventò un po'.

Voltandosi, non vide più Renee lì vicino; un altro membro della squadra la stava indirizzando verso il terminale dicendole di correre.

Le fischiavano le orecchie. «È finita?» sussurrò, sentendosi stupida.

«È finita» le confermò.

«Tre morti dentro, escludendo il pilota» disse l'uomo dall'interno dell'aereo.

«Ce ne sono altri tre qui fuori. Ottimo lavoro, ragazzi» li informò qualcuno dietro di loro, spaventandola a morte.

«Tranquilla, Di» mormorò Walker, senza allentare la presa su di lei.

E meno male, perché Gillian sarebbe caduta a terra senza il suo sostegno.

Guardandosi intorno, indicò un cadavere. «Quello è Luis.» Poi indicò l'altro. «E quello che mi teneva è Alberto.» Si girò e guardò il corpo dietro di lei. «E quello è Jesus.»

«Ci serve che identifichi gli altri» disse l'uomo sull'aereo.

«No» rispose Walker mentre nello stesso momento Gillian diceva: «Ok.»

«Non sei obbligata» insistette in tono duro. «Può decifrarlo qualcun altro questo gran casino.»

Lei scosse la testa. «Ho bisogno di sapere che sono morti.»

Trigger strinse le labbra. Gillian capì che non ne era felice, ma non cercò di convincerla a rinunciare. «Oz, trascinali all'entrata. Può identificarli da qui.»

L'uomo sull'aereo annuì e sparì per un attimo. Poi tornò trascinando un corpo per un braccio.

«Carlos» mormorò Gillian.

Oz annuì e ripeté l'azione altre due volte e lei identificò Isaac ed Henry.

Gillian era sioccata. Quella non poteva essere la sua vita. Si trovava davvero nel mezzo di una pista di un aeroporto in Venezuela, a identificare dei morti? Uomini che sanguinavano da dei buchi nella testa?

In lontananza si sentirono delle sirene; un suono stridente e sgradevole.

Walker le mise un braccio intorno alle spalle e la girò in modo che fosse di fronte a lui. «Sei ferita?»

«Non proprio. Voglio dire, sono viva, non posso chiedere altro. Cos'è successo?»

«È ovvio che i dirottatori non avevano mai avuto intenzione di partire con l'aereo di linea.»

Gillian annuì. «Il carburante era un'esca.» Lo sguardo di ammirazione negli occhi di Walker era gratificante. Era tutta dolorante e destabilizzata, ma sentiva di poter fare qualsiasi cosa se lui avesse continuato a guardarla come se fosse speciale.

«Esatto. Hanno lasciato andare gli ostaggi in coppia come diversivo. Dato che nessuno sapeva che aspetto avessero, non potevamo dire chi fosse un dirottatore e chi un civile innocente. È stata una mossa intelligente. Ma dopo che Lefty e Brain hanno reindirizzato gli ostaggi, è stato facile distinguere chi stesse correndo verso il Beechcraft e chi semplicemente cercando di scappare.»

Gillian annuì.

«Gli altri tre, una volta arrivati al bimotore, hanno lasciato andare le donne e i bambini che stavano usando come scudi. Sembrava che Luis stesse cercando di trascinare Andrea all'interno con lui quando tu e questo stronzo» tirò un calcio ad Alberto steso ai loro piedi, «avete sbattuto contro di loro e avete fatto cadere tutti. Quello ci ha dato il tempo per colpirli prima che potessero entrare. Grover ha ucciso il pilota, gli ha sparato attraverso il finestrino, e Oz è entrato e ha fatto fuori gli altri. E ora, eccoci qua.»

Le girava la testa. Era certa più che mai che Walker e i suoi amici fossero una sorta di operatori delle forze speciali. Era accaduto tutto così in fretta dopo i tre giorni più lunghi della sua vita; avevano agito ed era finita. Grazie a Dio.

«Dov'è andato Leyton?»

«Chi?»

«Leyton. Era uno degli ostaggi. Ci ha seguiti fino all'aereo, poi è scomparso.»

«Non lo so, e in questo momento non mi interessa. Quello che m'importa è che loro siano morti e tu no» replicò Walker.

«Credo che mi avrebbero portato con loro» sussurrò. «Grazie per esserti assicurato che non accadesse.»

«Non lo avrei permesso per niente al mondo» disse. Poi la attirò con dolcezza ancora una volta contro di sé.

Gillian appoggiò la guancia sul suo petto. Era più alto di lei, ma si adattavano perfettamente. Sapeva di avere il sangue di Alberto sui capelli e sui vestiti e di aver bisogno di una doccia, ma non le importava. Riusciva solo a concentrarsi sull'uomo che la stringeva.

Non aveva provato per *nessuno* ciò che sentiva per lui in quel momento.

Era ben consapevole che fosse perché era quasi morta. Tremava ancora per l'adrenalina che continuava a scorrerle nelle vene. Ma una parte lontana e ostinata di lei, le sussurrava che tutto questo *era* reale. Che Walker *provava* qualcosa per lei, non stava solo facendo il suo lavoro.

«Dobbiamo andarcene» disse in tono gentile uno dei suoi amici accanto a loro.

Per un secondo, Gillian lo strinse più forte, poi fece un respiro profondo e sollevò la testa dal suo petto. Lui non allentò subito l'abbraccio. Si fissarono per un lungo momento prima che con riluttanza, o almeno pensava che fosse riluttante, lasciasse cadere le braccia.

Gillian ondeggiò e Walker con prontezza la sostenne con una mano sul bicipite. Lei sussultò, facendolo accigliare.

«Cosa c'è che non va? Allora sei ferita? Fammi vedere.»

«Sto bene» lo rassicurò. «Quello è il punto in cui a quegli stronzi piaceva afferrarmi e trascinarmi in giro. Sono solo dei lividi. Guariranno.»

Le sembrò di sentirlo borbottare qualcosa riguardo a come avrebbe dovuto ucciderli lentamente, ma poi portò una mano sul suo viso, le accarezzò la guancia con il pollice e lei lo fissò mentre la studiava. Il suo sguardo la percorse da sopra la testa, agli occhi, poi alle guance e infine alla bocca.

Non poté fare a meno di passarsi la lingua sulle labbra improvvisamente secche, e le piacque vedere le sue pupille dilatarsi a quel movimento.

«Che succede ora?» gli chiese.

«Il governo degli Stati Uniti ha organizzato un volo per riportare te e gli altri americani a casa il più rapidamente possibile. Il Venezuela in questo momento non è un Paese in cui vogliamo trascorrere più tempo del necessario. Gran parte del governo è corrotto ed estremamente pericoloso.»

«Sì, penso di averlo scoperto nel peggiore dei modi» scherzò Gillian.

Le sue labbra si curvarono in un sorriso, ma tornò subito serio. «Sono sicuro che verrai interrogata riguardo a ciò che è successo. Dovresti anche vedere un dottore per assicurarti di stare bene fisicamente.»

«Lo farò» gli disse. «Cosa devo dire di te e dei tuoi amici?»

«Cosa intendi?» chiese confuso.

«È che... ho pensato che avreste voluto che il vostro ruolo in ciò che è successo qui fosse minimizzato.»

«Perché lo pensi?»

Sentendosi a disagio, come se avesse interpretato male l'intera situazione, Gillian continuò: «Hai detto che eri di stanza in Texas, il che significa che sei nell'esercito. E poiché siete solo voi ragazzi e non un intero plotone di uomini, immagino anche che siate di qualche forza speciale? E a causa del rapporto tra gli Stati Uniti e il Venezuela, presumo inoltre che bisognerebbe dare poco rilievo a ciò che avete fatto oggi.»

Quando nessuno disse nulla, abbassò lo sguardo. «O sono solo una ragazza che legge troppo. Lascia stare, dimentica ciò che ho detto.»

Sentì un dito sotto il mento e sollevò la testa guardandolo negli occhi. «Sapevo che eri una tipa intelligente. Sono sicuro che le persone che ti interrogheranno sanno chi siamo e quale fosse il nostro ruolo, quindi puoi essere onesta con loro. Ma una volta che sarai a casa... sì, sarebbe meglio se non parlassi di noi con i media o con nessun altro.»

«E con le mie migliori amiche? Io, Ann, Wendy e Clarissa ci raccontiamo tutto. Siamo più sorelle che amiche. Posso tenere nascosti la maggior parte dei dettagli, ma sapranno che sto mentendo se non dico qualcosa.»

«Usa il buonsenso» le consigliò Walker.

«Mi piace» disse uno dei suoi amici dietro di loro.

«Anche a me» intervenne un altro.

Lo vide scuotere la testa stupito per ciò che avevano detto i suoi compagni, ma non distolse gli occhi dai suoi. Si sporse in avanti e disse con dolcezza: «Sei incredibile, Gillian Romano. Sono impressionato dalla tua forza.»

Poi si raddrizzò e fece un passo indietro.

Gillian rabbrividì, anche se non era affatto freddo.

Udì delle urla e girò la testa, e vide almeno una dozzina di uomini dirigersi verso di loro in uniforme mimetica. Tornò a guardare Walker e si rese conto che sui suoi lineamenti era calata una maschera; era tornato in modalità lavoro.

«Ti vedrò ancora?» sbottò Gillian. Quando non rispose subito, disse un po' a disagio: «Voglio dire, vivo in una zona di Austin, e presumo tu sia di stanza a Fort Hood perché, sai... è una base militare, ed è davvero grande.»

Non riuscì a interpretare lo sguardo sul suo viso, ma fu sollevata di vedere la sua espressione cambiare e diventare più tenera.

«Vai con gli ufficiali venezuelani» la esortò. «Sii prudente, Di. E non si può mai sapere chi potrebbe presentarsi un giorno alla tua porta.»

Gillian si rilassò. Non era stato esplicito dicendo che l'avrebbe rivista, ma l'aveva insinuato. Le bastava.

«Grazie a tutti» disse agli uomini che le stavano intorno. «Dico sul serio. Grazie.»

Annuirono tutti.

L'ultima cosa che vide di Walker fu che si voltava e si allontanava, con i suoi sei amici e compagni di squadra che lo circondavano.

CAPITOLO CINQUE

Tre settimane dopo

«Che ti succede, amico?» chiese Lucky con impazienza. «Sei di malumore da settimane ormai.»

Erano le sei del mattino e Trigger e la sua squadra stavano facendo la loro consueta corsa di riscaldamento di otto chilometri, prima di iniziare il resto degli esercizi d'allenamento.

«È così dal Venezuela» aggiunse Grover.

«Da quando ha incontrato *lei*» incalzò Lefty.

«Andate a fanculo» mormorò Trigger. Voleva bene ai suoi amici, ma erano dei rompipalle.

«Perché non la chiami?» chiese Doc serio.

«Sai perché» rispose.

«No, non lo so» ribatté l'altro.

«Per quello che siamo.»

«Che cosa? Uomini?»

Smise di correre e lanciò un'occhiataccia ai suoi amici,

mentre anche loro si fermavano e lo fissavano confusi. «Siamo Delta» disse semplicemente.

«E?» domandò Oz quando nessuno disse nulla.

Trigger sospirò frustrato. «Sapete tutti bene quanto me cosa significa. Le nostre vite non sono nostre. Potremmo essere inviati da qualche parte questo pomeriggio per chissà quanto tempo. Potremmo venire uccisi in azione e nessuno saprebbe mai come o dove siamo morti. Abbiamo frequentato tutti delle donne e non funziona mai. Alcune vogliono solo scoparsi un Delta; amano *l'idea* di cosa rappresentiamo e non chi siamo come persone. Per non parlare del fatto che molte ragazze si stufano di tutta la segretezza e alla fine rompono la relazione. Non lo farò a Gillian.»

«Ghost e il suo team sono riusciti a farla funzionare» disse Brain in modo pratico.

Trigger cercò di trovare un argomento che avesse senso, ma non ci riuscì. Il nocciolo della questione era che provava davvero gelosia per Ghost, Fletch, Coach e gli altri. Avevano fatto *funzionare* le loro relazioni. Amavano le loro donne, venivano ricambiati e molti di loro avevano persino dei figli. Tipo Annie, il peperino che si rigirava come voleva chiunque la conoscesse, compreso lui.

Sospirò. «Temo che sia troppo in gamba per me» disse in tono sommesso, odiando ammettere quella verità. «Ho dato una seconda occhiata alle informazioni che abbiamo ricevuto dall'FBI e da quello che posso dire è intelligente, una lavoratrice instancabile e dedita al suo lavoro.»

«E quelle sarebbero cose brutte?» chiese Brain.

«Be', no, ma sapete tutti com'è la vita militare. È difficile. Temo che potrei in qualche modo... contaminarla. È forte come pochi e per di più indipendente. Ha una famiglia amorevole e amici che farebbero qualsiasi cosa per lei.

Non voglio rovinare tutto. Sapete bene quanto me che essere coinvolti con noi significa possibilità di trasferimento, e ciò significherebbe portarla via dalla sua rete di supporto.»

«Mi sembra» disse Lefty «che sia esattamente il tipo di donna che *dovresti* volere. Quella che vogliamo *tutti*. Abbiamo bisogno di una compagna che non crolli quando andiamo in missione. Qualcuno che sappia falciare l'erba e chiamare un fottuto idraulico quando il bagno si allaga. È un'ottima cosa che abbia una rete di supporto. E anche se venissimo trasferiti, ne potrebbe creare una nuova, con altre mogli dei Delta. Inoltre, nessuno sta dicendo che devi *sposare* quella ragazza. Ti piace, ed è ovvio che piaci a lei. Allora, cosa ti preoccupa *veramente?*»

Trigger esitò. Sapeva che ciò che stava per dire avrebbe potuto sembrare folle, ma loro erano i suoi migliori amici. Uomini per i quali sarebbe morto e viceversa.

«Penso che sia... *lei*» disse, mettendosi una mano sullo stomaco in agitazione.

«Lei cosa?» chiese Grover confuso.

«Non so spiegare come lo so, ma laggiù è scattato qualcosa tra noi. È stupido, me ne rendo conto. Pazzesco. Non ci conosciamo nemmeno. Ma sento qualcosa dentro che mi dice che potrebbe essere quella giusta per me. E che se dovessi conoscerla meglio, non vorrei più lasciarla. Se dovesse scaricarmi, mi ucciderebbe.»

Nessuno parlò per un lungo momento, poi Brain fece un sorriso enorme. «Congratulazioni!»

Anche gli altri presero a fargli le felicitazioni.

«Fermi, ragazzi» si lamentò Trigger. «Non è successo niente. Probabilmente ormai si è completamente dimenticata di me.»

«C'è solo un modo per scoprirlo» disse giustamente Doc. «Chiamala.»

«Non ho il suo numero.»

«Te lo trovo io» si offrì Brain. «E anche il suo indirizzo.»

«Parlale, amico» lo esortò Lucky. «Che male può fare?»

«Perché siete così insistenti?» Non poteva negare di essere felice per il loro sostegno, ma era anche un po' confuso.

«Perché non siamo più così giovani» disse Lefty. «Soprattutto tu.»

Trigger gli diede un pugno sul braccio e tutti risero.

«Ma sul serio» continuò «amiamo l'esercito e ciò che facciamo, ma non saremo Delta per sempre. Verrà un momento in cui ci fermeremo, ci guarderemo intorno e saremo soli. E sarebbe una cosa orribile. Voglio trovare una donna intelligente, indipendente e insolente. Qualcuno che mi saluterà con un bacio e mi dirà di fare il culo al nemico quando me ne vado, e che sarà entusiasta di vedermi quando torno. Qualcuno che non mi tradirà e non deciderà che è stanca di aspettare che io torni a casa.

Voglio che capisca che ciò che faccio è importante per me e, in cambio, la tratterò come una regina. Sarà il centro del mio mondo e farò in modo che lo sappia. Le relazioni sono davvero difficili da portare avanti, ancora di più per noi. Quindi, se hai la sensazione che quella donna sia l'unica che può essere tutto questo per te, farò il possibile per aiutarti a farlo accadere. E ucciderò chiunque cerchi di mettersi tra te e lei.»

Non sapeva cosa dire. Era profondamente toccato.

«Quello che ha detto Lefty» scherzò Grover.

Tutti risero di nuovo.

«Ci penserò» concluse.

Brain alzò gli occhi al cielo. «Avrò le informazioni questo pomeriggio.»

Trigger annuì, poi riprese a correre. Si voltò e disse: «Avete intenzione di venire o lascerete che questo vecchio vi faccia il culo?»

Bastò quello e i ragazzi si diedero da fare e gli corsero dietro.

———

Più tardi, quel pomeriggio, Trigger era seduto nel suo ufficio quando qualcuno bussò alla porta. Alzò lo sguardo e vide che era Brain.

«Sai, non serviva *tutta* questa fretta per darmi le informazioni di Gillian» scherzò.

Ma l'amico non sorrise. «Dobbiamo parlare» disse invece.

Si irrigidì subito e gli indicò la sedia davanti alla scrivania.

Brain si sedette e non perse tempo. «Sai quando Gillian non ha chiuso l'ultima chiamata nella speranza che avremmo potuto scoprire qualcosa dai dirottatori mentre si parlavano?»

«Sì» rispose.

«Abbiamo qualcosa.»

Si sporse in avanti. «Cosa?»

«Come avevamo capito, non avevano intenzione di far volare quel grosso aereo fuori da lì. Un pilota del cartello li avrebbe riportati in Messico con il Beechcraft.»

«In Messico?» chiese sorpreso.

«Sì. Erano membri di Sinaloa.»

«Cazzo» sibilò Trigger, lasciandosi cadere indietro sulla sedia con un tonfo.

«Non volevano che Hugo Lamas venisse liberato per farlo scappare con loro. Volevano che fosse ucciso per inviare un messaggio al Cartello dei Soli. In sostanza, hanno iniziato una guerra.»

«E come ogni cartello della droga, a loro non importava chi potesse rimanere coinvolto nel fuoco incrociato» disse Trigger disgustato. «Le persone che hanno ucciso sull'aereo non contavano un cazzo per loro, l'importante era farla pagare ai venezuelani, dimostrando che li avevano fregati proprio sul loro territorio.»

«Esatto. Ma c'è di più» aggiunse Brain.

«Cosa?»

«Hanno parlato di un settimo dirottatore.»

«Cosa vorresti dire? Che ci siamo persi un bastardo ed è scappato?» gli chiese.

«Sì, è esattamente quello che sto dicendo. Sulle registrazioni discutevano del Beechcraft. Luis diceva che erano a posto perché poteva contenere fino a dodici persone – e loro erano in sette compreso il pilota, più le due donne che lui e Alberto avevano intenzione di portare, quindi c'era posto per il loro "amigo" e altri due, se qualcun altro voleva portarsi un "giocattolino".»

Trigger avrebbe voluto uccidere di nuovo Luis e gli altri dirottatori. Alberto aveva progettato di portare Gillian con sé. Era troppo sconvolgente anche solo pensare a ciò che le sarebbe successo se l'avesse portata nelle viscere del territorio del Cartello di Sinaloa.

Brain continuò. «Ma poi un altro ha detto qualcosa riguardo a quanto sarebbe stato meglio per il loro "amigo" andare con il resto degli ostaggi, per scoprire quante più informazioni possibili e cosa sapesse il governo e il Cartello dei Soli dell'operazione. Per quanto ne so, prima che la chiamata venisse interrotta bruscamente, ne stavano ancora discutendo. Metà di quegli stronzi voleva che la talpa rimanesse nascosta e mimetizzata con gli altri civili, l'altra metà voleva portarla con loro.»

«Quindi la CIA deve esaminare il background di tutti gli ostaggi che erano sull'aereo. Vedere chi ha collegamenti con Sinaloa e il Messico» rifletté Trigger.

«Non è così facile» disse Brain con un'alzata di spalle. «Anche se restringessimo il campo, sono tutti partiti, tornai alle loro vite e Paesi. Dannazione, il nostro obiettivo avrebbe potuto usare un nome falso. Ma penso che abbiamo problemi più grandi.»

«Più grandi?» chiese.

«Chiunque fosse in combutta con i dirottatori sa tutto ciò che è successo su quell'aereo. *Ogni cosa*. Probabilmente sono consapevoli di come sono stati uccisi i loro amici... e di quanto Gillian sia stata un fattore determinante per farci arrivare a loro ed eliminare Luis, Alberto, il pilota e gli altri. Lui o lei potrebbe non essere troppo felice che Gillian sia riuscita a sfuggire... potrebbe persino aver capito che ci stava dando informazioni.»

«Ma perché prendere di mira lei? Non c'è motivo» disse Trigger. «C'erano molti altri passeggeri su quell'aereo che hanno interagito con i dirottatori.»

«Ho parlato con uno degli agenti che ha interrogato gli ostaggi. Diverse persone hanno detto di aver visto Gillian lottare con Alberto, e di averli visti cadere e scontrarsi con Luis e Andrea. Hanno anche visto te e lei abbracciati. Praticamente non parlavano d'altro; di quanto fossero colpiti da Gillian e pensassero fosse coraggiosa... ma anche quanto voi due sembravate intimi. Come se magari vi conosceste da prima del dirottamento e *Gillian* fosse la ragione per cui la squadra era stata inviata. Se fossi la talpa, sarei piuttosto incazzato con lei in questo momento.

Soprattutto dopo aver sentito tutti i miei compagni di viaggio lodarla così tanto.»

Trigger si alzò in piedi così velocemente che la sua sedia cadde sul pavimento. «Indirizzo?»

Il suo compagno di squadra non sorrise, ma le sue labbra si contrassero mentre tirava fuori un pezzo di carta dalla tasca. «Vive a nord di Georgetown. Non dovresti impiegarci molto ad arrivare.»

«Non è divertente» brontolò accigliato.

Brain si alzò. «Non ho mai detto che lo fosse. Non importa quali pregiudizi potresti avere riguardo a ciò che fai e chi sei, lei deve sapere che potrebbe essere in pericolo.»

«Lo so.»

«Il Cartello di Sinaloa non scherza. Se la vogliono morta, servirà un miracolo per assicurarsi che non accada» concluse.

Trigger digrignò i denti. Si voltò per andarsene, ma aveva un'altra domanda. Tornò a guardare il suo amico. «Hanno davvero dirottato un volo internazionale solo per uccidere un agente di frontiera che lavorava per un cartello della droga rivale?»

Brain sospirò e scosse la testa. «Dubito. Per quanto ne sa la DEA, è stata una distrazione dal loro obiettivo principale: portare fuori dal Venezuela ottocento chili di cocaina e metanfetamina, che Sinaloa aveva rubato al Cartello dei Soli. Mentre il mondo puntava l'attenzione sull'aeroporto, hanno caricato una nave con la droga e sono salpati senza che le autorità dessero nemmeno uno sguardo.»

Trigger poté solo scuotere la testa. Tutte quelle morti a causa della droga. Be', più precisamente a causa dei soldi. Non l'avrebbe mai capito. «Grazie per l'avvertimento» gli disse.

«La soluzione migliore sarebbe trasferirla qui a Killeen, così potremmo tenerla d'occhio.»

Sbuffò. «Pensi davvero che accetterebbe? Mi hai *sentito* dire che è indipendente e intelligente, giusto?»

Brain fece un sorriso enorme. «Sì. Dovrai solo convincerla. Mostrale le gambe... o qualcosa del genere.»

Trigger alzò gli occhi al cielo e si voltò per uscire dal suo ufficio. Sapeva che non c'era alcuna possibilità di convincere Gillian a trasferirsi da lui, nemmeno per la sua sicurezza. Ma non poteva negare che il pensiero di averla in casa sua fosse piuttosto allettante.

———

Gillian fissò il suo riflesso davanti allo specchio del bagno. Stava davvero bene, se le era permesso dirlo. Quella sera sarebbe uscita con Ann, Wendy e Clarissa e si era vestita per l'occasione. Indossava un paio di jeans attillati che le avvolgevano il sedere e le cosce, sandali con il tacco alto e con strass scintillanti che li facevano sembrare più eleganti di quanto fossero in realtà. Aveva anche scelto di mettere la sua camicetta nera incrociata preferita, che le abbracciava i seni e mostrava molto il décolleté.

Si era truccata un po' più del solito e aveva messo una collana che adorava con un diamante di due carati – falso – che si fermava proprio al centro del petto, attirando l'attenzione sulla suddetta scollatura.

I capelli le ricadevano in riccioli intorno al viso e anche se sapeva che probabilmente non sarebbero durati fino a fine serata, almeno l'avrebbe iniziata bene per quanto riguardava il look.

Sospirando, si appoggiò con le mani sul ripiano e chinò la testa. Ecco, se solo si *fosse sentita* anche bene.

Tre settimane. Erano passate tre settimane dal suo calvario in Venezuela, e per certi versi sembrava fosse solo ieri. I suoi genitori avevano insistito per andare da lei per assicurarsi che stesse bene, e la settimana in cui erano rimasti erano stati molto d'aiuto. Non era abituata a essere al centro dell'attenzione ed era stata sopraffatta dall'ansia per il fatto di dover parlare con la stampa, ma sua madre l'aveva rassicurata che le informazioni che aveva condiviso con i giornalisti erano state concise e chiare pur senza essere entrata troppo nei dettagli, ed era stato un enorme sollievo. Si era sentita imbarazzata per il modo in cui alcuni degli altri passeggeri avevano parlato con entusiasmo dell'ottimo lavoro che aveva fatto sotto pressione ma, per fortuna, la presenza dei suoi genitori era stata una buona distrazione da tutto.

Tuttavia, nemmeno l'affetto e le coccole con cui l'avevano sommersa sua madre e suo padre erano riusciti a cancellare i brutti ricordi di ciò che era successo.

Continuava a dormire con le luci accese e sussultava a ogni piccolo rumore. Aveva ripreso la sua vecchia routine, più o meno, il che era positivo... ma una piccola parte di lei era morta dentro quando non aveva più avuto notizie di *lui*. Si era aspettata che fosse occupato appena tornata a casa, ma con ogni giorno che passava senza una telefonata o una mail, aveva iniziato a pensare che il legame che aveva sentito non fosse corrisposto.

Era stata così sicura che avessero legato come non le era mai successo con nessun altro. Aveva detto che si sarebbe messo in contatto... vero? Dubitava sempre di più di quella possibilità.

Razionalmente, sapeva che c'erano poche probabilità di vedere di nuovo Walker Nelson. Aveva solo fatto il suo lavoro. Se era nelle forze speciali, faceva quel genere di cose tutto il tempo. Di sicuro aveva salvato centinaia di persone. Probabilmente anche in quel momento era in missione e stava salvando qualcun altro. Perché avrebbe dovuto mettersi in contatto con *lei*? Solo perché si era sentita in sintonia con Walker non significava che lui provasse la stessa cosa.

Si stava comportando da stupida.

Gillian era una romantica, ed era per quello che ogni mattina, quando si svegliava, sperava che quello sarebbe stato il giorno in cui sarebbe andato da lei, che Walker in qualche modo sarebbe riuscito a procurarsi il suo numero e le avrebbe telefonato o mandato un messaggio, dicendo di volerla rivedere. Oppure che l'avrebbe aspettata fuori dal suo complesso di appartamenti, appoggiato con nonchalance contro il muro, salutandola con un cenno del mento non appena l'avesse vista.

Buttando fuori un respiro si raddrizzò e si lisciò la camicetta. No, era ovvio che non sarebbe successo. Lui era andato avanti con la sua vita e doveva farlo anche lei.

Il telefono suonò per l'arrivo di una notifica, lo prese dal bancone e vide che aveva perso alcuni messaggi mentre faceva la doccia e si preparava.

Il primo era di Janet. Erano rimaste in contatto dopo il dirottamento e Gillian adorava sentire gli aggiornamenti su sua figlia Renee. All'inizio la bambina era rimasta traumatizzata ma, dopo aver visto uno psicologo, Janet le aveva riferito che stava iniziando a essere più simile alla ragazzina che era stata prima del loro calvario. Aveva allegato una foto della piccola. L'espressione felice sul suo viso la fece sorridere. Era appesa a testa in giù su una struttura da arrampicata in un parco giochi. Il testo che accompagnava la foto diceva: *Grazie a te, ho riavuto indietro la mia bambina.*

Le lodi la mettevano a disagio. Quando tutti gli ostaggi

erano stati raggruppati insieme in una stanza dell'aeroporto di Caracas, in attesa di essere interrogati individualmente, avevano parlato di tutto ciò che era successo. E poi la CIA e l'FBI, avevano dato l'impressione ai passeggeri di pensare – o forse erano stati i passeggeri stessi a darla ai federali – che Gillian fosse stata una sorta di leader per loro. Che fosse stato grazie a *lei* che così tante persone erano sopravvissute a quell'esperienza traumatica.

Scuotendo la testa, lesse il messaggio successivo. Era di Andrea. Viveva anche lei ad Austin, ma non era ancora pronta per incontrarsi di persona. Gillian sapeva che stava faticando a superare gli abusi sessuali che aveva subito per mano di Luis, e quanto fosse stata traumatizzata quando aveva cercato di costringerla ad andare con lui.

Quel pomeriggio, le aveva inviato un breve messaggio per farle sapere che la stava pensando. Lei aveva risposto con: *Grazie. Sto meglio e mi farò sentire presto. Voglio veramente essere forte abbastanza da venirti ad abbracciare di persona.*

C'era un altro messaggio, di Alice, la giovane donna che all'inizio del volo dalla Costa Rica era seduta accanto a Gillian. Lei e suo marito erano sopravvissuti entrambi e stavano rimettendo insieme la loro vita nello stato di Washington. Non si sentivano spesso ma era felice che le scrivesse, anche solo per informarla che si erano trasferiti in un nuovo complesso di appartamenti, protetto da un sistema di sicurezza ventiquattro ore al giorno sette giorni su sette.

Mentre leggeva, il suo telefono vibrò per un altro messaggio in arrivo. Questa volta da Wendy.

Wendy: Sei partita? Smettila di pensare troppo e porta il tuo culo al bar. C'è il tuo primo Margarita che ti aspetta!

. . .

Sorridendo, scrisse una breve replica per far sapere alla sua amica che stava arrivando, poi voltò le spalle allo specchio e uscì dal bagno. Prese la borsa dal letto disfatto e se la mise a tracolla.

Stava entrando nella zona giorno quando qualcuno bussò alla porta.

Fermandosi di botto, dovette costringersi a rallentare il battito del cuore. Non si presentava spesso gente a casa sua senza invito, ma poteva succedere. C'era un citofono che le persone avrebbero dovuto usare per entrare nell'edificio, ma a volte s'infilavano dentro seguendo un altro residente.

Con cautela e il più silenziosamente possibile, andò in punta di piedi alla porta e guardò attraverso lo spioncino.

Sconvolta oltre ogni immaginazione dalla persona che vide, trafficò con la serratura mentre cercava di sbloccarla. Le tremavano le mani e non riuscì ad aprire velocemente.

«Ciao» disse, quando finalmente si trovò faccia a faccia con l'uomo che pensava non avrebbe mai più rivisto.

«Ciao» rispose Walker.

Gillian sospirò tra sé e sé. Se aveva pensato che fosse bello con la divisa da combattimento nera e il viso imbrattato di nero, non era niente in confronto alla visione che si trovava davanti proprio in quel momento.

Indossava una maglietta a maniche corte blu reale, che metteva ancora più in risalto i suoi bicipiti muscolosi. Anche gli avambracci erano massicci e dovette sforzarsi di non sbavare. Era una fan delle braccia, e quelle di Walker di certo non l'avevano delusa. Portava un paio di blue jeans scoloriti che gli aderivano bene sulle cosce. Cercò di non fissare il suo inguine troppo a lungo, ma notò che riempiva perfettamente quella parte dei pantaloni. Ai piedi aveva un paio di anfibi neri che avrebbero dovuto sembrare fuori posto lì nel Texas, ma che in un certo senso gli stavano a pennello.

Aveva un'ombra di barba che evidenziava la mascella, il mento e gli zigomi. A Gillian fremevano le dita per il bisogno di toccarla, per vedere se era ispida o morbida. I suoi occhi grigi erano screziati di marrone e la stavano guardando come se fosse l'unica persona esistente al mondo in quel momento. Non era mai stata la destinataria di quel tipo di attenzione da parte degli uomini, e che *lui* la fissasse così intensamente da farle pensare che avrebbe potuto prendere fuoco sotto quello sguardo, era una sensazione inebriante.

Rimasero a fissarsi così a lungo che all'improvviso si sentì a disagio. «Ehm, entra» disse, facendo un passo indietro e indicando il suo appartamento con la mano.

«Grazie» replicò Walker, incombendo su di lei solo per un secondo prima di oltrepassarla ed entrare.

Gillian cercò di calmare l'agitazione. Si sentiva quasi girare la testa per l'eccitazione che lui fosse effettivamente lì. Che dopo tutto l'aveva rintracciata. Le passarono per la mente varie scuse da usare per rinunciare a uscire con le sue amiche, mentre lo seguiva dentro casa. Cercò di tenere gli occhi lontani dal suo sedere... senza riuscirci. Con quel corpo riempiva bene anche la parte posteriore dei jeans, proprio come il davanti.

Inspirò profondamente per cercare di controllarsi e non saltargli addosso, e il suo profumo silvestre le riempì le narici. Non ricordava che odore avesse l'ultima volta che l'aveva visto, ma probabilmente perché *lei* puzzava come la testa di un pesce rimasta al sole a marcire per una settimana o più. Al tempo, non era riuscita a sentire altro che la puzza di sudore e della sua paura.

Walker si fermò davanti al bancone che separava la cucina dal resto dell'appartamento e si voltò a guardarla. «Sei bellissima. Ho interrotto qualcosa?»

Gillian fu all'improvviso molto contenta di aver programmato di uscire con le amiche quella sera, altrimenti sarebbe stata in pantaloni di cotone larghi con l'elastico in vita, senza reggiseno con i capelli raccolti in uno chignon disordinato; ne sarebbe stata mortificata. Almeno adesso mostrava il suo aspetto migliore.

«Grazie. Stavo andando in un bar, il Funky Walrus, per passare un po' di tempo con le mie amiche.»

Walker sorrise e Gillian dovette stringere le gambe a quella vista. Accigliato e serio, era bello. Sorridente? Era letale.

«Funky Walrus?» le chiese.

Lei ridacchiò. «Lo so, il nome è bizzarro, ma d'altronde un sacco di cose ad Austin lo sono, quindi ci sta. Non è un bar universitario e la maggior parte dei clienti sono uomini e donne d'affari tra i trenta e i quarant'anni. È un posto semplice e rilassato e cerchiamo di incontrarci almeno una volta ogni due o tre settimane per chiacchierare.»

Lui annuì e poi ci fu un lungo momento di silenzio. Gillian si sentiva sulle spine. Era strano... e per niente come aveva immaginato sarebbe andato quell'incontro. Aveva fantasticato che sarebbe stata spiritosa e divertente, e che Walker le avrebbe detto quanto avesse pensato a lei e di venire a trovarla.

Facendo un respiro profondo, decise di fare la prima mossa. Sembrava improbabile, ma forse anche lui era nervoso.

«Sono contenta di vederti.»

«Dobbiamo parlare.»

Lo avevano detto nello stesso momento e Gillian arrossì. Walker non sembrava felice di aver bisogno di parlarle, e di certo non sembrava che stesse flirtando, come invece stava cercando di fare lei. «Ehm... va bene» balbettò.

Lui si passò una mano sulla testa e sospirò, e Gillian si preparò per qualunque cosa stesse per dire.

«Sono passato perché abbiamo saputo che c'era un settimo dirottatore sull'aereo. Utilizzando l'audio che ci hai permesso di registrare, quando hai lasciato la chiamata attiva prima di restituire il telefono, è stato stabilito che un dirottatore si faceva passare per un passeggero. Luis e un altro dei suoi ne stavano discutendo, senza però darci alcun indizio su chi potesse essere.»

Gillian sbatté le palpebre e sentì il cuore sprofondare nello stomaco.

L'unica cosa che riuscì a elaborare fu che Walker *non era* andato lì per chiederle di uscire o per conoscerla meglio. Lo stava sognando da tre settimane, nell'illusione che anche lui, come lei, avesse sentito scoccare la scintilla. Con quella frase, aveva distrutto ogni speranza che potesse esserci qualcosa di più tra loro.

«Oh...» fu tutto ciò che riuscì a dire; le si era stretta la gola rendendole difficile deglutire.

«Volevo avvertirti, farti sapere che potresti essere in pericolo. Non è dato sapere ciò che sta pensando di fare questa settima persona. Non sappiamo se desideri vendicarsi dei suoi amici morti, o se potrebbe pensare che tu abbia sentito troppe cose mentre eri a bordo, o che potresti essere in grado di identificarla.»

Gillian lo sentiva a malapena. La delusione e l'imbarazzo che provava erano travolgenti. Sapeva che avrebbe dovuto essere più preoccupata che là fuori ci fosse un altro dirottatore, ma lo sconforto per il motivo della sua visita aveva completamente oscurato tutto il resto.

Curvò le spalle inconsciamente. «Be'... grazie per avermi informata» disse a disagio.

Walker aggrottò la fronte. «Stai bene?»

«Alla grande. Benissimo. Sì, tutto ok» rispose un po' troppo allegramente, facendo del suo meglio per fingere che non avesse distrutto il suo sogno riguardo al loro incontro. «Apprezzo che tu sia venuto a dirmelo. Starò in guardia.»

«Ho pensato che potremmo parlare. Rianalizzare i tuoi ricordi dei passeggeri e vedere se riusciamo a restringere il campo su chi potrebbe essere il dormiente.»

Passare più tempo con lui? Quando tutto ciò che voleva erano informazioni? No, grazie. Forse in seguito, tipo tra un anno o due, sarebbe stata in grado di sedersi di fronte a lui e avere una conversazione perfettamente professionale, su quella volta in cui l'aereo su cui viaggiava era stato dirottato e l'avevano costretta a fare da tramite per le negoziazioni. Ma non era quel giorno.

Annuì di scatto, avendo la sensazione di sembrare una bambola di pezza spastica. «Certo. Sì, va bene. Ma adesso non posso. Sto per uscire. Devo vedermi con... le mie amiche.»

Walker aggrottò la fronte. «Non sono sicuro che sia l'idea migliore in questo momento, visto che non sappiamo chi sia il settimo dirottatore o dove potrebbe essere.»

Gillian sbuffò. «Non gli importa di me. Non sono nessuno e sono totalmente innocua. Inoltre, chiudo sempre a chiave la porta e gli estranei non possono entrare tranquillamente nell'edificio. Deve aprire un residente. Starò bene.»

«Io sono entrato» disse in tono piatto.

Voleva disperatamente sbarazzarsi di lui. Voleva piangere. *Era* sul punto di piangere. E avrebbe preferito camminare su un letto di chiodi piuttosto che lasciargli vedere quanto fosse sconvolta. «Farò attenzione» dichiarò con fermezza. «È stato bello vederti, ma ora devo davvero andare.» Si voltò e si avviò verso la porta d'ingresso. L'aprì e stava per uscire quando Walker parlò alle sue spalle.

«Ehm, Gillian?»

Si voltò. «Sì?»

«Hai intenzione di lasciarmi nel tuo appartamento?»

Merda, merda, merda. Cercò di sminuire la stupidaggine che stava per fare. Scuotendo la testa, ribatté: «No, ti stavo tenendo la porta.»

Sorrise, come se sapesse che stava mentendo, ma andò verso di lei senza dire una parola. Si fermò quando le fu proprio di fronte. Non osò alzare lo sguardo su di lui. Aveva la sensazione che sarebbe stato in grado di vedere oltre la sua spavalderia.

«Gillian?»

«Sì?» chiese, fissando il suo pomo d'Adamo come se fosse la cosa più affascinante che avesse mai visto.

«Guardami.»

Facendosi coraggio, sollevò la testa e incontrò il suo sguardo.

«Cosa c'è che non va?»

«Niente» disse in fretta, troppo in fretta. «Stavo per uscire e mi hai colta di sorpresa.»

«Sei sicura che non possiamo tornare dentro e parlare? Non mi sento tranquillo a lasciarti così.»

Per un secondo, s'infuriò. *Lui* non si sentiva tranquillo? Ovvio, l'importante era ciò che provava lui. Gillian era solo una ragazza sciocca e romantica che aveva stupidamente pensato che avessero legato durante una situazione intensa.

La maggior parte delle volte aveva un'alta autostima. Aveva trent'anni, era proprietaria di un'attività di grande successo. Aveva amici fantastici e sembrava piacere alla gente. Aveva il dono di saper stemperare quasi tutte le situazioni, il che le tornava utile con il suo lavoro, dovendo affrontare quotidianamente problemi stressanti.

Ma l'unica cosa che la eludeva era l'amore, quel tipo d'amore che portava un uomo a metterla al primo posto, a prescindere da cos'altro stesse succedendo nella sua vita. Era più che disposta a ricambiare e aveva messo tutta se stessa in ogni relazione che aveva avuto. Ma quando arrivava il momento di fare sul serio, gli uomini che aveva pensato di amare avevano dimostrato che lei veniva per seconda.

Fece un respiro profondo e cercò di ignorare il buon profumo di Walker. Sapeva di essere irrazionale, ma le sue parole ferivano lo stesso. Scosse la testa. «Starò bene. Come sempre» disse, senza riuscire a nascondere la tristezza nella sua voce. Poi scrollò le spalle e si allontanò da lui uscendo sul pianerottolo. «Puoi chiudere la porta?» gli chiese, nel modo più normale possibile.

Walker aggrottò la fronte, ma assecondò la sua richiesta. Gillian si affrettò a chiudere e strinse forte le chiavi nella mano. «Be', grazie per essere passato.» Non riuscì a essere scortese, a prescindere da quanto si sentisse devastata dentro. «Saluta e ringrazia ancora il tuo, ehm... team, da parte mia. Sono in ritardo e devo proprio andare, altrimenti le mie amiche si chiederanno dove sono.»

«Ti accompagno alla macchina» le disse con fermezza.

Stringendo le labbra, annuì. Contò ogni passo mentre

scendevano le scale fino al piano terra, il silenzio tra loro era imbarazzante, o forse era solo lei a sentirsi così.

Triste per la perdita di qualcosa che in realtà non aveva mai avuto, si diresse verso la sua RAV4. Sbloccò la serratura con il telecomando, aprì la portiera e si voltò verso Walker. Avrebbe voluto chiedergli cosa non andasse in lei. Com'era possibile che sentisse quel forte legame mentre lui non provava nulla. Ma si obbligò a sorridere e disse: «Sii prudente. È stato bello rivederti.»

«Anche per me» rispose, corrugando di nuovo la fronte come se stesse cercando di capire qualcosa. «Penso davvero che...»

«Arrivederci!» lo interruppe, desiderando porre fine a quel momento. Scivolò al posto di guida e chiuse la portiera. Sbattendo le palpebre il più velocemente possibile per trattenere le lacrime, si costrinse a sorridere verso il punto in cui si trovava Walker, inserì la retromarcia e uscì dal parcheggio. Era un'ottima cosa che fosse andata al Funky Walrus molte volte, così da conoscere a memoria la strada.

Gillian si rifiutò di guardare nello specchietto retrovisore l'uomo che, senza rendersene conto, le aveva appena spezzato il cuore.

———

Trigger fissò i fanali posteriori del SUV di Gillian mentre usciva dal parcheggio.

«Non è andata come immaginavo» mormorò.

Non era sicuro di cosa aspettarsi quando era andato a Georgetown per incontrarla. All'inizio, era sembrata contenta di vederlo e Trigger non avrebbe mai dimenticato come il suo cuore avesse mancato un battito quando gli aveva aperto la porta.

Era assolutamente, dannatamente, meravigliosa. Non troppo alta, ma nemmeno bassa, con curve in tutti i posti giusti. Il suo sguardo era stato subito attratto dai suoi seni. Dio, erano perfetti. Avrebbe voluto seppellire il viso tra quei globi carnosi e passare ore ad adorarli, ma si era sforzato di comportarsi da gentiluomo e di non fissarli troppo a lungo.

I jeans aderivano alle sue curve, e c'era voluta tutta la sua forza di volontà per non farsi venire un'erezione proprio lì sulla porta; gliel'avrebbe sbattuta in faccia se avesse guardato in basso e visto il suo cazzo premere contro i jeans come quello di un preadolescente.

Aveva fatto qualcosa con il trucco che metteva in risalto i suoi occhi verdi e, con i tacchi, era quasi alta come lui. Quando lo aveva invitato a entrare e le era passato accanto, aveva sentito odore di caprifoglio. Non aveva idea se fosse il suo profumo, lo shampoo o cos'altro, ma era stato difficile non afferrarla, attirarla a sé e baciarla.

Una volta arrivato in cucina, aveva ripreso quasi del tutto il controllo, anche se le sue dita avevano continuato a fremere per il sorriso che gli aveva rivolto. Non ricordava nemmeno cosa le avesse detto appena entrato; era stato più sollevato di quanto volesse ammettere che stesse per uscire per incontrare delle amiche e non per un appuntamento romantico. Aveva temuto di aver aspettato troppo, di aver perso la sua occasione. Non che un appuntamento gli avrebbe impedito di corteggiarla. All'inizio, non era stato sicuro se fosse il caso di rivederla, ma ora che l'aveva vista, era determinato a farle sapere che *voleva* essere lui quello con cui sarebbe uscita. Quello che l'avrebbe portata a cena, l'avrebbe vista ridere mentre guardavano un film divertente, che le avrebbe tenuto la mano mentre passeggiavano tranquilli sul lungofiume ad Austin.

Però, aveva voluto prima di tutto togliersi di mezzo il motivo per cui era andato lì, per poi farle sapere che non era riuscito a smettere di pensarla e quanto fosse orgoglioso di lei per come si era comportata in Venezuela. Le avrebbe detto che non aveva mai sentito una connessione simile con una donna e, anche se era pazzesco, che avrebbe voluto scoprire se anche lei provava gli stessi sentimenti.

Ma era successo qualcosa. Subito dopo averla avvertita che c'era un settimo dirottatore, si era come chiusa. Aveva visto la luce svanire dai suoi occhi e sebbene sapesse che ciò che aveva rivelato fosse scioccante, la sua reazione non sembrava essere in sintonia con quello che sapeva di lei.

Era terrorizzata dalla possibilità di un dirottatore nascosto? Il solo fatto di parlare dell'incidente l'aveva mentalmente confusa? Non ne aveva la minima idea.

Era stata gentile ma distante. Le scintille che stavano volando tra di loro si erano improvvisamente spente, e non sapeva perché. Poi era stato più che ovvio che avesse cercato di cacciarlo dal suo appartamento, che volesse allontanarsi da lui.

Trigger lo odiava. Lo *odiava*.

Accidenti, nella fretta di scappare, lo aveva quasi chiuso dentro casa.

Nonostante fosse un bene che il suo complesso di appartamenti avesse un sistema di sicurezza essenziale, non avrebbe comunque tenuto fuori un terrorista. Trigger aveva aspettato solo tre minuti prima che apparisse un residente. Aveva semplicemente sorriso all'uomo e questo non aveva nemmeno pensato di impedirgli di entrare.

No, Gillian non era decisamente al sicuro lì, se per

qualche motivo il dirottatore avesse deciso di prenderla di mira.

Ma non aveva nascosto di non essere troppo entusiasta di rivederlo.

Trigger non sapeva cosa fare e sospirò frustrato. Non voleva tornare a casa sua, a Killeen. Aveva passato le ultime tre settimane a pensare soltanto a Gillian e andarsene adesso sarebbe sembrato... definitivo; se se ne fosse andato, aveva la sensazione che non l'avrebbe mai più rivista, e non era accettabile.

Prendendo un respiro profondo, Trigger discusse tra sé e sé la sua mossa successiva; seguire Gillian e farsi spiegare *cosa* di ciò che aveva detto, avesse trasformato il suo benvenuto da caldo a freddo? Andarsene e riprovare una volta che avesse avuto più informazioni sul dirottatore? Ciò gli avrebbe dato un motivo per tornare a trovarla. Aspettare lì per assicurarsi che tornasse a casa sana e salva?

Sospirando di nuovo, andò alla macchina. Non sapeva cosa fare e per il momento doveva pensare. Si sedette all'interno del veicolo e cercò di capire come fosse possibile che la serata piena di aspettativa ed eccitazione, si fosse trasformata in un momento di totale freddezza.

Trigger ammirava Gillian. Non aveva scoperto niente di lei che non gli piacesse... e ciò era molto insolito.

Amava stare da solo, non avere responsabilità. Ma qualcosa in quella donna gli faceva *desiderare* un legame. *Desiderare* di prendersi cura di lei. *Desiderare* di avere qualcuno di cui preoccuparsi oltre a se stesso.

Era totalmente confuso... e doveva venire a patti con i suoi sentimenti prima di prendere una decisione sul passo successivo.

CAPITOLO SEI

«Fammi capire bene» disse Wendy. «È venuto a trovarti solo perché voleva parlarti di quest'altro dirottatore?»

Gillian annuì infelice e bevve un altro sorso abbondante del suo Margarita. Era incredibile come andasse giù senza problemi quando si sentiva di merda. Era al terzo e stava decisamente sentendone gli effetti. Non era una che beveva molto, ma aveva appena avuto la più grande delusione della sua vita e doveva affogare il dolore nell'alcol. «Sì. Ha detto che ero bellissima e all'inizio non riusciva a staccare gli occhi dalle mie tette. Ma è diventato subito evidente che fosse lì solo per lavoro.»

Osservando le sue amiche che la guardavano con compassione, sbottò un po' troppo ad alta voce: «Voglio dire, le mie tette *sono* perfette stasera. I capelli almeno per una volta mi stanno proprio come volevo e ho stretto il culo in questi jeans. E non ha nemmeno *battuto ciglio*.»

«Hai detto che ti guardava le tette» disse Ann in tono comprensivo.

«L'ha fatto!» esclamò Gillian. «Ma è chiaro che non sia rimasto impressionato.» Per tutta la sera le sue emozioni si erano alternate tra l'indignazione e il dolore e all'improvviso si sentì esausta. Mettendo la testa sull'avambraccio sul tavolo, mormorò: «Pensavo fosse quello giusto.»

«Oh, Gilly» disse Clarissa con empatia.

Quello bastò per far scendere le lacrime che aveva tenuto a bada fino al quel momento. Sollevò la testa e le asciugò con impazienza. Guardò le sue migliori amiche. «Vi voglio bene ragazze. Clarissa, tuo marito è fantastico. Ricordo quella volta quando eravate fidanzati, che ti sei ammalata e lui si è preso due giorni di ferie per stare con te. Quando non sei riuscita ad arrivare in bagno e hai vomitato dappertutto, ha ripulito senza nemmeno fare il minimo verso disgustato.»

Clarissa ridacchiò. «Non sono sicura che sia il miglior esempio di quanto sia fantastico Johnathan.»

«Invece *sì*» insistette Gillian. «E *tu*, Ann. Hai la mia età e hai già due figli! I due ragazzi più belli e intelligenti del pianeta. Sono educati e gentili ed è tutto merito tuo, di Tom e di come li avete cresciuti.»

«A volte sono dei rompipalle, Gillian. Non sono sempre educati e gentili.»

La ignorò. «E Wendy...» I suoi occhi si riempirono di nuovo di lacrime e li chiuse per cercare di controllarsi. «Tu e Wyatt siete perfetti insieme. Ogni volta che ti guarda è ovvio che significhi tutto per lui. Ricordi quella volta in cui eravamo tutti a quel festival, in centro ad Austin, e quel ragazzo ha iniziato a importunarci? Lo stavamo ignorando ma non voleva smettere. Wyatt è arrivato subito e gli ha detto che se non avesse chiuso il becco, avrebbe preso le sue palle e gliele avrebbe spinte così in alto nell'addome che ci sarebbe voluto un piede di porco per ritrovarle. È stato così romantico!» L'ultima parola uscì come un lamento, ma non poté farne a meno.

«Gilly, quel tipo avrebbe potuto picchiarlo. Era quindici centimetri più alto e molto più forte. Wyatt è stato un idiota, non romantico. Siamo stati fortunati che l'altro ragazzo non si sia offeso e abbia pensato che fosse divertente» le ricordò Wendy.

Gillian scosse la testa. «Ma l'ha fatto comunque. Perché ti ama.» disse con dolcezza. «Non capisci? Farebbe qualsiasi cosa per te. *Qualsiasi*.»

«Penso che abbia bevuto troppi Margarita» dichiarò in tono ironico Clarissa, cercando di strapparle il bicchiere dalla mano.

«No! So esattamente ciò che dico» protestò, tenendolo ben stretto. «Non sono voi, quindi non so ciò che avete provato quando avete visto i vostri uomini per la prima volta, ma tutte mi avete assicurato che qualcosa dentro di me l'avrebbe sentito... *giusto*. La prima volta che ho sentito la voce di Walker, l'ho capito.»

«Capito cosa, Gilly?» chiese Ann.

«Che era mio» rispose semplicemente.

Scuotendo la testa per lo scetticismo che vedeva sui volti delle sue amiche, Gillian cercò di spiegare. «So che sembra assurdo. Pazzesco. Stupido. Ma non posso negarlo. Pensavo che fosse scattato qualcosa tra noi» mormorò triste. «Pensavo che lo sentisse anche lui. Mi ha dato un soprannome. Mi ha anche detto che si sarebbe presentato alla mia porta.»

«Non ha detto esattamente così, però» mormorò Wendy.

Gillian agitò la mano in aria. «Più o meno. Era sottinteso nelle sue parole. Ogni giorno da allora, ho sperato che sarebbe stato quello giusto, che si facesse vivo e mi dicesse che gli ero mancata tanto e che non poteva più stare lontano da me. E poi eccolo lì! Bellissimo. E aveva un odore buoooonissimo. Ma non era lì per me. Non era lì per dirmi che non poteva vivere senza di me. È passato solo perché si era sentito *obbligato*.»

«Ti meriti il meglio» disse Clarissa con dolcezza. «Ti meriti un uomo che muova le montagne per stare al tuo fianco. Hai successo, sei bella e dannatamente intelligente.»

«Se davvero sono così bella, intelligente e irresistibile, allora perché sono seduta qui, single e sola?» chiese Gillian triste.

Odiava deprimere il gruppo. Odiava che il suo cattivo umore avesse rovinato la serata a tutte. Fece un respiro profondo, bevve un lungo sorso del suo drink e si asciugò le ultime lacrime dalle guance. «Sapete cosa? Fanculo a lui. Non importa. Magari è uno stronzo. Certo, è facile che sia davvero bravo a letto e magari potevamo avere un'intesa incredibile tra le lenzuola, ma probabilmente non ha idea di come si comporta un bravo fidanzato.»

«Gillian...» disse Ann, ma le parlò sopra.

«Tipo che avrebbe insistito perché dividessimo il conto se fossimo andati a mangiare fuori, e mi avrebbe fatto camminare giù dal marciapiede così che fossi la prima a venire investita da un'auto.»

«Gillian, dovresti...»

Fu Wendy a tentare di interromperla quella volta, ma ormai era partita per la tangente. «E comunque probabilmente ha un cazzo piccolo. Quel rigonfiamento che ho visto nei suoi pantaloni forse era un calzino o qualcosa del genere. E non sarei sorpresa se volesse che gli facessi i pompini ma si rifiutasse di contr... ric... leccarmi.»

«Gillian!» sibilò Clarissa bruscamente.

«*Che c'è?*» chiese.

«Il tuo Walker indossava una camicia celeste, jeans e anfibi quando l'hai visto stasera?»

Spalancò gli occhi. «Come fai a saperlo? Solo che la sua maglietta non era esattamente celeste. Era scura, una specie di blu reale, e brillava alla luce. Non so di che materiale fosse, ma sembrava setosa. Vorrei averlo toccato...»

«È dietro di te» disse Clarissa con un sorrisetto.

Alzò gli occhi al cielo. «No, non c'è. Sta tornando alla base. Ha compiuto il suo dovere avvertendomi del dirottatore e se n'è andato.»

Clarissa e Ann si raddrizzarono sulla sedia e sorrisero. Wendy si voltò e guardò dietro di sé. «Porca puttana» mormorò. «Se non uscissi con Wyatt, potresti avere concorrenza, Gilly.»

Gillian si bloccò. Lanciò un'occhiata a Wendy che sedeva alla sua sinistra e che stava ancora fissando dietro di loro. «Dimmi che stai scherzando» sussurrò.

«No» rispose la sua amica con un sorriso.

«Da quanto è lì?» chiese a Clarissa, pensando di aver parlato piano durante il suo sproloquio, quando in realtà i tavoli lì vicino probabilmente avrebbero potuto benissimo sentire anche i suoi pensieri.

«Sei seduta lì single e sola, e bellissima, perché non avevi ancora incontrato *me*» disse alle sue spalle una voce che Gillian aveva sognato per settimane. «Quando usciremo insieme non pagherai mai, e non camminerai mai vicino alla strada, o dormirai sul lato del letto più vicino alla porta, se è per quello. E per la cronaca, non ho un calzino nei pantaloni, e posso praticamente garantire che dopo averne avuto un assaggio, una delle mie cose preferite sarà leccarti tutte le volte che me lo permetterai.»

«Porca vacca» disse Ann, sventolandosi con la mano.

Clarissa si limitò ad arrossire, ma il suo enorme sorriso diceva che approvava.

E Wendy rimase solo lì a fissarlo a bocca aperta.

Se non fosse stata ubriaca, probabilmente non avrebbe fatto ciò che stava per fare, ma poiché non provava dolore e le sue inibizioni erano inesistenti, si voltò e lanciò un'occhiataccia a Walker. «Cosa stai facendo qui?» sbottò sulla difensiva. «Mi stai pedinando?»

Lui ridacchiò. «Rivederti non è stato come avevo immaginato nella mia testa. Ho detto qualcosa di sbagliato ma non so cosa. Ho pensato che forse avrei potuto riprovarci.»

Gillian sbatté le palpebre.

«Sei venuto a trovarla solo a causa di un settimo dirottatore» disse Ann andandole in soccorso.

«Pensava che volessi vederla, invece eri lì per lavoro» aggiunse Clarissa.

«Non va affatto bene» lo rimproverò Wendy.

«È questo che hai pensato?» le chiese, fissandola.

Non riuscì a distogliere lo sguardo da lui, persa nell'emozione che vide nei suoi occhi, e annuì.

«Ho davvero fatto un casino» mormorò Walker. Poi le si avvicinò e si accovacciò accanto a lei. Le mise una mano sulla gamba e Gillian giurò di poter sentire un fremito lungo la coscia. «Stasera, non sono venuto a trovarti per obbligo, Di. L'FBI avrebbe potuto mandare qualcuno per informarti del settimo dirottatore. L'ho usato come scusa per rivederti. E non ti ho mai chiamata perché non ero sicuro che avresti voluto ricordare ciò che hai passato. Ho pensato che forse sarei stato un brutto ricordo per te.»

«Sei il più *bel* ricordo di tutta la situazione» borbottò.

«Possiamo ricominciare?» le chiese, senza distogliere nemmeno per un secondo lo sguardo dai suoi occhi.

Gillian avrebbe voluto dire di sì. Cogliere l'occasione. Ma aveva bevuto abbastanza alcol da poter essere completamente onesta. Scosse infelice la testa. «Non posso.»

«Perché?» le domandò.

«Già, perché?» fece eco Clarissa. «Gilly, eri qui a dirci che avevi la sensazione che lui fosse...»

«So quello che ho detto» la interruppe in fretta e poi guardò Walker. «È solo che... se sto così *tanto male* dopo un malinteso e senza nemmeno conoscerti, se dovessimo frequentarci e tu a un certo punto decidessi che sei stanco di me, o che sono troppo fastidiosa, o che ho una personalità troppo di tipo A, o che sono troppo romantica ed esigente... mi ucciderebbe.» Le ultime due parole furono sussurrate.

«Non ho pensato a nient'altro che a te nelle ultime tre settimane» le disse senza esitazione. «Mi sono chiesto cosa stessi facendo o come stessi affrontando ciò che era successo. Fino a quando non sono stato sicuro che tu e gli altri avevate lasciato il Venezuela, temevo che potessi rimanere bloccata lì per qualche motivo. Puoi chiedere a uno qualsiasi dei miei amici; sono stato distratto e un gran rompipalle. E quando ho sentito che avresti potuto essere in pericolo, il mio primo pensiero è stato venire da te e assicurarmi che fossi al sicuro. Sono io quello che deve preoccuparsi che ti possa stancare di frequentare un soldato come me, di non sapere dove sono o quando sarò a casa. Credimi, Di, so chi è il fortunato qui, e non sei tu. Sono io. Sono decisamente io.»

Wendy le diede una spinta sulla spalla quando non disse nulla.

Gillian guardò la sua amica, poi di nuovo Walker. Non si era mosso. Era ancora accovacciato lì. I suoi occhi non avevano lasciato il suo viso. Era completa-

mente concentrato su di lei. Era una sensazione strana...
e bella.

«Sono ubriaca» lo informò.

Le sue labbra si curvarono verso l'alto. «Vedo.»

«Mi preoccuperò per te quando sarai via, ma non starò
a casa a struggermi giorno e notte finché non tornerai. Ho
un'attività da gestire. Ho degli amici.»

«Bene» disse con calma.

«Non ho mai avuto un ragazzo che me la leccasse,
quindi in realtà non so se mi piacerà o meno.»

Il suo sorriso si fece più ampio. «Ti piacerà.»

Gillian alzò gli occhi al cielo e guardò le sue amiche. «È
arrogante.»

Clarissa scrollò spalle. «Devi amare la sicurezza in un
ragazzo.»

«Hai sempre detto che volevi un uomo alfa» aggiunse
Ann.

Lo guardò di nuovo. «Non ferirmi» lo supplicò.

«Non lo farò.»

Lo disse con così tanta convinzione che Gillian non
poté fare a meno di credergli. «Va bene.»

Walker si alzò e le tese la mano. «Dai. Ti porto a casa.»

«Ma sono fuori con le mie ragazze.»

«Vai» disse Wendy, spingendo contro la spalla di Gillian.
«Penso che possiamo sopravvivere per il resto della serata
senza di te. Inoltre, dopo tutte queste chiacchiere, penso
che tornerò a casa e chiamerò Wyatt... per vedere se vuole
venire da me.»

«Farò in modo che rientri senza problemi» disse Walker
alle sue amiche, e Gillian non poté fare a meno di rabbrividire al suo tono. Era autoritario e affettuoso allo stesso
tempo... e le fece pensare a cosa avrebbero potuto fare
insieme una volta tornati a casa sua.

«Oh, ma la mia macchina è qui» disse scuotendo la testa.

«Non guiderai» ringhiò.

Gillian alzò di nuovo gli occhi al cielo. «Certo che no. Non guido mai quando bevo. Sarebbe la cosa più stupida del mondo. Avrei preso un Uber.»

«Non va bene nemmeno quello» le disse.

«Perché no?»

«Primo, perché dato che sono qua ti porto a casa io. Secondo, perché non è sicuro andare su Internet e organizzare un incontro con uno sconosciuto nella sua auto. Non hai mai guardato i programmi polizieschi? Una volta che sei in macchina con qualcuno che vuole farti del male, la probabilità che tu finisca morta da qualche parte in mezzo a un campo di grano, è del novanta per cento o più.»

Gillian socchiuse gli occhi. «Te lo stai inventando?» Poi, senza dargli il tempo di rispondere, si rivolse alle sue amiche. «Se lo sta inventando?»

«Non ne ho idea» rispose Ann. «Ma ora ci penserò due volte prima di salire di nuovo su un Uber. Non sono sicura che qui intorno ci siano campi di grano, ma la prossima volta che ne vedrò uno, l'unica cosa a cui riuscirò a pensare è se ci sono povere donne lì in mezzo che avrebbero solo voluto un passaggio.»

«Bene» disse Walker. «Voi signore siete tutte in grado di guidare? Posso chiamarvi un taxi o portarvi a casa se preferite.»

Clarissa fece un gran sorriso. «Siamo a posto. Abbiamo bevuto tutte il nostro consueto Margarita» guardò l'orologio «due ore fa. E abbiamo mangiato. Solo Gilly non aveva fame e ha deciso di aver bisogno di sbronzarsi.»

Gillian vide un lampo di rimorso attraversare il viso di Walker e non poté negare che ciò la fece rabbrividire.

«Andiamo, Di. Ti porto a casa.»

«E la mia macchina?»

«Ci penseremo.»

Noi, ci penseremo. Le piaceva. Un sacco.

Si alzò dalla panca e sarebbe caduta a terra se lui non fosse stato lì e le avesse messo un braccio intorno alla vita.

«Walker?» lo chiamò Clarissa quando stavano per andarsene.

«Sì?»

«Non giocare con i suoi sentimenti. Saremo anche donne e tu una sorta di super-soldato che può fare il culo ai dirottatori, ma troveremo un modo per rendere la tua vita un inferno se farai qualcosa che la ferisce.»

Gillian era imbarazzata ma quando lo guardò, stranamente, stava sorridendo.

«Capito» disse. «E per la cronaca, non le farò del male. Sono contento che abbia amiche come voi che la proteggono.»

«Basta che non lo dimentichi» lo avvertì Ann.

Annuì poi abbassò lo sguardo su Gillian. «Pronta?»

«Sì» ripose, gli avvolse il braccio intorno alla vita e non fu sorpresa quando non sentì un grammo di grasso sotto la mano. Inciampò camminando accanto a Walker, mentre la conduceva fuori dal ristorante e nel parcheggio. La aiutò a salire nella sua Chevy Blazer e si allungò su di lei per allacciarle la cintura di sicurezza. Ma invece di indietreggiare e chiudere la portiera, rimase nel suo spazio personale.

«Cosa c'è?» chiese nervosa.

«Niente» le rispose. «Sto solo memorizzando questo momento.»

Gillian aggrottò la fronte. «Quale momento?»

«Questo.» Poi portò la mano sul suo collo voltandole la

testa. Si chinò in avanti, dandole il tempo di rifiutare il suo approccio.

Ma non avrebbe mai rifiutato niente di ciò che quell'uomo voleva darle. Si sporse verso di lui, afferrandogli il bicipite con la mano.

Le bocca di Walker sfiorò delicatamente la sua. Una volta. Due. Piccoli tocchi provocanti che le fecero arricciare le dita dei piedi. Le leccò il labbro inferiore prima di premere la bocca contro la sua ancora una volta.

Il bacio fu casto e troppo breve... ma la cosa più romantica che qualcuno avesse mai fatto per lei.

Walker appoggiò la fronte contro la sua e poté sentire i suoi respiri caldi contro la pelle.

«Grazie» le disse con dolcezza.

«Per cosa?»

«Per avermi dato una seconda possibilità» rispose semplicemente. Poi le sfiorò la guancia con il pollice e si tirò indietro. Chiuse la portiera e passò davanti al veicolo, si mise al volante e avviò il motore. Mettendo un braccio sullo schienale, si girò per guardare dietro prima di uscire dal parcheggio e immettersi in strada.

«Quel bacio è stato fantastico» gli disse Gillian, senza filtri, a causa della quantità di alcol che aveva consumato.

«Sono d'accordo» confermò Walker con un sorriso.

«Ma voglio di più.»

«Ah, sì?»

«Sì.»

«Sarò felice di darti esattamente ciò che vuoi... quando non sarai ubriaca.»

Gillian aggrottò la fronte. «So quello che faccio. Non ho mai sbevazzato tanto da non riuscire a ricordare.»

«Sbevazzato?» chiese con una risata.

«Tracannato, trincato, bevuto, quello che è» disse Gillian.

«Comunque sia» dichiarò lui «non ho mai approfittato di una donna e non ho intenzione di iniziare ora.»

Gillian fece il broncio. «Nemmeno se lei vuole che tu lo faccia?»

Walker rise forte e a lungo e ne rimase affascinata. Non avrebbe mai immaginato che fosse un uomo che si lasciava andare in quel modo. Si ritrovò a sorridere anche lei. Poi tornò seria. «Tutto questo è strano. Vero?»

«No» rispose subito lui.

«Invece sì» insistette. «Voglio dire, non ci conosciamo, non proprio. E mi hai salvato dall'essere trascinata su un aereo e portata nel nascondiglio di un signore della droga per essere abusata in modo orribile e forse costretta a diventare tossico-dipendente. E hai *ucciso* delle persone per me. Hai sparato loro! BANG! Proprio alla testa. E avevo addosso il cervello e roba tutta appiccicosa. Avevo un aspetto di merda quando ci siamo incontrati. Non facevo la doccia da una vita e puzzavo. E anche se so che in quel momento non era appropriato, non ho potuto fare a meno di chiedermi che aspetto avessi tu senza vestiti addosso. Non è normale, Walker. E come posso avere la sensazione di *conoscerti*, quando in realtà non è così?»

«La prima volta che ho sentito la tua voce, mi è venuta un'erezione» le disse in modo pratico.

Gillian lo fissò a occhi spalancati mentre lui proseguiva. «È stato così inappropriato. Tu eri un ostaggio e spaventata a morte. Hai detto: "Sono qui" e "Sto bene", ed è bastato. Mi sono innamorato. Mi sono offerto volontario per portare quel cibo sull'aereo, solo per poter dare un'occhiata alla donna che mi aveva incredibilmente impressionato e fatto provare molte più emozioni solo con le sue parole, di quanto non fosse mai successo in qualsiasi relazione seria abbia avuto in passato. Se questo è strano, allora mi va bene.»

«Walker» sussurrò Gillian.

Le prese la mano. «Chiudi gli occhi, Di. Ti riporterò a casa sana e salva.»

«Lo so» sospirò. E fece come le aveva ordinato.

La macchina sembrava girare come se fosse nel mezzo di un tornado di classe F5. Era passato molto tempo dall'ultima volta che aveva bevuto così tanto. All'inizio della serata era stata depressa e triste, e all'improvviso eccola... seduta accanto a Walker, che si prendeva cura di lei e si assicurava che tornasse a casa tutta intera.

Era davvero la sua vita?

———

Quarantacinque minuti dopo, Trigger stava fissando una Gillian addormentata, o svenuta. L'aveva portata nel suo appartamento e le aveva messo tra le mani una maglietta che aveva trovato in un cassetto, indicandole il bagno. Sperava davvero che sarebbe riuscita a restare sveglia abbastanza a lungo da cambiarsi, perché non era sicuro che sarebbe sopravvissuto se avesse dovuto spogliarla lui.

Aveva fissato i suoi deliziosi seni per tutto il tragitto verso casa; la camicetta si era leggermente aperta, mostrando una po' di pelle setosa e sensuale che avrebbe voluto leccare e assaporare. Ma era riuscita a mettere la maglietta, e anche se copriva il décolleté, le lasciava nude le gambe lunghe. Non sapeva se sotto indossasse biancheria intima o meno, e chiuse gli occhi mentre lei si infilava sotto le coperte.

«Basta che premi il pulsante sulla manopola quando

esci. Bloccherà la porta» biascicò, mentre chiudeva gli occhi e si stringeva un cuscino al petto.

Trigger non rispose. Non gli piaceva pensare che la sua unica difesa da qualcuno che volesse penetrare in casa, fossero delle fragili serrature. Chinandosi su di lei, inspirò profondamente e fu di nuovo ricompensato con il profumo di caprifoglio. Doveva provenire dai suoi capelli, sollevò una ciocca e se la portò al naso. Sì... era di sicuro lo shampoo.

Gillian si mosse sotto di lui, e Trigger le lasciò andare i capelli e si sollevò. Gesù, stava incombendo sul suo corpo come una specie di pervertito. Lei tossì, facendolo irrigidire finché non si calmò di nuovo.

Era ubriaca fradicia, non poteva lasciarla. E se avesse vomitato a letto? Se si fosse soffocata? Doveva rimanere, per la sua sicurezza.

Trigger sapeva di essere ridicolo, ma non riuscì a costringersi ad andarsene. Andò alla porta d'ingresso, chiuse il catenaccio oltre a girare la piccola serratura sulla maniglia. Poi prese una sedia dal tavolo della cucina e la portò in camera. La mise sul lato opposto della stanza rispetto al letto e si sedette lentamente. Aveva una visuale perfetta sia di Gillian sia della zona giorno dell'appartamento.

Non aveva idea se il settimo dirottatore avrebbe deciso di fare irruzione in casa sua per qualche motivo, ma sarebbe stato lì se fosse successo... almeno per quella notte.

Sapendo che non sarebbe riuscito ad andare all'allenamento la mattina successiva, per la prima volta nella sua carriera, tirò fuori il telefono e inviò un messaggio a Brain.

* * *

Trigger: C'è stato un imprevisto. Non sarò all'allenamento domani mattina.

Il suo amico rispose subito.

Brain: Stai bene?
  Trigger: Sì.
  Brain: Gillian?
  Trigger: Ha bevuto troppo. Voglio assicurarmi che stia bene. Arriverò più tardi.
  Brain: Ha qualche idea riguardo a chi sia il dirottatore?

Trigger aggrottò la fronte. Non aveva nemmeno pensato di chiederglielo; prima di tutto perché era ubriaca e probabilmente non sarebbe riuscita a pensare in modo chiaro, secondo, si era reso conto di non aver voglia di parlare della brutta situazione in cui si erano trovati in Venezuela.

Alla fine, avrebbero dovuto farlo. Doveva scoprire se avesse dei sospetti riguardo al terrorista dormiente. Aveva trascorso più tempo di chiunque altro con i passeggeri e probabilmente aveva informazioni migliori di quelle che poteva fornirgli qualsiasi rapporto. Ma per il momento, voleva solo cercare di capire i sentimenti folli che gli turbinavano dentro.

Trigger: Non ne abbiamo parlato.
  Brain: Sul serio?
  Trigger: Sì.

Brain: Hai intenzione di farla trasferire nel tuo appartamento? :)

Ridacchiò sommessamente. Quello era stato il consiglio di Brain quando avevano appreso del settimo dirottatore. E anche se in quel momento era sembrata l'idea migliore del mondo, sapeva che Gillian non sarebbe mai stata d'accordo. Era troppo indipendente e aveva una vita a Georgetown.

Per quanto avrebbe voluto metterla sotto una campana di vetro e tenerla al sicuro, non voleva nemmeno tarparle le ali. Gli *piaceva* la sua indipendenza. Doveva solo trovare altri modi per vegliare su di lei, per proteggerla dai mali del mondo. Non sarebbe stato un sacrificio.

Trigger: No. Domani ti racconto.
   Brain: Ci vediamo.

Rimise il telefono in tasca e si sporse in avanti, appoggiando i gomiti sulle ginocchia e fissando Gillian. Cosa c'era in lei di così diverso da qualunque altra donna? Non lo sapeva, ma era ansioso di scoprirlo.

CAPITOLO SETTE

IL MATTINO SEGUENTE, Gillian si svegliò verso le sei e avrebbe voluto morire. Si trascinò in bagno e vide i suoi vestiti sul pavimento dove li aveva gettati la sera prima dopo essersi spogliata.

Usò il wc e poi si sedette sul bordo della vasca con la testa tra le mani. Si sentiva uno schifo. Non tanto male da vomitare... almeno pensava... ma comunque male. Avrebbe dovuto pensare che non era il caso di bere tutta quella tequila. Ma i Margarita erano andati giù lisci.

Si ricordava tutto della sera precedente.

Era ancora difficile credere che Walker fosse andato al Funky Walrus per vederla... e che avesse detto che sentiva anche lui la stessa folle connessione.

Gillian ora non aveva idea di cosa fare. Non sapeva come contattarlo: aveva dimenticato di farsi dare il suo numero di telefono prima che se ne andasse la sera precedente. Lo avrebbe cercato sui social, ma sapeva che probabilmente sarebbe stato inutile. Se era ciò che sospettava, non poteva avere un profilo Facebook, e di sicuro non sembrava il tipo da averne uno su Instagram.

Sospirando, si alzò e andò al lavandino. Non aveva voglia di fare la doccia, ma si tolse il trucco dal viso e legò i capelli completamente arruffati in uno chignon. Tornò in camera e infilò un paio di pantaloni neri e larghi con stampati enormi fiori gialli e arancioni.

Uscì dalla sua stanza e decise che si sarebbe sdraiata sul divano per un po', a cercare di fingere di non avere i postumi di una tremenda sbornia.

Si bloccò nel corridoio quando sentì qualcuno muoversi in cucina.

Le tornarono subito alla mente tutti timori di Walker. Forse non aveva esagerato quando aveva detto di essere preoccupato per lei.

Che ci fosse il dirottatore misterioso nel suo appartamento, proprio in quel momento, pronto ad ucciderla non appena si fosse fatta vedere?

Per un secondo, rimase paralizzata dalla paura... poi inspirò.

E sentì... profumo di caffè?

Era possibile che qualcuno deciso a ucciderla, si fermasse prima a fare il caffè?

Totalmente confusa, proseguì in silenzio lungo il corridoio e si fermò di botto quando sbirciò nella piccola cucina.

Walker Nelson era seduto al tavolo e stava bevendo da una tazza fumante, teneva il telefono nell'altra mano e leggeva qualcosa attentamente. Indossava gli stessi vestiti della sera prima, ma ora i suoi capelli erano appiattiti dietro e ai piedi aveva solo un paio di calzini bianchi.

Il cuore di Gillian ebbe un sussulto. Era assolutamente perfetto seduto lì nel suo spazio. Si portò una mano al petto e la premette sul cuore, sentendolo battere forte sotto il palmo. Dio, era tutto così simile alle fantasie che

aveva avuto nelle ultime tre settimane, da essere scon-
certante.

Doveva aver fatto rumore, perché all'improvviso
Walker alzò lo sguardo e la vide appostata in corridoio a
fissarlo. Posò la tazza e il telefono e si alzò subito. Andò
verso di lei e non poté far altro che fissarlo mentre si
avvicinava.

Piegando la testa all'indietro per mantenere il contatto
visivo con lui, rimase scioccata quando non si fermò ma
invase il suo spazio personale e le prese la testa tra le mani.

«Buongiorno» disse con dolcezza, la sua voce tonante le
fece inturgidire i capezzoli.

Sapeva che se Walker avesse abbassato gli occhi
avrebbe visto l'effetto che aveva sul suo corpo, ma
mantenne lo sguardo sul suo.

«Ciao» gli rispose dopo un momento. «Cosa ci fai qui?»

«Non ti avrei mai lasciata da sola la scorsa notte. Non
così ubriaca.»

«Non te ne sei mai andato?» gli chiese. Era una
domanda stupida. Ovvio che no. Era vestito come la sera
prima, non poteva essere andato a casa per poi tornare a
Georgetown questa mattina.

Sorrise. «Non me ne sono mai andato» confermò.

«Dove hai dormito?»

«Sul divano.»

Gillian si morse il labbro. «Ma è scomodo.»

Lui si limitò a scrollare le spalle. «È ok. Ho sicuramente
dormito in posti peggiori nella mia vita. E poi, profuma
di te.»

Non sapeva proprio cosa rispondere quindi si limitò a
fissarlo. Walker fece scorrere lo sguardo dai suoi occhi ai
capelli, alle labbra e lungo tutto il corpo, osservando la sua
maglietta e i pantaloni vistosi.

Gillian avrebbe voluto nascondersi per l'imbarazzo. Se avesse saputo che era rimasto lì, si sarebbe messa dei vestiti decenti. Un reggiseno. Avrebbe fatto qualcosa ai capelli... tipo spazzolarli.

Proprio mentre stava decidendo se sarebbe stato strano spingerlo via e correre in camera a cambiarsi, lui parlò.

«Pensavo fossi fantastica tre settimane fa, dopo tutto quello che avevi passato. E ieri sera, mi hai quasi lasciato senza fiato quando hai aperto la porta. Ma questo? Ora? Non ho mai visto niente di più bello in vita mia.»

Gillian si sentì rimescolare la pancia. «Sto soffrendo i postumi di una sbornia, non ho il reggiseno, mi sono appena tolta il trucco dal viso, cosa che avrei dovuto fare ieri sera, e penso che un topo si sia insediato nei miei capelli» borbottò.

«Sei vera» ribatté Walker. «Hai un aspetto arruffato e rilassato. Esattamente come ti ho immaginata nelle mie fantasie più sconce.»

Si sentì arrossire, ma non poteva farci niente. «E tu sei perfettamente in ordine come ogni volta che ti ho visto. Come fai?»

Non le rispose, invece le chiese: «Hai fame?»

Gillian arricciò il naso. «Non lo so.»

«Non ho voluto cucinare nulla nel caso in cui l'odore di uova o pancetta ti facesse venire da vomitare» le disse, e lei sospirò. Cazzo, era perfetto. Come diavolo poteva qualcuno essere così perfetto?

«Un semplice bagel» disse Gillian. «Tostato. Secco. Penso che forse quello potrei mangiarlo.»

«Va bene, Gilly, allora è ciò che avrai.»

Fu una bellissima sensazione sentirlo usare il soprannome con cui la chiamavano le sue migliori amiche.

Si chinò e le baciò la fronte, indugiando a lungo con le labbra. Poi le mise un braccio intorno alla vita mentre la conduceva in soggiorno. La portò al divano esortandola a sedersi. Una volta sistemata, prese la coperta che teneva sempre sullo schienale del divano e la coprì.

«Stai qui. Ti preparo il bagel.»

Gillian lo guardò aprire il frigo e prendere una bottiglia d'acqua a cui tolse il tappo prima di tornare da lei. Gliela porse con un sorriso, poi si voltò e tornò in cucina.

Bevve un sorso e lo osservò iniziare a prepararle la colazione... se così si voleva chiamarla. Sembrava completamente a suo agio nella piccola stanza. Sapeva dove trovare tutto e si comportava come se fosse già stato lì centinaia di volte.

Persa nella sua ammirazione del sedere di Walker mentre si muoveva in casa sua, sbatté le palpebre sorpresa quando si sedette accanto a lei, con in mano un piatto che conteneva un semplice bagel tostato. Si voltò e gli rivolse un piccolo sorriso di ringraziamento.

Ne mordicchiò un pezzo con cautela, felice quando scivolò giù e non sentì il bisogno di vomitarlo.

«Dobbiamo parlare.»

Le sue parole la fecero subito irrigidire. Erano le stesse che aveva pronunciato la sera prima e che l'avevano mandata in confusione.

«No, non irrigidirti» le disse, mettendole una mano sulla coscia e chinandosi verso di lei. «Ascoltami, ok?»

Il boccone di bagel che era riuscita a ingoiare stava minacciando di tornare su, dopotutto. Sembrava che si fosse bloccato in gola e non avrebbe potuto dire nulla nemmeno se la sua vita fosse dipesa da quello.

«Te l'ho già detto ieri sera, ma non so cosa ricordi.»

«Ricordo tutto» ammise Gillian a bassa voce.

«Bene, lo ripeterò in modo che tu lo senta di nuovo. Sì, sono venuto qui a Georgetown per farti sapere del settimo dirottatore. Ma era solo una scusa. Non sono riuscito a smettere di pensare a te. Mi hai colpito tre settimane fa. Eri equilibrata e hai fatto tutto alla perfezione. Non sei andata nel panico quand'è scoppiato il casino. Non avrei voluto altro che essere lì per rassicurarti e aiutarti a superare gli interrogatori e ciò che ne è seguito.

Mi sei mancata. Il che non è normale, considerando che ti conosco a malapena. Sono venuto a consegnare quel messaggio di persona sperando che poi avremmo potuto parlare. Conoscerci. Così avrei potuto chiederti di frequentarci, e vedere se magari avresti accettato di venire a cena con me qualche volta. Volevo andarci piano, vedere se questa ossessione che mi sembra di avere per te è solo conseguente alla situazione... o qualcosa di più.»

Gillian sapeva di avere gli occhi spalancati in modo esagerato, ma non riusciva a smettere di fissarlo stupita.

«Sapevo di aver fatto un casino in qualche modo quando te ne sei andata. Ho visto la luce spegnersi nei tuoi occhi e il fatto che fosse colpa mia mi ha ucciso. Non sapevo il motivo, ma era ovvio. Così ho scoperto dove si trovasse il Funky Walrus e mi sono presentato lì con l'intenzione di scusarmi per qualunque cosa avessi detto.»

Gillian sbuffò facendo una risatina. «Sì, e mi hai trovata ubriaca fradicia, a dire le cose più imbarazzanti del mondo.»

«Non erano imbarazzanti» disse Walker con sincerità. «Erano legittime. Odio che tu abbia pensato anche per un secondo di essere solo un lavoro per me. Non lo eri. *Non lo sei.*»

«Non c'è problema» lo rassicurò.

«Sei troppo indulgente» ribatté scuotendo piano la testa, ma non le diede il tempo di dire nient'altro. «Probabilmente è stato strano e sbagliato da parte mia rimanere la notte scorsa, ma non mi sarei mai perdonato se qualcuno fosse entrato quando eri vulnerabile, o se avessi vomitato, soffocandoti nel cuore della notte. Ma non posso esserne dispiaciuto, perché ho avuto modo di vederti così...» Abbassò gli occhi, e Gillian si rese conto che c'era la possibilità che vedesse i suoi capezzoli turgidi attraverso la maglietta.

Walker si schiarì la gola e proseguì. «Voglio frequentarti. Telefonarti e parlare fino a tarda notte. Inviarti messaggi per farti sapere che sto pensando a te. Portarti fuori a cena e baciarti in macchina nel parcheggio quando ti riporto a casa. Voglio conoscere i tuoi amici e ridere con te. Alla fine, quando sarà il momento giusto per entrambi, voglio tenerti stretta tutta la notte mentre dormi, dopo che avremo fatto l'amore. Voglio assaggiare ogni centimetro del tuo corpo e farti esplorare il mio. Abbiamo sentito una connessione sin dall'inizio e per quanto voglia conoscerti intimamente proprio in *questo momento*, voglio godermi il fatto di sapere tutto di te. Di scoprire chi è Gillian Romano. Cosa la appassiona e la motiva.»

Ogni parola che usciva dalla sua bocca la faceva innamorare sempre di più. Avrebbe voluto scuotere la testa, dirgli di no, che non voleva andarci piano. Che desiderava sentire le sue mani e la sua lingua sulla pelle proprio in quell'istante. Ma un'altra parte di lei voleva ciò che le aveva descritto. Voleva il senso di eccitazione che derivava dal conoscere un uomo. Voleva telefonate e messaggi. Voleva la tensione sessuale.

Voleva essere corteggiata, soprattutto perché aveva la

sensazione che Walker l'avrebbe fatta sentire proprio come aveva sempre ambito... come se fosse desiderata. E aveva l'impressione che lui non l'avrebbe mai messa in secondo piano.

«Io... mi piacerebbe.»

Walker abbassò le spalle come se avesse temuto che lei lo rifiutasse. Era difficile credere che quell'uomo forte e bellissimo, potesse preoccuparsi di venire rifiutato.

«Ma devi sapere che non sono un tipo melodrammatico» aggiunse.

«Cosa intendi?» le chiese.

«Che non faccio drammi. Sono diversa dalla maggior parte delle donne, che in generale sono terribili da quel punto di vista. Diventano gelose e stronze e ne fanno una tragedia, se non ottengono ciò che vogliono, fanno una scenata. Pensano che dovrebbero ricevere più attenzione di quanta già ne abbiano, così alcune si vestono in modo più vistoso ed eccentrico. Io non sono così. Dico le cose come stanno, ma non per cercare una reazione. Preferisco l'onestà alle bugie perché è più facile.»

«Mi fa piacere. È un sollievo.»

«Ma, Walker, se avremo una relazione... non tradirmi.»

Sembrò scioccato dalle sue parole. «Ma come ti viene in mente? Io non tradisco. E non riesco a immaginare, se dovessimo stare insieme come vorrei, di essere così stupido da andare con altre.»

Gillian scrollò le spalle. «Altri l'hanno fatto.»

«Ti hanno tradita? Allora erano degli idioti.»

Le sue parole furono dirette e sincere, e la fecero rilassare un po'. «Volevano qualcosa di più oltre a me, immagino. Uno mi ha anche picchiata. Se osi fare una di queste cose chiuderò con te prima ancora che tu riesca a batter ciglio.»

Walker si raddrizzò e quando parlò, il suo tono era basso e piuttosto spaventoso. «Qualcuno ti ha *picchiata*?»

Gillian si rese conto che avrebbe avuto a che fare con un uomo alfa estremamente incazzato se non avesse limitato i danni. Subito. «Già, un ragazzo. Una volta. È stata l'ultima volta che l'ho visto. Quel giorno l'ho lasciato e ho sporto denuncia. Il punto è che non tollero questo genere di cose, soprattutto non da parte di qualcuno che frequento. Merito di più. Sono un'ottima fidanzata, attenta e generosa. Quando sto con qualcuno, lo metto al primo posto. Se ha bisogno di me, io ci sono, e voglio trovare qualcuno che contraccambi allo stesso modo. E se tradisci, mi derubi e mi picchi significa che non ti preoccupi per il mio benessere. Non mi stai mettendo al primo posto.»

Era evidente che lui avesse difficoltà a lasciar perdere il fatto che qualcuno l'avesse picchiata. Così continuò in tono più dolce. «Succede Walker, e spesso purtroppo. Camminando per strada, gli uomini pensano che sia giusto fischiare e importunare. Non esitano a fissarci le tette e a dirci quanto sono eccitati. Molti di loro credono che vada bene dare uno schiaffo a una donna semplicemente perché sono *uomini*, più forti e migliori di lei, perché hanno più muscoli e un pezzo di carne penzolante tra le gambe con cui fanno pipì. Non significa che sia giusto, ma ci sono brave donne che subiscono cose spiacevoli tutto il tempo.»

«Non tu. Non più» le disse in un tono così possessivo che le fece venire la pelle d'oca sulle braccia.

«Ok» accettò tranquillamente.

Walker si prese un momento per cercare di controllare la reazione eccessiva provocata dall'ammissione di Gillian di essere stata picchiata, poi disse: «Non posso restare ancora a lungo perché devo tornare a Fort Hood. La mia squadra mi darà il tormento per essere mancato all'allenamento questa mattina. Non ne avevo mai perso uno. Mai una volta.»

Gillian sbatté le palpebre. «Davvero?»

«Sì» confermò. «Tu eri più importante che tornare per correre sedici chilometri con i miei amici.»

Era una bella sensazione. *Meravigliosa.*

«Ma, prima che me ne vada, c'è qualcos'altro di cui dobbiamo parlare.»

«Il dirottatore» disse cupa. Anche se la sua pancia era in subbuglio per la felicità, sapeva che dovevano discuterne.

«Sì» ribatté serio. «Nessuno sa chi sia, cosa stia pensando o anche dove si trovi in questo momento.»

«Ma perché dovrebbe importargli di me o degli altri passeggeri?»

La fissò per un lungo momento e Gillian capì che stava riflettendo su ciò che avrebbe e non avrebbe dovuto dire.

«Ho bisogno che tu sia onesto» gli disse in tono tranquillo. «Capisco che vuoi che non mi succeda niente di male, ma ho bisogno di sapere tutto.»

«Giusto. Ci stanno lavorando tutti: FBI, CIA, DEA e le organizzazioni antiterrorismo di altri paesi. Stanno esaminando tutti quelli che erano sull'aereo, toccherà anche a te. Anche i tuoi amici potrebbero essere contattati per rispondere a qualche domanda su di te. I tuoi documenti fiscali e aziendali saranno setacciati alla ricerca di incongruenze. Mi dispiace tanto.»

Gillian scrollò le spalle. «Non ho niente da nascondere, Walker. Non ne sono entusiasta, ma prima capiscono che io sono semplicemente io, meglio è.»

Le fece un breve sorriso, poi tornò serio. «Ci sono più domande che risposte su questo settimo dirottatore. Perché si nascondeva tra i passeggeri? Quanto è incazzato che i suoi complici siano stati uccisi? Ora sappiamo che i dirottatori non lavoravano per il Cartello dei Soli, ma provenivano invece da un'organizzazione di trafficanti rivale, il Cartello di Sinaloa del Messico. Non volevano liberare Hugo Lamas, lo volevano morto, cosa che hanno ottenuto. Hanno messo in imbarazzo il Cartello dei Soli e in pratica hanno dato inizio a una guerra.»

Porca vacca. Non era molto aggiornata riguardo ai vari cartelli e non aveva prestato molta attenzione alle notizie prima del dirottamento, ma anche *lei* conosceva il Cartello di Sinaloa, di cui di tanto in tanto parlavano al telegiornale. Quello che ricordava era terrificante. «Perché qualcuno dovrebbe venire a cercare *me*?»

«Per scoprire quello che sai. Perché, in fin dei conti, sei stata la ragione per cui Luis e tutti gli altri sono stati uccisi. Li hai rallentati quel tanto che è bastato, hai lottato. Alberto ti voleva su quell'aereo, e qualcuno potrebbe pensare che ci fosse una buona ragione.»

«Ma Luis stava portando Andrea» sottolineò Gillian.

«Lo so. E ciò significa che anche lei potrebbe essere in pericolo. Stanno controllando anche lei.»

«Oh» mormorò, con la mente in subbuglio.

«Detto questo, penso che la possibilità che qualcuno del Cartello di Sinaloa, o di quello dei Soli, venga a cercarti sia bassa. Ma non sono disposto a scommetterci la vita... o la tua. Devi stare molto attenta, Gillian. Non andare da nessuna parte da sola se puoi evitarlo. Non correre rischi. Chiudi sempre a chiave la porta. Fatti installare un sistema di sicurezza, o almeno acquista quelle telecamere col sensore di movimento che sono così popolari al giorno d'oggi. E per l'amor di Dio, non prendere mai un Uber.»

Gillian non poté fare a meno di sorridere. «Non ti piace proprio quel tipo di passaggi, vero?»

«No» ringhiò. «Non hai idea di chi ci sia al volante.

Quale sia la loro esperienza di guida, se hanno bevuto o sono drogati, o appena usciti di prigione per violenza sessuale. Una volta che sali in macchina, sei vulnerabile. Potresti venire portata ovunque... nel bel mezzo del nulla e mai più ritrovata.»

«Va bene, Walker» disse, mettendo la mano sopra la sua sulla gamba. «Starò attenta. Posso... gli altri passeggeri sanno del terrorista dormiente? Voglio dire, con alcuni di loro mi sento tramite mail o messaggio. Non so cosa mi è permesso dire e cosa no.»

«Alcuni saranno informati, altri no. Il fatto è che qualcuno di quelli con cui parli potrebbe benissimo essere il settimo dirottatore, Gillian.»

Lei scosse la testa. «No. Non ci credo.»

Non le piaceva lo sguardo negli occhi di Walker.

«No» ripeté. «Non è possibile che Janet sia una terrorista. Magari pensi che sia la piccola Renee? O Reed? Forse uno dei ragazzi del college? Alice, la donna che era così spaventata da essersi letteralmente fatta la pipì addosso? O Andrea, la donna che Luis ha costretto a succhiargli il cazzo? No, *assolutamente no*.»

«Respira, Gilly» le disse con dolcezza, girando la mano per poter intrecciare le loro dita. «Questa è un'altra cosa che dovrai fare... parlare con le autorità degli altri passeggeri. Racconta loro tutto ciò che è successo nei minimi particolari. Anche la cosa che ti sembra più insignificante potrebbe essere importante, potrebbe essere un indizio su chi sia l'altro dirottatore.»

Inspirando profondamente, Gillian cercò di controllarsi e non andare nel panico; si era resa conto solo in quel momento che qualcuno che aveva passato del tempo a conoscere, con cui aveva legato durante quell'orribile esperienza, avrebbe potuto davvero essere dalla parte dei terroristi. «Non so molto, Walker. Gli uomini erano tenuti dall'altra parte dell'aereo, lo sai. Ho parlato solo brevemente con la maggior parte di loro. Mateo, Charles, Muhammad... sembravano tutti gentili. Non lo so proprio. Oh! Ma ora che ci penso, Leyton si è comportato in modo un po' strano. Quando Alberto stava cercando di farmi salire sull'aereo, lui era lì vicino e ci fissava. Non ha aiutato e non è scappato come gli altri. Ma onestamente, penso che fosse solo scioccato. È successo tutto così in fretta.»

«Ok, Gillian, non sono io quello che ha bisogno di conoscere i dettagli, ma gli investigatori.»

Lo guardò accigliata. «Non lo vuoi sapere?»

Scrollò le spalle. «Voglio sapere tutto ciò che vorrai dirmi, ma il mio lavoro in Venezuela non era risolvere il mistero di chi avesse dirottato l'aereo e perché, ma salvare gli ostaggi, e se questo significava uccidere i dirottatori, tanto meglio. Non sono coinvolto nelle indagini. In questo momento, la mia unica preoccupazione è assicurarmi che *tu* sia al sicuro.»

Che sensazione bellissima.

«Se vuoi parlarmi di ciò che hai subito, ti ascolterò. Ho vissuto situazioni piuttosto serie nella mia vita e posso aiutarti ad affrontare ciò che è successo se ne avessi bisogno. Ma a partire da oggi, sarò l'uomo che frequenti, non qualcuno che sta con te per farsi dare informazioni. Ok?»

Gillian annuì.

«Ma devi sapere che se penso che tu sia imprudente riguardo alla tua sicurezza, o che non prenda la situazione seriamente come dovresti, te lo farò notare.»

La cosa non la infastidì come sarebbe successo se glielo avesse detto qualcun altro.

«Se dovessi scoprire ulteriori informazioni è ovvio che te lo dirò, soprattutto se influiscono sulla tua sicurezza, ma per quanto mi riguarda, siamo solo un uomo e una donna che stanno iniziando a conoscersi.»

«Ecco, così mi piace.»

«Anche a me» confermò Walker con un sorriso. «E quindi, per cominciare, devi sapere che lavoro a orari strani. Non ho un impiego dalle nove alle cinque.»

«Quello l'avevo capito» gli disse con una risatina ironica.

«Non credo» replicò serio. «Potrei essere inviato da qualche parte in qualsiasi momento. Farò del mio meglio per fartelo sapere, ma a volte potrei non avere la possibilità di chiamarti... le situazioni possono diventare instabili e intense davvero velocemente.»

Gillian si leccò le labbra e annuì.

«Potrei star via per pochi giorni o qualche settimana. Non so mai quanto tempo richiederà una missione.»

«Va bene.»

«Pensi di poterlo gestire?» le chiese.

Percepì la preoccupazione nella sua voce e si affrettò a rassicurarlo. «Walker, come ho detto ieri sera, non ho intenzione di struggermi in attesa che torni. Mi mancherai, ma ho una vita e un lavoro che mi terranno impegnata. E quando mi sentirò triste, mi limiterò a incontrarmi con Ann, Wendy e Clarissa, per passare una serata a commiserarmi per poi continuare con la mia vita. Sono riuscita a vivere per conto mio per dieci anni, non andrò in pezzi quando verrai inviato in missione. Sono orgogliosa che tu stia servendo il nostro Paese. E...» la sua voce si abbassò e non poté fare a meno di guardarsi intorno nel suo appartamento. Non sapeva cosa si aspettasse di vedere, non che ci fossero persone lì dentro che avrebbero potuto sentirla. «So che non sei un soldato normale.»

«Ah, sì?» disse con un piccolo sorriso.

«Sì. Vivo in questa zona da abbastanza tempo da sapere che il tipico dispiegamento di truppe inviato dalla base per una missione, dura circa sei mesi o più. Una squadra composta da sette normali soldati di fanteria non viene inviata in Venezuela per salvare gli ostaggi su un aereo.»

«Hai ragione, non lo sono» le disse semplicemente.

Gillian annuì. Non le avrebbe detto esattamente ciò che faceva, ma andava bene così. «Non mi interessa, mi importa solo che tu sia al sicuro e che torni sano e salvo dalle missioni. Ma potresti anche essere la guardia del corpo personale del Presidente e non farebbe differenza per ciò che provo per te.»

Walker chiuse gli occhi per un secondo e fece un respiro profondo. Quando li riaprì, Gillian vide che le sue pupille si erano leggermente dilatate. Si chinò su di lei e le sfioro con il naso i capelli vicino all'orecchio.

«Caprifoglio» mormorò. «Non potrò mai più annusarlo senza che mi diventi duro.» Poi, come se non avesse appena detto una delle cose più erotiche che avesse mai sentito, si tirò indietro per guardarla di nuovo negli occhi. «Ho detto che volevo andarci piano?» le chiese. «Penso di essere un idiota.»

Gillian rise. Non aveva cambiato idea, ma era bello sapere che gli faceva quell'effetto.

«Tutto ciò che ti chiedo è di stare molto attenta finché le autorità non scopriranno chi è il settimo dirottatore. È improbabile che sia venuto ad Austin per cercare di farti del male, ma finché non conosciamo la sua identità, non sono disposto a correre rischi.»

«Ok.»

Walker guardò l'orologio. «Ti senti bene?»

Lei annuì, ma disse: «No. Non ho la nausea, ma non mi sento nemmeno benissimo.»

Sorrise e le accarezzò i capelli. «Povera Gilly. Cosa farai oggi?»

«Starò qui sul divano a guardare programmi che abbasseranno il mio quoziente intellettivo di dieci punti e cercherò di non pensare di non voler mai più bere.»

«Ottimo. Posso chiamarti più tardi?»

«Sì.»

«È giovedì; hai programmi per questo fine settimana?»

«Venerdì sera ho una *quinceañera*, la festa per i quindici anni di una ragazza, e sabato mattina un torneo di golf.»

«Ti va di andare a cena fuori sabato sera?»

«Sì.»

Sorrise. «Che ne dici se passo a prenderti verso le quattro? C'è un bel posto a Killeen in cui vorrei portarti. Possiamo mangiare, poi mi piacerebbe mostrarti Fort Hood e dove lavoro.»

«Mi farebbe piacere.»

«Bene. Se sei a posto, chiamerei un taxi per andare al bar così da riportarti indietro la macchina prima di tornare a casa.»

«Non sei obbligato» gli disse Gillian, scioccata anche solo che l'avesse preso in considerazione. «Posso andare a prenderla più tardi.»

«So che non sono obbligato. Ma non ti senti bene e non è un grosso problema farlo.»

Non sapeva cosa dire. Aveva già programmato di chiamare più tardi una delle sue amiche per farsi accompagnare al Funky Walrus o di prendere un taxi, ma non poteva negare che le piacesse che Walker si fosse offerto di farlo. «Grazie. Lo apprezzo.»

«Grande. Allora ci penso io. Gillian?»

«Sì?»

«Spero che tu sappia in cosa ti stai invischiando con me.»

«Lo so» rispose semplicemente. Ed era vero, aveva aspettato davvero tanto che un uomo come Walker la trovasse. Era abbastanza forte da poter essere la sua donna... se glielo avesse permesso.

CAPITOLO OTTO

QUANDO ARRIVÒ IL SABATO SERA, Gillian era esausta, ma allo stesso tempo si sentiva come se avesse bevuto troppi caffè. Da lì a pochi minuti, Walker sarebbe andato a prenderla per il loro appuntamento.

Aveva preso un po' troppo sole alla festa del torneo di golf quel pomeriggio, ma sapeva che il rossore sarebbe svanito in un giorno o due. Gli aveva chiesto cos'avrebbe dovuto indossare e le aveva risposto che dei jeans e una camicetta sarebbero stati perfetti. Non le aveva svelato dove sarebbero andati, ma si fidava di lui.

Per arrivare a Killen ci volevano circa quaranta minuti di macchina e Gillian non vedeva l'ora di avere l'occasione di parlare di più con lui durante il viaggio. Fedele alla sua parola, l'aveva chiamata il giovedì sera; avevano finito per parlare per tre ore e ne era rimasta sorpresa. Sapeva per esperienza che alla maggior parte degli uomini non piaceva stare al telefono per tanto tempo. Ma non c'era stata nemmeno una pausa nella loro conversazione e avevano chiacchierato come se si conoscessero da tutta la vita.

Quando gli aveva fatto notare che era il primo ragazzo

a cui sembrava non dar fastidio passare tutte quelle ore al telefono, le aveva risposto che era diverso dagli uomini con cui era uscita in passato e che normalmente non era molto loquace, ma con lei avrebbe potuto parlare per ore ogni notte ed essere completamente felice.

Sembrava dire sempre la cosa giusta, e non pensava che lo facesse solo perché credeva fosse ciò che lei voleva sentire. La loro conversazione era troppo fluida, troppo disinvolta per essere una finzione.

Venerdì le aveva scritto... diverse volte. E ogni volta che il suo telefono aveva vibrato, aveva sorriso in trepidazione. Poi le aveva telefonato brevemente quella mattina per sapere com'era andata la quinceañera e per dirle che sperava che al torneo di golf stesse andando tutto bene.

Era una nuova esperienza per Gillian avere qualcuno così sensibile ai suoi impegni. Walker era entusiasta e curioso del suo lavoro. Sembrava affascinato da quanto fosse organizzata e da quanti diversi tipi di eventi coordinasse. L'aveva avvertita di fare attenzione e avevano finalizzato i piani per la serata.

Dato che le aveva detto che i jeans andavano bene, ne aveva approfittato per indossare anche i suoi stivali da cowboy preferiti, marroni e turchesi. Aveva messo una camicia sempre turchese che si intonasse e si era fatta due lunghe trecce che le scendevano sul petto, legandone ognuna con un nastro che era riuscita a trovare in un cassetto.

Pensava di essere carina ma... forse era eccessivo. L'abbigliamento da cowgirl sembrava un po' da turista, ma si sentiva a suo agio, quindi aveva deciso di vestirsi così.

Gillian era appena uscita dalla camera da letto quando suonò il citofono, facendole capire che qualcuno era alla porta al piano terra. Andò a rispondere. «Chi è?»

«Sono io» disse Walker con la sua caratteristica voce profonda.

Senza dire altro, premette il pulsante per aprire e lasciarlo entrare. Aveva più o meno due minuti prima che lui bussasse, così fece un respiro profondo e poi un altro ancora. Era molto nervosa, il che era pazzesco considerando che l'aveva sicuramente vista nei suoi momenti peggiori... due per l'esattezza.

Aveva voluto essere carina per lui quella sera, per fargli capire che non vedeva l'ora di passare del tempo insieme. Walker bussò alla porta circa un minuto prima di quanto si aspettasse. Felice, sapendo che anche lui era eccitato per il loro appuntamento, guardò attraverso lo spioncino per sicurezza prima di aprire con un sorriso enorme.

«Ciao» disse allegramente. «Hai fatto presto a salire.»

Riuscì a malapena a notare ciò che indossava prima che la spingesse dentro e chiudesse la porta. La fece appoggiare contro la parete vicina e le prese il viso tra le mani, piegandole indietro la testa. Lo afferrò sui bicipiti e lo guardò sorpresa.

Non le disse niente, e ciò la spaventò. «Walker?»

«Hmmm?» mormorò lui.

«Stai bene?»

«Sì. Alla grande, ora che sono con te.»

Sorrise incerta.

«Merda» mormorò. «Sto rovinando tutto.» Poi fece un respiro profondo, una smorfia e indietreggiò.

Gillian rabbrividì per la mancanza del calore delle sue mani sul viso. «Cosa c'è che non va?» gli chiese, mordendosi il labbro.

Lui portò la mano sulla sua bocca e le tolse il labbro dai denti, poi le passò il polpastrello su quello inferiore. «Niente. Solo che... per un secondo mi ero quasi dimenticato di aver deciso di prendere le cose con calma. Vederti ha quasi annullato il mio autocontrollo.»

Aggrottò la fronte. Si guardò i jeans e gli stivali, poi di nuovo lui.

«Sei stupenda» le disse con dolcezza. Prese una delle trecce e la strofinò per un momento. «Ogni volta che ti vedo mi sorprendi, perché sei più bella di quella precedente.»

«Va... va bene per dove andremo a cena stasera? So che è un po' eccessivo, ma amo questi stivali e dato che avevi detto che i jeans andavano bene, ho pensato che sarebbero stati perfetti. E non indossavo questa camicetta da un po'. E dopo che mi sono vestita mi è sembrato più appropriato sistemare i capelli in questo modo, piuttosto che lasciarli sciolti.» Stava parlando a vanvera e lo sapeva, ma la reazione di Walker l'aveva scombussolata.

«È assolutamente perfetto» la rassicurò. «Come ho detto, avevo quasi dimenticato la mia decisione di prendere le cose con calma quando ti ho vista, e stavo per fare qualcosa che mi ero ripromesso di non fare.»

«Cosa?»

«Baciarti come ho sognato. Infilarti una mano sotto la camicia e l'altra dentro i pantaloni. Prenderti contro la parete tenendo il naso tra i tuoi capelli, per inspirare meglio il tuo dolce profumo.»

Gillian si bloccò. *Porca vacca.* Walker era molto più passionale di chiunque altro con cui fosse stata prima, ma le piaceva. No, *amava* che lui sapesse esattamente ciò che voleva e non avesse paura di ammetterlo.

«Cazzo, ti ho turbata, non è vero?» le chiese allontanandosi di un altro passo da lei.

«No! Voglio dire, forse un po', ma non in modo negativo. È solo che non sono abituata che qualcuno sia così onesto, ma mi piace. E... per quanto senta questa connessione con te... è un po' presto per quello. Ma...» esitò.

«Ma cosa?» chiese Walker. «Puoi dirmi qualsiasi cosa. Se mi dirai di fare marcia indietro, che mi sto muovendo troppo in fretta, che ti sto facendo pressioni, che hai bisogno di spazio... lo rispetterò.»

Lei scosse la testa. «Volevo solo dire che, anche se magari in questo momento non sono pronta per tutto quello... posso prenotarmi per un'altra volta?»

«Per farti mia contro il muro?» le chiese con un piccolo sorriso.

«Sì, quello.»

«Puoi contarci, Di.»

Si sorrisero, e Gillian scoprì che le era mancato sentire le sue mani su di lei. Amava riuscire a farlo agire prima di pensare. Aveva la sensazione che non gli succedesse spesso. Gli prese la mano e intrecciò le dita con le sue. «Mi porti a cena?» chiese con dolcezza.

Lui gliela strinse e annuì. Entrarono insieme nella zona giorno così che potesse prendere la borsa.

«Ieri ho ordinato online una di quelle videocamere» lo informò. «Dovrebbe arrivare lunedì.»

«Bene.»

«E ho detto a entrambi i miei vicini che un ex cliente è arrabbiato con me e che se dovessero sentire qualcosa di strano dal mio appartamento, chiamino la polizia.»

Sollevò lo sguardo su di lui e scoprì che la stava fissando con uno sguardo soddisfatto. «Grazie.»

«Per cosa?»

«Per aver preso sul serio la situazione. So che è una rottura di scatole pensare costantemente alla tua sicurezza, e può essere anche inquietante, ma sapere che la stai affrontando con coscienza mi fa sentire molto più tranquillo riguardo al fatto che vivo così lontano da te.»

Anche lei aveva avuto quel pensiero. Vivevano almeno a quaranta minuti di strada l'uno dall'altra. Se qualcuno fosse entrato o avesse cercato di ferirla in altro modo, anche se fosse riuscita a chiamarlo, lui non avrebbe potuto fare nulla nell'immediato. «Sarò anche bionda, ma non sono stupida. L'ultima cosa che voglio è finire di nuovo in ostaggio. Non è stato divertente la prima volta e non ho alcuna voglia che si ripeta. Se pensi che possa essere in pericolo, sarei pazza a ignorare le tue sensazioni.»

«Bene. Ora, hai fame?»

«Sì» rispose.

«Puoi resistere per un'ora o giù di lì, o hai bisogno di fare uno spuntino?»

Gillian ridacchiò. «Non è che stia proprio deperendo. Penso di potercela fare finché non arriviamo al ristorante.»

Walker le tirò la mano finché non cadde contro di lui con un *uff*.

«*Non* stai denigrando il tuo corpo, vero?» le chiese.

Lei scosse la testa. Le teneva una mano intrappolata dietro la schiena mentre la stringeva a sé, così posò l'altra sul suo petto e lo guardò. «No. Ma so cosa sono e cosa non sono, e decisamente non ho la taglia e il fisico delle donne che gli uomini amano guardare sulle passerelle e sulle riviste. Ma sono contenta così, perché mi piace mangiare. Adoro le tortillas con la salsa e non ho intenzione di rinunciare al cioccolato.»

Walker le sorrise. «Dio, sei come una boccata d'aria fresca. Dici davvero le cose come stanno, eh?»

«Sì.»

«Bene, be', non guardo quei programmi sofisticati con persone che indossano abiti ridicoli e non ho tempo per leggere riviste come *Maxim* e *Playboy*. Quello che *mi piace* è la sensazione che provo tenendoti tra le braccia. Contro di me.» Spinse di più sulla parte bassa della sua schiena finché non si ritrovò appiccicata al suo petto. Gillian sentì la sua erezione contro la pancia e deglutì a fatica.

«Mi assicurerò di fare scorta di cioccolato così che tu possa mangiarne un po' quando avrai voglia di uno spuntino. E le tortillas con la salsa sono uno dei miei cibi preferiti. Piccante o dolce?»

«Media» sussurrò, resistendo all'impulso di strusciarsi contro di lui.

«A me piace *piccante*» le disse in modo malizioso.

Gettando indietro la testa, Gillian non poté fare a meno di ridere. Quando riprese il controllo, lo guardò di nuovo. «Perché non mi sorprende?»

Le stava sorridendo. «Perché anche se è passato poco tempo, mi conosci» rispose.

Rimasero lì così, senza parlare, godendosi semplicemente l'abbraccio. Gillian sentiva il suo cuore battere forte sotto la mano e amò che anche lui non fosse indifferente a quella vicinanza.

Walker fece un respiro profondo, poi disse: «E ora dobbiamo proprio andare.»

«Giusto, sono sicura che avrai prenotato» convenne.

«Sì, anche per quello» mormorò.

Gillian non riuscì a trattenere una risatina. Le piaceva che non si vergognasse di farle sapere quanto la desiderasse. Anche lei lo voleva, ma non era ancora pronta ad andare a letto con lui. Voleva conoscerlo meglio. Il suo cuore le diceva che era l'uomo con cui avrebbe potuto passare il resto della vita, il cervello, invece, di andarci piano ed esserne sicura.

Andarono insieme alla porta e lui la chiuse a chiave

dietro di loro. Scesero le scale mano nella mano e si avvicinarono alla Blazer. Anche questa volta le aprì la portiera e l'aiutò ad allacciarsi la cintura di sicurezza, poi la chiuse e andò dall'altro lato.

Gillian si sentiva al sicuro con lui. Mentre si allontanavano dal suo complesso di appartamenti, diretti alla strada che portava a nord verso Killeen, si rilassò. La serata era appena iniziata ed era già stato uno dei migliori appuntamenti che avesse mai avuto.

———

Trigger si sedette di fronte a Gillian nel suo ristorante preferito di carne alla griglia a Killeen e si rese conto di non riuscire a distogliere lo sguardo da lei. Quando l'aveva vista nel suo appartamento, aveva agito senza pensare, spingendola dentro e contro il muro prima che il suo cervello ingranasse.

Si era preparata in modo adorabile; le trecce, gli stivali, i jeans attillati... tutto ciò gli aveva fatto venire voglia di prenderla lì e subito. Per fortuna, era tornato in sé. Non agiva mai impulsivamente perché lo avrebbe portato a essere ucciso in missione, e nel corso degli anni il buonsenso aveva preso il sopravvento su tutti gli aspetti della sua vita. Era sempre metodico e cauto... tranne quando si trattava di Gillian Romano, a quanto pareva.

Aveva adorato parlare con lei per tutta la settimana. Era piacevole e divertente. Non monopolizzava la conversazione, gli aveva fatto domande e non aveva avuto problemi a rispondere alle sue. Al telefono con lei non si rendeva nemmeno conto delle ore che passavano, finché non guardava l'orologio rimanendo del tutto scioccato nel vedere l'ora.

Aveva un po' di salsa sul mento e, senza pensarci, Trigger si allungò per pulirla. Invece di imbarazzarsi, si limitò a ridere. «Sono ricoperta di roba?» gli chiese sorridendo e portandosi un tovagliolo sul viso.

«No, solo un po' sul mento» le disse ricambiando il sorriso.

Il ristorante era affollato, perché era un sabato sera e avevano la migliore cucina al barbecue di Killeen. La maggior parte dei clienti erano soldati della base, ma c'erano anche alcune famiglie. Era un posto anticonvenzionale per un primo appuntamento, ma voleva che si sentisse a suo agio, e non c'era un posto più accogliente di quello.

«Parlami del tuo team» gli chiese, mentre mangiavano manzo affumicato e pollo. «Voglio dire, li ho visti tutti in Venezuela, ma non sono riuscita a conoscerli.»

«Sono alcuni degli uomini migliori che abbia mai conosciuto» le disse Trigger con sincerità. «Lavorano sodo, sono coraggiosi e leali, e anche degli stronzi.»

Gillian ridacchiò.

Quella era un'altra cosa che Trigger amava di lei... sembrava capire quando scherzava e quando era serio. Una volta aveva frequentato una donna che si offendeva per qualsiasi cosa detta scherzando o in modo ironico.

«No, scherzi a parte, possono essere un po' rudi, ma penso che lo siamo tutti. Siamo single e lo siamo stati per la maggior parte della nostra vita adulta. L'esercito è stato la nostra *amante* e può essere difficile farci cambiare mentalità riguardo a quello.»

Gillian gli stava dando completa attenzione. «Da quanto tempo sei nell'esercito?» gli chiese.

«Ho trentasette anni. Mi sono arruolato relativamente tardi rispetto agli altri. Dopo essermi laureato e aver iniziato a lavorare, ho capito che odiavo rimanere rinchiuso in un ufficio tutto il tempo. C'era un centro di reclutamento dall'altra parte della strada rispetto a dove lavoravo e un giorno, durante la pausa pranzo, mi sono ritrovato in quel posto a parlare con loro di arruolarmi. È successo circa tredici anni fa.»

«Allora sei un ufficiale di carriera.» Non era una domanda.

«Sì, non ho ancora pensato a quando andrò in pensione, ma farò almeno vent'anni» disse Trigger. «Ho incontrato la mia squadra all'addestramento.» Doveva stare attento a non dirle troppo, ma lei aveva già praticamente intuito che fosse delle forze speciali, quindi continuò: «Io, Lefty e Grover eravamo nella stessa classe di reclutamento. Insieme ci siamo trascinati nel fango, sotto la pioggia, abbiamo vomitato, ci hanno sparato addosso proiettili di gomma e siamo quasi annegati. Abbiamo creato un legame che non verrà mai spezzato, a prescindere da ciò che faremo in futuro o da dove andremo.»

«Be', sembra sia stato divertente... o anche no» disse Gillian con un sorriso.

«Non lo è stato, ma in un certo senso sì. Sapevo che stavo per fare qualcosa che avrebbe fatto la differenza nel mondo. Anche se non avrei potuto parlarne con nessuno, *lo sapevo*.»

«Come salvare ostaggi da un aereo dirottato in Venezuela» mormorò lei.

«Esatto» concordò Trigger, allungandosi sul tavolo per prenderle la mano. Ne accarezzò il dorso con il pollice e non interruppe il contatto visivo con lei. «Abbiamo incontrato Brain, Oz, Doc e Lucky in seguito, quando siamo stati messi insieme come team. A volte mi sembra di conoscerli da tutta la vita. Possiamo finire le frasi l'uno dell'altro e quando soffrono sto male anch'io, e viceversa. È un legame che ho sempre desiderato avere mentre crescevo. Sono figlio unico e ho sempre voluto un fratello o una sorella.»

«E ora hai sei fratelli.»

«Sì.»

Gillian sorrise, poi si leccò le labbra e abbassò gli occhi.

«Che c'è? Cosa c'è che non va?» le chiese, stringendole la mano quando lei cercò di allontanarla.

«È solo che... e se a loro non piacessi?»

Trigger non poté farci niente, rise.

Quando riprese il controllo, lei lo stava guardando male. Cercò di nuovo di togliere la mano dalla sua, ma lui la trattenne.

«Non sto ridendo di te» la rassicurò. «Sto ridendo perché semmai dovrò preoccuparmi che tu decida che loro ti piacciono più di me. Ti ameranno; in effetti già lo fanno.»

Aggrottò le sopracciglia. «Ci siamo visti a malapena.»

«Sì, ma ho parlato di te. Un sacco.»

«Ma ci siamo conosciuti solo qualche giorno fa.»

Lui scosse la testa. «Sbagliato. Ci siamo conosciuti qualche settimana fa. E i ragazzi hanno visto il tipo di persona che eri *allora*, e dopo che non ho fatto altro che parlare di te negli ultimi giorni, ti conoscono ancora meglio.»

Gillian arrossì e Trigger non poté fare a meno di sorridere. Le strinse la mano. «Non hai nulla da temere, Di» le disse con dolcezza. «Penso di essere io quello che deve preoccuparsi. I miei migliori amici sono tutti single, sono sempre arrapati e probabilmente ti importuneranno a non finire. Sono un po' rudi e insolenti. Potresti conoscerli e odiarli, e questo non sarebbe di buon auspicio per la nostra relazione.»

«Non li odierò» lo rassicurò. «Sono tuoi amici... come potrei?»

Si stavano sorridendo quando qualcuno lo chiamò dall'altra parte del ristorante.

«Trigger!»

Si voltò e sorrise quando vide chi si stava avvicinando. Si alzò in piedi, strinse la mano all'uomo e sorrise alla donna al suo fianco. Anche Gillian si alzò così la presentò ai due.

«Gillian, questo è il mio amico Truck e sua moglie Mary. Lei è Gillian, la mia ragazza.»

Mary sembrò subito avere mille domande da porre, ma riuscì a trattenersi mentre le stringeva la mano.

«Piacere di conoscerti» disse Truck. «Non sapevamo nemmeno che Trigger *avesse* una ragazza.»

Lui sorrise e le mise un braccio intorno alla vita. «È così» ribatté con fermezza. Poi la guardò. «Truck fa parte di un gruppo di soldati con cui abbiamo lavorato in passato. I membri della sua squadra e della mia sono tutti amici. Mi sembra ieri che eravamo al loro matrimonio.» Poi si voltò di nuovo verso il suo amico e chiese: «Ragazzi, siete elettrizzati di andare a prendere i vostri figli?»

«Decisamente» disse Truck con un sorriso. «Ci pare di aver aspettato un'eternità che finissero di sbrigare tutte le pratiche per riuscire ad andare a prendere Aarav e Deeba. Abbiamo inviato registrazioni delle nostre voci e molte foto, ma chissà come reagiranno quando ci vedranno per la prima volta.»

«Stanno per adottare due bambini dall'India» le spiegò Trigger.

«Congratulazioni» disse Gillian con un sorriso enorme.

«Grazie» rispose Truck. «Siamo pronti per portarli a casa.»

«Aspetta, sei Gillian *Romano?*» domandò Mary all'improvviso. Stava sorridendo e annuendo mentre suo marito parlava, ma era ovvio che il suo cervello avesse registrato il nome solo in quel momento.

Trigger si irrigidì. Sapeva che c'era la possibilità che Gillian potesse essere riconosciuta. Il suo nome e la foto erano apparsi sui giornali di tutto il Paese dopo il dirottamento. Non aveva rilasciato molte interviste, ma non aveva importanza; in un certo senso era una celebrità.

La sentì irrigidirsi, ma lei rispose in tono gentile: «Sì, sono io.»

«Sei incredibile!» esclamò subito Mary. «Ho letto quello che è successo su quell'aereo e dev'essere stato davvero orribile. Voglio dire, quando mi hanno tenuta prigioniera nella banca in cui lavoravo ero terrorizzata, ma è durata solo una ventina di minuti. Non riesco a immaginare di trovarmi nella tua situazione per più di due giorni!»

La sentì rilassarsi contro di lui. «Di certo non è stato piacevole» ammise.

«L'eufemismo del secolo» borbottò Trigger.

«Vedo che stavate mangiando, quindi vi lasciamo in pace» disse Truck. «Gillian, è stato un piacere conoscerti.»

«Anche per me» rispose.

Trigger strinse di nuovo la mano dell'amico e disse: «Siamo ancora d'accordo per fare quell'esercizio di addestramento la settimana prossima? Il tuo team contro il mio?»

«Cazzo, sì» rispose Truck con un sorriso. «Che vinca la squadra migliore.»

«Che sarà la mia» ribatté Trigger. «Non permetteremo nel modo più assoluto a un gruppo di vecchi di batterci.»

«Vedremo» replicò lui. «Vedremo.»

«Andiamo, fusto» lo prese in giro Mary. «Ho fame, e se voi due state qui a battervi il petto non mangerò più.»

Gillian ridacchiò e Trigger adorò quel suono. Fece un cenno con il mento a Truck e ne ricevette uno in cambio, poi aspettò che lei si accomodasse prima di sedersi.

«Voi ragazzi sembrate legati» osservò mentre stavano mangiando.

«È così» concordò.

«Mi piacciono i capelli di Mary.»

«Non osare pensare di farti delle ciocche colorate» ringhiò.

Lo guardò sorpresa. «Perché?»

«Perché i tuoi capelli sono perfetti così. Adoro il colore. Mi ricorda i campi di grano che crescono nel Midwest.»

Per un secondo, pensò di aver esagerato. Non riusciva a interpretare lo sguardo sul suo viso, ma per fortuna alla fine gli sorrise.

«Grazie. Non stavo pensando di tingerli. È che ammiro chi non si fa problemi a farlo.»

Finirono di mangiare senza ulteriori interruzioni e Trigger fu contento quando si lasciarono alle spalle l'interno rumoroso del ristorante e salirono in macchina. Non appena sistemati, si voltò verso di lei. «Vuoi vedere un po' della base?»

«Certo» rispose con entusiasmo.

Così, per le due ore successive, Trigger la portò in giro in auto per Fort Hood. Le mostrò dove fosse il suo ufficio e la portò a passeggiare intorno alla rimessa dei veicoli militari. Quando gli disse che non aveva mai visto l'interno di un carro armato, fece in modo che un meccanico che ne stava sistemando uno la lasciasse sbirciare dentro. Scattò delle foto di lei seduta all'interno e Trigger sapeva che non avrebbe mai dimenticato quanto si fosse mostrata felice.

«È stato divertente» ammise Gillian in auto, mentre lasciavano la base.

«Già» concordò lui in tono sommesso.

«Cosa c'è che non va?» gli chiese, interpretando con facilità il suo stato d'animo.

Trigger le lanciò un'occhiata. Dato che si era fatto buio, vedeva solo i lampi di luce sul suo viso mentre passavano sotto i lampioni. Aveva fatto tutto il possibile per prolungare la loro visita alla base, ma alla fine non c'erano state più cose da mostrarle.

«Non sono ancora pronto a riportarti a casa» sbottò, poi fece una smorfia. Aveva detto che ci sarebbe andato piano e tenerla fuori tutta la sera non aiutava lo scopo.

«Nemmeno io sono ancora pronta per tornare a casa» disse, sorprendendolo. «Cos'hai in mente?»

«Sono sicuro che ci sia un cinema ancora aperto per poter vedere un film. Oppure potremmo trovare un bar e star lì a chiacchierare. O...» lasciò in sospeso le parole.

«O cosa?»

Lanciandole un'altra occhiata, sentì la familiare contrazione nella pancia. Era così bella. Alcune ciocche di capelli avevano iniziato a sfuggire dalle trecce ed era un po' scompigliata dopo essersi infilata dentro al carro armato. Ma aveva un'espressione completamente rilassata, appoggiata alla portiera della macchina con un ginocchio piegato e il piede nascosto sotto la coscia.

«Stavo per suggerire che forse potremmo andare a casa mia e guardare un film lì o qualcosa del genere. Sarebbe più tranquillo e più facile parlare... ma non sono sicuro se sia una buona idea.»

«In realtà è ottima» gli disse Gillian. «A essere sincera

ho un leggero mal di testa per essere stata al sole buona parte del giorno.»

Trigger era combattuto. Voleva portarla a casa sua. Voleva vederla sul suo divano, rilassata e felice. Ma sapeva che se fossero andati lì, sarebbe stato estremamente difficile tenere le mani – e le labbra – lontane da lei. Non aveva mai avuto problemi a controllarsi con le donne, ma qualcosa in Gillian lo stuzzicava in tutti i sensi. «Sei al sicuro con me» le disse.

Sembrò sorpresa, ma replicò: «Lo so. Non avrei accettato di farmi portare qui a Killeen se non avessi pensato di essere al sicuro.»

«Stiamo prendendo le cose con calma» aggiunse lui, un po' più bruscamente di quanto avrebbe voluto.

«So anche quello» convenne.

«Il fatto che ti porti nel mio appartamento non è uno stratagemma per portarti a letto.» Trigger non sapeva perché continuasse a dirlo, probabilmente perché una parte di lui sperava che lei rispondesse che non c'erano problemi, che non voleva più andarci piano.

Gillian si voltò sul sedile e gli mise una mano sul braccio. «Se vuoi riportarmi a casa mia, va bene» disse con voce calma.

«No!» sbottò lui.

Dopo un istante, ridacchiarono sommessamente.

«Sto di nuovo incasinando tutto» disse, contento di guidare così da non essere costretto a guardarla negli occhi. «Mi è piaciuto passare del tempo insieme stasera. C'è qualcosa in te che mi rende felice. Provi gioia nelle cose più piccole e non ti lasci spaventare da un po' di salsa barbecue sul mento o di dover incontrare i miei amici e conoscenti. Più tempo trascorro con te, più ne *voglio* passare.»

«Mi sento allo stesso modo. Mi sento a mio agio con te, Walker. Non come se avessi bisogno di fingere di essere qualcuno che non sono. E non hai idea di quanto sia fantastico. Non voglio ancora tornare a casa, ma se il fatto che venga da te è fonte di stress, allora puoi riportarmi a Georgetown.»

«Che ne dici se facciamo così» le propose. «Andiamo da me e guardiamo un film. A quel punto sarà mezzanotte passata, ti porterò a casa e ci metteremo d'accordo su quando rivederci.»

«Ci sto» disse subito Gillian. «Ma scelgo io il film.»

Trigger sorrise. «Va bene, ma devi sapere che non ho commedie romantiche.»

«Sono sicura che troverò qualcosa che mi piacerà.»

Avrebbe voluto ribattere che lui aveva decisamente qualcosa che le sarebbe piaciuto, ma tenne il commento per sé.

Sollevato di non doverla ancora salutare, fece il resto del viaggio fino al suo appartamento con un enorme sorriso stampato in faccia.

———

Due ore e mezza dopo, Trigger era steso sul divano con una Gillian in stato comatoso tra le braccia. Si era tolta gli stivali e sciolta le trecce. Ora i capelli erano molto ondulati e le ricadevano disordinati sulle spalle; avrebbe voluto passarci in mezzo le dita, ma si trattenne.

Alla fine aveva scelto di guardare *Die Hard*, un film che lui aveva visto innumerevoli volte. Avevano discusso sul fatto se fosse un film natalizio o meno, poi Gillian si era profondamente addormentata nel giro di venti minuti dalla prima sparatoria avvenuta sullo schermo.

Dato che era seduta accanto a lui sul divano con il collo piegato di lato in una strana angolazione, e Trigger sapeva che non poteva essere comoda, l'aveva attirata a sé stendendosi e posando la testa sul bracciolo, posizionandola tra lui e lo schienale del divano.

Si era dimenata un po' e poi sistemata; aveva appoggiato la guancia sul suo petto, sopra il cuore, e messo di traverso sul suo corpo un braccio e una gamba. Si tenevano belli stretti.

Trigger era stanco. Era stata una lunga giornata e colma di trepidazione per il fatto di rivederla, ma non riusciva a dormire. Aveva spento il DVD e gli unici suoni nell'appartamento erano i respiri profondi di Gillian e le grida occasionali o il motore di un'auto provenienti dall'esterno.

Avrebbe dovuto svegliarla e riportarla a casa, ma non riuscì a muoversi. Tenerla tra le braccia gli dava una sensazione bellissima. Lo calmava in un modo che non aveva mai sperimentato prima. Non era eccitato, non sentiva il bisogno di scopare. Era contento di tenerla semplicemente stretta mentre dormiva.

Spostandosi in modo da poter metterle una mano dietro la testa, Trigger inspirò profondamente. Il profumo di caprifoglio lo circondava come se fosse in un campo di fiori. Non sarebbe mai più riuscito ad annusarlo senza pensare a quel momento.

Decise di chiudere gli occhi solo per un secondo e poi l'avrebbe svegliata per riportarla a casa, e si rilassò ancora di più sul cuscino.

Si addormentò profondamente, sereno e soddisfatto con Gillian tra le braccia, non si sarebbe svegliato finché il sole non fosse spuntato all'orizzonte.

CAPITOLO NOVE

GILLIAN SI SVEGLIÒ SENTENDOSI PIÙ RIPOSATA di quanto non succedesse da secoli. Non aveva fatto brutti sogni, per quanto riuscisse a ricordare, e si sentiva davvero bene.

Spostandosi, si rese subito conto di non essere sola. Spalancò gli occhi e vide che era ancora sul divano di Walker. In effetti, era tra le sue braccia, appiccicata al suo fianco con la schiena contro i cuscini.

Quando sollevò la testa, si ritrovò a fissare i suoi occhi grigi. Aveva un'ombra di barba, che le ricordò com'era in Venezuela. Solo che in quel momento aveva la guardia abbassata e sembrava in un certo senso vulnerabile.

«Buongiorno» le disse con dolcezza.

«Non volevo addormentarmi su di te.»

«E io non volevo addormentarmi affatto» rispose. «Volevo solo chiudere gli occhi per un secondo, poi svegliarti e riportarti a casa.»

Gli fece un piccolo sorriso. «Sono contenta che tu non l'abbia fatto. Ho dormito meglio la scorsa notte di quanto abbia fatto quest'ultimo mese.»

Si acciglò. «Non dormi bene?»

Rendendosi conto dell'errore, cercò di minimizzare. «Intendevo così, in generale.»

«No, non farlo. Non dormi bene?» ripeté.

Gillian strinse le labbra e scosse leggermente la testa.

«Hai degli incubi?»

«A volte.»

«Flashback?»

Annuì.

«Hai bisogno di tenere le luci accese?»

Annuì di nuovo. «Come fai a saperlo?»

«Ci sono passato, Gilly. Il disturbo post-traumatico da stress non è piacevole.»

«Oh, ma non è quello» protestò. «Sto solo facendo fatica a tornare alla vita di prima.»

«Che è il disturbo post-traumatico da stress» ribadì Walker con fermezza.

Poi si mosse così velocemente che Gillian non ebbe la possibilità di protestare o di fare altro che lanciare uno strillo; si raddrizzò a sedere mettendosela a cavalcioni prima che se ne rendesse conto. Infilò le mani tra i suoi capelli su entrambi i lati della testa e la tenne ferma. Avrebbe dovuto essere spaventata per la facilità con cui lui la maneggiava, per come la teneva senza darle la possibilità di muoversi... ma non lo era.

«Non c'è niente di cui vergognarsi. Ciò che hai passato è stato orribile, Di. Sei una donna davvero forte ma, anche se ti ho soprannominato Wonder Woman, *non sei* lei. Devi parlarne con qualcuno, ti darò dei nomi. Non importa se hai bisogno della luce accesa; alcuni degli uomini più forti che conosco hanno luci notturne in tutta la casa. Fai ciò che devi per affrontarlo. Punto.»

«Non ho sognato la scorsa notte» gli disse.

«Come scusa?»

«Non ho sognato. E non ho nemmeno notato che le luci non erano accese. Con te che mi stringevi, credo che sapessi di essere al sicuro.»

«Cazzo» mormorò Walker chiudendo gli occhi per un secondo, per poi riaprirli e fissarla con un fuoco da cui non voleva allontanarsi. «Ora ti bacerò, Gillian» la avvertì.

«Va bene» sussurrò.

«Ma è tutto. Solo un bacio.»

Lei annuì e si leccò le labbra, in trepidazione.

Spostò una mano sopra i suoi capelli, lisciandoli, poi scese con le dita sotto il mento e le sollevò delicatamente la testa.

Gillian sentì il cuore martellarle nel petto. Gli afferrò le braccia e affondò le unghie nella pelle. Voleva che si sbrigasse e rallentasse allo stesso tempo. Voleva che quel momento durasse per sempre, ma desiderava anche che la baciasse subito.

Lo guardò leccarsi le labbra, poi si sporse in avanti molto lentamente.

Gemendo appena, assecondò il suo movimento per incontrarlo a metà strada.

All'inizio, il bacio fu un po' esitante; le loro labbra si toccarono una volta, due. Poi lui ringhiò e spostò la mano dal mento per afferrarle la nuca. Le sue dita strinsero mentre le copriva la bocca con la sua. Non la stuzzicò, non le leccò le labbra per chiedere il permesso di entrare.

Vi affondò dentro.

E Gillian glielo permise. Con piacere.

Spalancò la bocca e lo sentì accarezzarle la lingua con la sua.

Non aveva idea di quanto tempo rimasero lì a baciarsi, sapeva solo che non si era mai sentita così eccitata e apprezzata come tra le sue braccia. La tenne stretta a sé, tirandole un po' i capelli quando voleva muoverle la testa, ma senza farle male. No, i baci di Walker Nelson non facevano affatto male.

Gli succhiò la lingua e percepì, più che sentire, il ringhio che fece. Poco dopo, lui si tirò indietro bruscamente e le fece appoggiare la fronte sulla sua spalla. Gillian sentì il suo petto alzarsi e abbassarsi e provò una certa soddisfazione per il fatto che stesse respirando affannosamente anche lui.

«Porca puttana» mormorò, e Gillian non poté fare a meno di ridacchiare.

Con la mano ancora dietro il collo, le sollevò la testa per guardarla. «Stai ridendo di me, donna?»

Provò a smettere, ma non ci riuscì. Quando riprese il controllo e guardò di nuovo Walker negli occhi, fu sorpresa di vedere l'espressione gentile con cui la stava fissando.

Sentendosi a disagio sotto il suo sguardo, si portò una mano alla bocca e se la pulì. «Che c'è? Ho qualcosa sul viso?»

Le spostò con delicatezza la mano e fece scorrere il pollice sul suo labbro inferiore. «Le tue labbra sono rosa e gonfie» le disse. «Mi piace sapere di essere stato io a farle diventare così.»

Gillian gli leccò il pollice e vide le sue pupille dilatarsi.

«Basta. O penserò che stai cercando di sedurmi. Non sono quel tipo d'uomo» scherzò.

Consapevole della posizione in cui si trovava, del fatto di essere a cavalcioni e di poter sentire il suo cazzo duro contro di lei, si dimenò e inarcò un sopracciglio. «Ah no?»

Senza preavviso Walker si alzò, e Gillian si rese conto ancora una volta di quanto fosse forte e di quanto facilmente potesse spostarla di qua e di là. La mise in piedi, ma la attirò a sé. Rimasero lì appiccicati, a fissarsi per un lungo momento.

«Grazie per il miglior bacio che abbia mai ricevuto» le disse.

«Grazie a *te*» rispose lei.

«E grazie per non essere andata fuori di testa quando ti sei svegliata sul mio divano questa mattina. Giuro che avevo buone intenzioni. Stavo per portarti a casa e darti quel bacio sulla soglia, per poi andarmene come un gentiluomo.»

«Mi è piaciuto di più dormire tra le tue braccia» disse con sincerità.

«Hai programmi per oggi?» le chiese.

Gillian scosse la testa. «Non proprio. Ho bisogno di lavorare per un sedicesimo compleanno che sto organizzando, ma per il resto la domenica è il mio giorno di relax.»

«Che ne dici se ti preparo un caffè? Puoi berlo mentre faccio la doccia. Poi ti riporto a casa, puoi cambiarti e ti porto fuori a fare colazione. *Poi* ti lascerò in pace a trascorrere la tua giornata di relax.»

«Mi pare una buona idea» gli disse. Ed era così. Non le sarebbe dispiaciuto passare la giornata con lui, ma sentiva anche di aver bisogno di un po' di spazio. Si stava innamorando perdutamente di quell'uomo, troppo in fretta, e la cosa la spaventava a morte. Sì, aveva pensato che fosse quello giusto per lei dalla prima volta che aveva sentito la sua voce, ma ora che stava imparando a conoscerlo, era un po' turbata per quanto sembrasse perfetto.

Walker si chinò e la baciò delicatamente sulla fronte. E in un certo senso, quel bacio le diede un senso di intimità, come quello che avevano appena condiviso.

«C'è un piccolo bagno in fondo al corridoio. Ci sono un mucchio di articoli da toeletta extra sotto il lavandino...

mia madre mi ha rifornito l'ultima volta che è stata qui. A quanto pare non importa che io abbia quasi quarant'anni, sente ancora il bisogno di prendersi cura di suo figlio.»

Gillian sorrise. «E tu lo adori.»

«Certo che sì. Credo di non aver mai comprato uno spazzolino da denti in vita mia. Li uso fino a quando non si sfibrano e poi sono dannatamente contento che mia madre abbia avuto la lungimiranza di assicurarsi che ne avessi uno di ricambio a portata di mano.»

Ridendo, Gillian capì in quel momento di essere spacciata. Erano bastati un appuntamento, una notte a dormire tra le sue braccia e sentirlo prendersi in giro dicendole quanto gli piacessero le attenzioni di sua madre... e si era innamorata. Ma invece di terrorizzarla, le sembrava giusto.

Come se avesse capito che era cambiato qualcosa, Walker fece scorrere il dorso delle dita lungo la sua guancia. «Vai, Di. Prima che faccia qualcosa di stupido come prenderti in spalla e trascinarti nella mia tana.»

Sapendo che stava scherzando solo a metà, Gillian si allontanò piano da lui. La sua maglietta era stropicciata e aveva bisogno di radersi, ma era così bello da farle quasi male al cuore.

Alla fine, si voltò e andò verso il bagno... assicurandosi di ancheggiare un po' più del solito, sapendo che lui le stava guardando il sedere.

———

«Ti chiamo più tardi se per te va bene» le disse, mentre la teneva tra le braccia fuori dalla sua porta. Non riusciva a ricordare una mattinata migliore quella. Si era fatto la doccia mentre lei metteva in circolo un po' di caffeina, poi avevano riso e scherzato per tutto il viaggio di ritorno a

Georgetown. Gli ci era voluta tutta la sua buona volontà per non irrompere in bagno quando l'aveva sentita aprire la doccia.

Era riuscito solo a pensare a come sarebbe stato vedere l'acqua che scorreva sul suo corpo nudo e sinuoso. Per fortuna ci aveva messo circa venti minuti per prepararsi, così aveva avuto la possibilità di placare la sua libido.

Lo aveva portato in una piccola tavola calda vicino al suo appartamento, dove aveva gustato la migliore frittata che avesse mangiato da secoli. Erano tornati a casa sua e ora la stava salutando. Non era sicuro di quando sarebbero riusciti a rivedersi, ma sperava il prima possibile.

«Va più che bene» lo rassicurò.

Abbassò lo sguardo sulla sua borsa quando sentì il suono di un altro messaggio. Gillian ne aveva ricevuti per tutta la mattina e, a parte una veloce risposta alle sue amiche per rassicurarle che era viva e vegeta, li stava ignorando.

«Sei una persona popolare» osservò.

«Sono amichevole» replicò con un'alzata di spalle. «E conosco molte persone. Sia a livello professionale sia personale.»

«Fai attenzione. Non voglio perderti ora che ti ho trovata.»

La sua espressione si addolcì. «Lo farò.»

«Mi sono divertito» le disse, prolungando i saluti.

«Anch'io.»

«Ok, prima che diventi troppo sentimentale, vado.» Poi si chinò, elettrizzato dalla velocità con cui Gillian si alzò in punta di piedi per incontrare la sua bocca. La baciò, non con forza o a lungo quanto avrebbe voluto, ma abbastanza da farlo eccitare e fargli venire il cazzo duro.

«Ci sentiamo presto.»

«Va bene. Ci vediamo.»

«Ciao, Di.»

Trigger indietreggiò, poi si voltò e scese le scale con uno scopo: doveva andarsene prima di dimenticarsi del suo proclama di "andarci piano".

CAPITOLO DIECI

Gillian sorrise mentre riattaccava. Aveva appena finito di prenotare la sala da ballo di un hotel lì vicino, per il cinquantesimo anniversario di una coppia davvero meravigliosa. La figlia voleva fare una grande festa per i suoi genitori e Gillian era stata più che felice di aiutare a dar loro una celebrazione esagerata.

L'ultimo mese era stato fantastico. Anche se il ricordo del dirottamento era ancora fresco nella sua mente, non era mai stata più felice.

Walker era migliore di quanto avesse mai immaginato potesse essere un fidanzato. Ovviamente aveva avuto relazioni in passato, ma non si era mai sentita contenta con un altro uomo come con lui. Nei giorni in cui non si vedevano, le inviava messaggi, email e la chiamava. Aveva comunicato più con lui nell'ultimo mese, che con il suo ultimo ragazzo durante tutto il tempo in cui si erano, per così dire, frequentati.

Sapeva che era molto legato ai suoi genitori, anche se vivevano nel Maine dove si godevano la loro vita solitaria. Non avevano problemi con gli inverni lunghi e freddi dello stato nord-orientale in cui avevano deciso di stabilirsi. Era divertente vedere quanto fossero diversi i loro genitori, dato che quelli di Gillian si erano trasferiti in Florida perché odiavano il freddo. Inoltre, Barbara e Thomas Romano erano anche molto socievoli. Vivevano sul campo da golf e ogni giorno sua madre guidava la golf car per il marito mentre lui giocava il percorso a nove buche. Naturalmente, lo faceva solo per poter stare a spettegolare con le altre mogli che portavano in giro i loro mariti.

Gillian aveva trascorso ogni fine settimana con Walker. Fin da quella prima sera in cui si era addormentata sul suo divano, c'era stato un tacito accordo: quando la portava fuori, lei rimaneva tutta la notte con lui. Era sempre stato un gentiluomo, nel senso che la loro relazione fisica non andava oltre a qualche bacio molto intenso. Si svegliava tra le sue braccia sul divano e non ricordava di aver mai dormito meglio.

Il fine settimana precedente, Ann, Wendy e Clarissa avevano insistito per passare del tempo con Walker quindi, insieme ai loro partner, erano usciti a cena tutti insieme. L'aveva elettrizzata vederlo andare subito d'accordo con Tom, Wyatt e Johnathan. Entro la fine della serata, gli uomini si erano scambiati i numeri, e Walker era riuscito a convincerli ad accettare di tenerla d'occhio... per ogni evenienza.

Il settimo dirottatore non era ancora stato identificato e il giorno successivo si sarebbe incontrata con qualcuno della DEA e dell'FBI, per discutere in dettaglio ciò che ricordava di ciascuno dei passeggeri con cui era rimasta prigioniera.

Gillian non aspettava con ansia quell'incontro, ma Walker aveva detto che l'avrebbe accompagnata, e si era sentita mille volte meglio riguardo a tutta la faccenda. Una parte di lei si considerava una debole. Aveva lavorato duramente per far vedere alla gente che era una forte imprenditrice indipendente, anche se ora non si sentiva più tale... ma in certo senso non importava.

Le piaceva stare con Walker. E l'incontro con le due agenzie investigative la rendeva nervosa da morire. Non era una piantagrane. Non aveva nemmeno mai preso una multa per eccesso di velocità. Accidenti, la prima volta che ne aveva presa una per divieto di sosta, le era quasi venuto un attacco di panico perché si era sentita come se avesse infranto una legge importante.

Quando il suo telefono le vibrò in mano, si rese conto di essere rimasta seduta a fissare il vuoto pensando a Walker. Abbassò lo sguardo e vide un messaggio di Andrea; nelle ultime settimane, aveva pian piano iniziato a inviarle messaggi sempre più frequenti ed era sollevata di vedere che stava cominciando a riprendersi da quella disavventura. Gillian ne era uscita molto più facilmente. Luis si era invaghito di Andrea e aveva abusato di lei. Era già stato abbastanza difficile per Gillian venire a patti con ciò che era successo... e non aveva dovuto affrontare le conseguenze di un abuso sessuale oltre a tutto il resto.

Andrea: Ehi. Com'è andata la tua giornata? Sei riuscita a concludere con l'hotel per quella festa?

Gillian: Sì. Il Marriott si è rivelato troppo costoso, ma il Driskill è perfetto.

Andrea: Grande!

Gillian: C'è qualche possibilità che tu abbia voglia di incontrarmi per un caffè o qualcosa del genere?

. . .

Voleva davvero vedere Andrea di persona. Fino a quel momento, ogni volta che aveva suggerito di incontrarsi, l'altra aveva esitato dicendo che non era ancora pronta. Che le cose successe erano ancora troppo fresche nella sua testa e temeva che vedere uno degli altri ostaggi le avrebbe riportato alla mente troppi ricordi sgraditi. Anche se le dispiaceva che il fatto di vederla avrebbe potuto rendere infelice la sua amica, capiva perfettamente.

Andrea: Presto.

Gillian: Bene. Domani ho un incontro con la DEA e l'FBI. Non ne ho per niente voglia.

Andrea: Non posso biasimarti. Mi sentirei intimidita da morire da loro.

Gillian: Esatto!

Andrea: Cosa vogliono sapere?

Gillian: Credo che stiano ancora cercando di identificare il settimo dirottatore e vogliono che ripercorra tutto ciò che ricordo di tutti.

Andrea: Accidenti, non chiedono molto, eh?

Gillian: Vero? Continuo a ripetere che non ho passato molto tempo con gli uomini dato che ci hanno tenuti separati, e quindi non riesco a immaginare chi sia l'altro dirottatore. A essere sincera, sto cercando di lasciarmi tutto alle spalle, ma quando l'FBI ti chiede un incontro è piuttosto difficile rifiutare.

Andrea: È vero. Comunque, sono contenta che tu sia riuscita organizzare quella festa. Quando hai detto che si terrà?

Gillian: Mancano meno di due mesi.

Andrea: Non è tardi per riservare la sala da ballo?

Gillian: lol. Sì! La figlia ha fatto fatica a decidere il posto. È stata solo fortunata che il Driskill abbia avuto una cancellazione, altrimenti la festa si sarebbe dovuta tenere al motel Super 8 o un posto simile.

Andrea: Sono sicura che anche in quel caso avresti organizzato un evento straordinario.

Gillian: Grazie.

Andrea: Ti farò sapere quando possiamo trovarci.

Gillian: Mi farebbe piacere. Abbi cura di te e sii buona con te stessa, Andrea. Quello che è successo non è stata colpa tua e non avresti potuto fare niente di diverso senza metterti in grave pericolo.

Andrea: Ci proverò. Ci sentiamo.

Gillian: Ciao.

Gillian sospirò e posò il telefono. Tutto ciò che aveva detto ad Andrea era la verità; non avrebbe potuto fare niente di diverso. Se avesse lottato con Luis e si fosse rifiutata di fare ciò che voleva, l'avrebbe uccisa. Aveva dimostrato di non avere problemi a usare e ferire le persone per ottenere ciò che gli interessava.

Pensò a Janet e a sua figlia. Luis aveva minacciato di far del male alla ragazzina più e più volte se Gillian non avesse fatto ciò che voleva, e lei sapeva senza ombra di dubbio che lo avrebbe fatto. Aveva persino permesso a uno dei suoi amici di usare la piccola Renee come scudo per arrivare al Beechcraft; usare donne e bambini per fuggire era davvero spregevole. Ma Gillian non era sorpresa, dopotutto erano terroristi, spacciatori di droga.

Cercando di scrollarsi di dosso l'improvviso malumore, andò in cucina per trovare qualcosa da preparare per cena. Non aveva fame ma doveva mangiare, altrimenti l'indomani si sarebbe sentita male quando avrebbe dovuto parlare dell'inferno che aveva passato due mesi prima.

Stava fissando la dispensa cercando di decidere cosa fare quando suonò il citofono della porta del piano terra. Accigliandosi perché non aspettava nessuno, si avvicinò alla parete e rispose per scoprire chi ci fosse.

«Chi è?»

«Ehi, sono io.»

L'umore di Gillian cambiò all'istante. «Walker! Cosa ci fai qui?»

Ridacchiò. «Fammi salire e te lo dirò.»

Premette subito il pulsante per aprire la porta dell'edificio. Si passò una mano sui capelli, chiedendosi che razza di aspetto avesse. Walker le aveva detto chiaramente che gli piaceva così com'era – con i capelli arruffati al mattino, o tutta preparata per uno dei loro appuntamenti – ma non poteva fare a meno di voler apparire al meglio per lui.

D'altronde, lui era sempre composto ogni volta che lo vedeva. Anche in Venezuela, nonostante fosse stato sporco e sudato, aveva comunque pensato che fosse intimidatorio e *sexy* con la divisa da combattimento nera. Non solo, trasudava sicurezza e virilità da tutti i pori, in ogni momento.

Gillian aveva aperto la porta e lo stava aspettando con trepidazione quando lo vide arrivare sul pianerottolo e andare verso di lei. Teneva in mano un grande mazzo di fiori e si sentì sciogliere; vedere un uomo così alto e virile stringere un delicato bouquet, lo rendeva ancora più straordinariamente stupendo.

Il sorriso sul suo volto mentre si avvicinava le fece aumentare il battito del cuore e Gillian sollevò il mento quando arrivò davanti a lei. La sensazione della bocca di Walker sulla sua le provocò una scarica elettrica che partì dalle labbra fino alle dita dei piedi. Come al solito, tuttavia, non approfondì il bacio, ma le mise una mano sulla vita incoraggiandola a rientrare nell'appartamento.

Dopo che lui chiuse la porta a chiave, gli chiese: «Cosa ci fai qui?»

«Non posso venire a trovare la mia ragazza?»

«Certo» gli rispose con un sorriso. «Ma è mercoledì.»

«E non posso venire a trovarti a metà settimana?»

«Sì che puoi, ma domani devi lavorare, hai l'allenamento la mattina presto e non è da te fare un salto qui un mercoledì a caso.»

Il piccolo sorriso che aveva sul viso scomparve mentre posava i fiori sul bancone della cucina. Poi si chinò e le prese il viso tra le mani.

Gillian adorava quando lo faceva e lo fissò mentre parlava. «Domani sarà una giornata dura per te. Per niente al mondo non sarei venuto a supportarti. So che *non hai* bisogno di me, ma io ho *bisogno* di essere qui.»

Non riusciva a ricordare un momento in cui le parole di un uomo le avevano fatto provare una sensazione così meravigliosa.

«E l'allenamento?»

«I ragazzi sanno che non ci sarò.»

«E sono due» gli disse.

«Due cosa?»

«Due volte che hai perso l'allenamento a causa mia.»

Le rivolse un tenero sorriso. «E ne perderei altri cento se dovessi aver bisogno di me.»

«Walker» sospirò.

«Vieni qui» disse, e la attirò a sé.

Gillian si lasciò trascinare con piacere. Senza scarpe era un po' più bassa di lui e poteva tranquillamente seppellire il naso nell'incavo tra il collo e la spalla. Inspirò profondamente, amava quanto il suo profumo silvestre la facesse sentire al sicuro e protetta.

Rimasero così per diversi minuti, poi lui si tirò indietro. «Il tuo appuntamento è alle nove, giusto?»

Annuì contro di lui.

«Il traffico di Austin è terribile, quindi partiremo alle sette e mezza e se siamo in anticipo, possiamo fermarci per prenderti delle ciambelle al cioccolato.»

Sorridendo, Gillian sollevò la testa. «Cos'ho fatto per essere così fortunata a trovarti?»

Walker non rispose, ma il suo sorriso parlava da solo. «Com'è andata la ricerca per la festa dell'anniversario degli Howard? Hai trovato un posto?»

«Sì, l'hotel Driskill ha accettato le mie condizioni, nonostante manchino meno di due mesi.»

«È un'ottima cosa che abbiano accettato» le disse.

«Il prossimo fine settimana ho in programma un evento aziendale. È una cosa informale con le famiglie dei dipendenti, che il presidente organizza per mostrare l'apprezzamento per il loro lavoro. Ha affittato lo zoo di Austin per quattro ore e ho messo a disposizione quattro food truck lì intorno per far sì che tutti possano pranzare e bere gratuitamente... vuoi venire con me?»

«Ti farebbe piacere?»

«Be', sì. Altrimenti non lo avrei chiesto.»

«Non sarò d'intralcio?»

Gillian ridacchiò. «Be', se insisterai a seguirmi da vicino tanto che ogni volta che mi girerò ti verrò addosso, e se non mi lascerai fare le mie cose per assicurarmi che tutto sia pronto e a posto, allora sì. Ma penso di conoscerti abbastanza bene da sapere che starai in disparte e mi guarderai da lontano quindi, no, non sarai d'intralcio.»

Sorrise. «Allora mi piacerebbe venire a vederti

lavorare.»

«Sei già stato allo zoo?»

«Di, ti sembro un uomo che trascorre il suo tempo in posti del genere?»

«No.»

«Appunto.»

«Quindi non ci sei mai stato?»

Sorrise. «No, Gilly, non ne ho mai visitato uno.»

«Ti piacerà.»

«Senza offesa, ma normalmente non mi piacciono i posti come gli zoo. O i circhi. Non mi piace vedere degli animali rinchiusi per far divertire gli umani. Ma a parte questo, non vedo proprio l'ora di andarci il prossimo fine settimana, per il semplice fatto che uscirò con te e ti vedrò impegnata nel tuo lavoro. E dopo che avrai finito di gestire i food truck e ti sarai assicurata che ogni uomo, donna e bambino si sia divertito tantissimo, potremo passeggiare mano nella mano e mi sentirò orgoglioso e onorato che tu abbia scelto *me* e non qualcuno degli altri uomini in trepidante attesa di avere una possibilità con te.»

Gillian alzò gli occhi al cielo. «Nessuno smania per uscire con me, Walker. Sembra che tu abbia un'idea distorta del mio fascino.»

Le si avvicinò, le circondò la vita con un braccio attirandola contro di sé e con l'altra le afferrò la nuca. «No, non è così. Sei tu che ne sei ignara; non vedi il modo in cui i ragazzi che riempiono gli scaffali al supermercato ti guardano il sedere; ignori gli uomini che vivono in questo complesso di appartamenti e che praticamente sbavano mentre passi, e non hai prestato attenzione alle decine di soldati alla base che non sono riusciti a distogliere gli occhi da te. Non me ne frega niente se guardano, ma finché sarai con me, farò in modo che sappiano che sei off-limits.»

«Walker» sussurrò Gillian, sopraffatta da emozioni che non sapeva come elaborare. Pensava ancora che lui vedesse cose che semplicemente non c'erano. Non era stata popolare al liceo, al college non le avevano chiesto spesso di uscire e da quando si era laureata, aveva faticato a trovare qualcuno da cui si sentisse attratta. Ma il fatto che Walker pensasse che fosse il tipo di donna che gli uomini non potevano fare a meno di fissare, era davvero fantastico.

La strinse a sé appoggiando la fronte contro la sua, e Gillian gli tirò un po' su la maglietta per posare le mani sulla pelle nuda della vita. Lo sentì rabbrividire, ma non si mosse per diversi minuti.

Percepì l'istante in cui stava per allontanarsi e lo trattenne per un momento ancora. Era stata d'accordo sul fatto che volesse andarci piano. In effetti, aveva assecondato l'idea. Ma più tempo trascorrevano insieme, più voleva affrettare le cose.

Voleva le sue mani su di lei. Voleva sapere cosa le avrebbe fatto provare l'intensità che trapelava nel suo sguardo e nei suoi brevi baci, una volta che si fosse lasciato andare.

Sapeva che sarebbe stato un po' duro e travolgente, ma desiderava sperimentarlo. Voleva perdersi nella passione per una volta nella vita. Le volte che era stata con un uomo, non era riuscita a smettere di pensare a dove mettere le mani. O se i gemiti che faceva fossero strani. Ma Gillian aveva la sensazione che quando Walker alla fine avesse perso il controllo, non sarebbe riuscita a pensare a nient'altro che a come la faceva sentire.

Alla fine la lasciò andare e fece quel passo indietro. «Hai già cenato?»

Gillian scosse la testa.

«Cosa ti andrebbe di mangiare?»

«Non lo so. A dir la verità non ho poi così tanta fame.»

«Devi mangiare» le disse

«Lo so.»

«Che ne dici di ordinare qualcosa da Uber Eats?»

«Fammi capire, va bene usare un Uber per consegnare la cena, ma non per un passaggio, giusto?»

«Giusto» le rispose sorridendo.

«Ma potrebbero sputare nel mio cibo. Oppure contaminarlo con veleno per topi. O metterci la droga da stupro o qualcosa del genere.»

Vide Walker assimilare le sue parole. «Hai ragione. Se vuoi qualcosa, chiameremo per ordinare e andrò a prenderlo.»

«Stavo scherzando.»

«No, hai proprio ragione.»

«Non voglio ordinare nulla» gli disse Gillian, più che altro perché non voleva che se ne andasse ora che era lì, anche se ci sarebbero voluti solo venti o trenta minuti per andare a ritirare la cena. «Sono sicura di avere qualcosa che possiamo preparare qui. In frigo c'è del pollo, possiamo farlo al forno se ti va bene.»

«Mi sembra perfetto. Ti aiuto» si offrì Walker.

Ci vollero solo circa quindici minuti per riscaldare il forno e preparare il pollo. Mentre cuoceva guardarono un programma di cucina in TV, poi si sedettero a tavola a mangiare.

Gillian viveva per conto suo da quasi dieci anni e si era abituata a mangiare da sola, guardando i suoi programmi preferiti in televisione e praticamente facendo ciò che voleva. Ma appunto, era sola. Vedere Walker nei weekend l'aveva rovinata. Pensava a lui per tutta la settimana e contava i giorni per poterlo rivedere.

Sì, era impegnata con il suo lavoro, ma non significava

che non le piacesse parlare con lui e passare del tempo insieme. Che si fosse presentato di mercoledì era stata una bella sorpresa, e Gillian sentiva di essere più contenta solo per il fatto di averlo vicino.

«Stai... rimani per la notte?» gli chiese dopo aver mangiato e sparecchiato la tavola.

«L'idea era quella... a meno che tu non voglia» le rispose.

«No! Certo che voglio. Ma non hai una borsa o altro con te.»

«È in macchina. Non volevo darlo per scontato.»

Gillian decise di buttarsi. Si spostò fino a toccargli la coscia con la sua e gli mise una mano sul ginocchio. «Walker, non credo che sia un segreto che mi piaci. Vivo per i fine settimana. Sei divertente e dolce, e più ti conosco più mi piace passare del tempo con te. Non vedo l'ora di incontrare ufficialmente i tuoi amici e spero di piacere anche a loro. So che i *miei* amici ti hanno approvato con tutto il cuore e mi piacerebbe pensare che proseguiremo con la nostra relazione. Non è presuntuoso da parte tua pensare di passare qui la notte. Credo che mi sarei offesa, o almeno sarei molto confusa, se non lo avessi pensato. Accidenti, non ci chiediamo nemmeno più se è il caso che rimanga a casa tua nei fine settimana. È *presuntuoso?* Dovrei sentirmi in colpa perché non ci penso due volte prima di portare una borsa per la notte quando vieni a prendermi il venerdì?»

«No» ringhiò, chinandosi così bruscamente da farla cadere indietro sul divano e incombendo su di lei sostenendosi con le mani. «I miei amici ti ameranno. In effetti, questo fine settimana andremo a un evento alla base con loro. È una cosa per bambini e la figlia di uno dei nostri amici parteciperà alla gara. Saranno tutti lì a fare il tifo per lei, così potrai conoscere i ragazzi.

Mi sto sforzando davvero tanto di non farti pressioni, Gillian, ma è difficile. Penso che l'unica cosa che mi abbia impedito di andare troppo in fretta, sia il fatto che vivi a sessanta chilometri di distanza. Non sono un tipo che scrive messaggi o a cui piace parlare molto al telefono, ma ho scoperto che con te non vedo l'ora di condividere le cose divertenti della mia giornata. Per la prima volta nella vita ho dovuto chiamare il mio provider telefonico per attivare il pacchetto di messaggi illimitati, solo per non spendere ottocento dollari in più per aver superato la soglia. In un certo senso, sembra diverso che tu stia da me... come se fosse una cosa scontata, ma non potrei mai trattenermi qui più del dovuto o fare qualcosa che ti metta a disagio, come autoinvitarmi a restare senza il tuo permesso.»

«Permesso accordato» gli disse, facendo scorrere le mani sotto la sua maglietta fino al petto, e Walker non poté fermarla poiché stava usando le braccia per tenersi su.

Gli si indurirono subito i capezzoli al suo tocco, ma prima ancora che potesse anche solo godersi il fatto di riuscire a eccitarlo, lui era in piedi accanto al divano.

«Vado a prendere la mia borsa. Chiudi la porta dietro di me.»

Poi, prima che Gillian potesse dire qualcosa, sparì.

Non c'era alcun dubbio che fosse un uomo passionale e assolutamente virile, ma si stava trattenendo molto e ciò cominciava a preoccuparla.

Facendo un respiro profondo, cercò di calmare i suoi ormoni impazziti. Era bagnata tra le gambe, come succedeva la maggior parte delle volte in cui Walker si comportava da maschio alfa. Per quanto volesse godere del suo tocco, aveva la sensazione che lui avrebbe fatto in modo che valesse più che la pena aspettare che fosse pronto.

CAPITOLO UNDICI

PER QUANTO A TRIGGER fosse piaciuto svegliarsi con Gillian tra le braccia, dato che la sera prima si era rifiutata di andare a letto optando per stare con lui sul divano, purtroppo avevano delle cose da fare. Doveva svegliarla, farla alzare, prepararle un caffè e portarla in tribunale in centro città per incontrare la DEA e l'FBI.

Ne avevano parlato un po' la sera precedente e sapeva che Gillian non aveva ancora idea di chi potesse essere il settimo dirottatore; era incline a pensare che fosse Leyton, ma le sue azioni potevano essere state determinate dallo shock per ciò che stava accadendo. Era nervosa per l'interrogatorio a cui era sicura sarebbe stata sottoposta, anche se Trigger aveva cercato di spiegarle che era solo un colloquio, non un interrogatorio vero e proprio.

Non gli avrebbero permesso di entrare nella stanza, nemmeno con il nulla osta di sicurezza del suo livello; quella non era una sua indagine. Era frustrante, ma non si aspettava niente di diverso. L'unica cosa che poteva fare era cercare di alleviare il più possibile lo stress a Gillian.

Quella mattina era silenziosa e non era normale. Aveva

già passato parecchie mattinate con lei da sapere quanto fosse loquace di natura e non esitasse a parlare di qualsiasi cosa le venisse in mente subito dopo essersi svegliata. Ma quel giorno non aveva la sua solita personalità vivace.

Odiando che fosse preoccupata per l'incontro, e non potendo fare molto al riguardo, Trigger le tenne semplicemente la mano mentre guidava per le strade del centro di Austin. Il traffico era intenso, come al solito, ma poiché erano partiti molto presto nessuno dei due era preoccupato.

Dopo aver trovato un posto in un parcheggio coperto vicino al tribunale, si voltò verso Gillian. «Tutto bene?»

Lei fece un respiro profondo. «Sì. È solo che... continuo a cercare di capire chi potrebbe essere coinvolto, e mi sembra impossibile che *uno chiunque* dei passeggeri possa essere stato in combutta con quegli assassini. Tutti piangevano o si comportavano come zombi a causa dello shock per ciò che stava accadendo. Anche gli uomini. Ok, loro non piangevano, ma era ovvio che non fossero felici. Sono stati loro a dover gettare i corpi dei passeggeri di prima classe fuori dal portello quando siamo atterrati in Venezuela, ed è stata una cosa orribile. È difficile credere che qualcuno sapesse recitare così bene. Magari Brain e gli altri funzionari hanno tradotto nel modo sbagliato la conversazione tra i dirottatori? Forse non è coinvolto nessun altro?»

Trigger avrebbe voluto essere d'accordo con lei, ma non poteva. Scosse la testa con tristezza. «Non ci sono dubbi su quello che hanno detto, Gilly.»

«Odio questa cosa» sussurrò.

Senza dire nulla, le lasciò la mano e scese dalla macchina. Andò in fretta alla sua portiera, l'aprì e, invece di aiutarla a uscire, la cinse con le braccia attirandola a sé.

Gillian si abbandonò contro il suo petto, aggrappandosi a lui con una disperazione che non aveva più percepito in lei da quando l'aveva presa tra le braccia sulla pista di atterraggio in Venezuela.

«Andrà tutto bene» le sussurrò.

«Lo so» rispose lei.

Trigger le concesse ancora qualche istante, poi si tirò indietro e le mise le mani sulle spalle. «Il tuo lavoro non è capire chi sia il cattivo. Quello che devi fare è dire agli investigatori tutto ciò che riesci a ricordare. Non devi analizzare le azioni di nessuno. Prenderanno le tue informazioni e le confronteranno con i dati che hanno recuperato dai colloqui con gli altri ostaggi e, si spera, giungeranno a una conclusione. *Non* è una tua responsabilità dire chi pensi sia il settimo dirottatore. Sono loro gli esperti, non tu. Capito?»

Gillian fece un respiro profondo e annuì. «Grazie. Avevo bisogno di sentirmelo dire.»

Si chinò e la baciò con dolcezza, poi disse: «Bene. Pronta?»

«Pronta» rispose con voce più decisa.

Non poteva essere più orgoglioso di lei. Gillian scese dalla Blazer e lui bloccò la serratura mentre uscivano dal parcheggio mano nella mano e andavano verso il tribunale.

———

Gillian si accomodò sulla sedia che le indicò l'investigatore della DEA e si asciugò i palmi sudati sui pantaloni color cachi. Cercava di vivere la vita senza farsi intimidire da nessuno; aveva incontrato senza battere ciglio amministratori delegati, presidenti, politici e manager di alcuni dei migliori hotel al mondo.

Ma per qualche motivo, star seduta lì con l'agente speciale dell'FBI Tucker e l'investigatore della DEA Calum Branch, la stava agitando.

«Grazie per essere venuta a incontrarci oggi» disse Gary Tucker, un uomo di mezza età stempiato e con un po' di pancetta. Indossava quello che pensava fosse l'abbigliamento tipico di un agente dell'FBI: pantaloni neri, camicia scura e una cravatta blu che non si intonava con il resto.

«Sì. Siamo entrambi molto contenti che lei sia viva e vegeta» aggiunse Calum. Era un po' più giovane di Gary e portava un paio di jeans, degli stivali da cowboy e una camicia grigia a maniche lunghe. Aveva persino uno Stetson posato sul tavolo accanto a lui. Ma invece di avere l'aspetto di un cowboy texano, sembrava un turista che si sforzava un po' troppo di emulare un mandriano locale.

«Siamo in tre» disse Gillian nervosa. Avrebbe voluto che Walker fosse lì con lei, ma capiva perché non glielo avessero permesso. La stava aspettando fuori dalla sala conferenze, ed era troppo grande per la scomoda poltroncina da ufficio su cui si era seduto. Le aveva promesso che non si sarebbe mosso e che sarebbe stato lì quando lei avesse finito, a prescindere da quanto fosse durato il colloquio.

«Se per lei va bene, penso che dovremmo iniziare» disse Gary. «Che ne dice di raccontarci cos'è successo, dal momento in cui ha capito che qualcosa non andava fino a quando non è stata salvata?»

Gillian avrebbe voluto ridere. Di certo non perdevano tempo. Fece un respiro profondo e disse loro tutto ciò che riuscì a ricordare. Quanto si fosse spaventata quando si era resa conto di ciò che stava succedendo e che i dirottatori avevano effettivamente ucciso alcuni passeggeri. Quanto fosse terrorizzata quando Luis le aveva detto di essere stata scelta per parlare con il negoziatore. Li informò anche di quanto avesse odiato il primo negoziatore, che non l'aveva ascoltata e che pensava che fosse stata colpa *sua* se era stato ucciso un altro passeggero.

Elogiò Walker e disse che aveva fatto un lavoro straordinario nel tenerla calma, nel decodificare i suoi patetici indizi e assicurarsi che ricevessero cibo e acqua. Inoltre, *lui* aveva fatto in modo che nessun altro venisse ucciso, e ciò era una cosa enormemente positiva nella mente di Gillian.

Pensava di essere stata distaccata nel raccontare ciò che aveva provato, ma ovviamente gli uomini avevano colto i suoi sentimenti per Walker.

«Lei e il signor Nelson avevate una relazione prima del dirottamento?» le chiese Calum.

Inorridita, scosse la testa. «No! Non l'avevo mai incontrato prima. Non frequentiamo esattamente gli stessi ambienti.»

«Cosa vorrebbe dire con questo?» incalzò Gary.

«Proprio ciò che ho detto. Lui è nell'esercito e vive a sessanta chilometri di distanza da Georgetown. E io sono impegnata con la mia vita e la mia attività, proprio come lui. Era in Venezuela a fare il suo lavoro e io ero lì... be', prigioniera.»

«Ma ora vi frequentate» insistette.

«Sì» rispose con fermezza. Non si sarebbe vergognata di stare con Walker.

«Non pensa che sia strano?» osservò Calum.

Lei aggrottò la fronte. «Cos'è strano?»

«Che voi due viviate abbastanza vicini e che lui sia stato mandato a liberare gli ostaggi di quell'aereo?»

Gillian fissò incredula l'agente della DEA. «Sta insinuando che in qualche modo abbia organizzato un incontro? Che abbiamo pianificato tutto?»

«Be', no» smentì l'agente. «Ma deve ammettere che è un po' troppo una coincidenza.»

«No, non penso proprio» sbottò. «Non è una coincidenza più di quanto non lo sia per qualunque altra persona su quell'aereo diretta in Texas. La maggior parte di loro vive qui, come me. E non posso credere che stia lì seduto ad accusarmi di... di *cosa* mi sta accusando?»

Calum sollevò le mani in un gesto conciliante, ma Gillian capì che era solo condiscendente. «Non la sto accusando di niente. Sto solo pensando ad alta voce.»

«Allora forse può anche smetterla, perché mi sta irritando.»

Le sembrò di aver sentito Gary ridacchiare, e nasconderlo abilmente con un colpo di tosse. «Stiamo solo facendo il nostro lavoro, signorina» le disse. «So che è difficile, ma si metta nei nostri panni. Non possiamo ignorare nulla che possa portarci al settimo dirottatore. Vuole che questa persona continui a essere libera? Per partecipare magari ad altre attività terroristiche che potrebbero provocare la morte di altre persone la prossima volta?»

«Certo che no» rispose «ma...»

«Giusto, quindi a volte dobbiamo fare delle domande spiacevoli» continuò Gary con abilità. «Non è che pensiamo che *sia lei* il dirottatore sconosciuto... ma avrebbe potuto esserlo. Voglio dire, sarebbe stato abbastanza intelligente da parte di Luis far parlare con i negoziatori qualcuno con cui era in combutta.»

Gillian poté solo fissare l'altro uomo sbalordita. «Non sono una terrorista» insistette.

«Non è proprio quello che direbbe il settimo dirottatore?» le chiese Gary.

Sentì un principio di mal di testa.

«Per la cronaca, non pensiamo che sia lei chi stiamo

cercando» continuò, di certo aspettandosi che lei ignorasse il fatto che l'aveva praticamente accusata di collaborare con degli assassini. «Ma di sicuro può capire le nostre conclusioni.

Dobbiamo esaminare la lista dei passeggeri persona per persona. Vorremmo che ci dicesse tutto ciò che ricorda di ognuno di loro: cosa indossavano, qualsiasi conversazione abbia intrapreso e i suoi pensieri personali. Anche la minima cosa potrebbe fare la differenza tra catturare quell'individuo e lasciarlo libero. Capisce?»

Sì, Gillian capiva. Capiva anche che quella sarebbe stata una giornata lunghissima. Molto più di quanto avesse previsto. Pensò per un attimo a Walker seduto appena fuori dalla porta su quella sedia minuscola e scomoda, e si sentì dispiaciuta. Poi ebbe solo il tempo di pensare ai suoi compagni ostaggi.

Gary e Calum iniziarono mostrandole le foto dei passeggeri di prima classe. Volevano sapere cosa ricordasse di loro durante la prima parte del volo. Se avessero chiesto molte bevande. Se si fossero alzati per usare il bagno.

Gillian cercò di dire agli investigatori che non aveva prestato attenzione a nessuno al di là della sua fila, ma continuarono a farle pressione. Vollero sapere degli assistenti di volo; se qualcuno fosse sembrato sospetto, se avesse notato qualcosa di strano in loro, se fossero stati molto amichevoli con qualcuno dei passeggeri.

Le domande continuavano incessanti e, per la maggior parte, le risposte di Gillian furono "Non lo so" o "non che abbia notato".

Poi il colloquio diventò più difficile.

Le mostrarono una foto dopo l'altra dei passeggeri della sua stessa cabina e vollero conoscere i suoi pensieri su ciascuna persona. Le chiesero di parlare della loro personalità, di come avessero affrontato la prigionia e di qualsiasi cosa ricordava le avessero detto. In dettaglio.

«Che mi dice di Janet Cagle?» chiese Gary, mostrandole una foto della giovane madre.

«Era spaventata a morte» disse Gillian. «I dirottatori continuavano a minacciare lei e sua figlia, Renee. La maggior parte del tempo sono state sedute sul pavimento tra i sedili, cercando di rendersi invisibili.»

«Quale dei dirottatori ha usato la ragazzina come scudo quando hanno cercato di arrivare al Beechcraft?» chiese Calum.

«Non ne sono sicura... Isaac? Carlos? Nel caos, non stavo prestando attenzione. Stavano costringendo coppie di uomini e donne a scendere sullo scivolo e finché Alberto non mi ha afferrata, non mi sono resa conto di cosa stessero facendo.»

«Cosa *stavano* facendo?» domandò Gary.

Gillian sospirò. Aveva la sensazione che lui conoscesse la risposta alla domanda, ma che volesse sentire cos'avrebbe detto. «Stavano cercando di disorientare i nostri soccorritori accoppiando un uomo e una donna e facendoli correre tutti verso l'aereo più piccolo, così da rendere più difficile capire a prima vista chi fosse un dirottatore e chi un ostaggio.»

Entrambi gli uomini annuirono. «E Maria Gomez?» Gary le mise un'altra foto davanti.

E proseguirono così. Le immagini continuavano a passarle davanti una dopo l'altra. Camile Millan, Rebecca Crawford, Reed Stonegate, Charles Wayman. I loro volti le scivolavano davanti mentre Gillian faceva del suo meglio per ricordare ogni piccolo dettaglio di ogni persona. Era difficile, perché la maggior parte degli uomini li aveva visti solo a distanza senza avere alcun contatto con loro. Ma ovviamente i due non erano soddisfatti. Insistevano per saperne di più.

«Leyton Morales» disse Gary, mettendo un'altra foto davanti a lei.

Prendendo un sorso d'acqua, Gillian temporeggiò un attimo. Non voleva dire niente di male su nessuno. Non voleva identificare qualcuno come dirottatore se non lo era. Si sarebbe sentita malissimo se lo avessero accusato ingiustamente. «Lui... ehm ... ho pensato che fosse un po' strano» ammise infine.

«Strano in che senso?» chiese Calum.

«Solo... strano. Fissava le donne intensamente. Prestava anche molta attenzione ai dirottatori. Forse però era sotto shock. Io so solo che stavo avendo difficoltà a elaborare tutto ciò che stava accadendo, ma lui non sembrava *spaventato* come il resto di noi. Voglio dire, non lo conosco affatto, magari ha avuto una vita orribile ed essere tenuto sotto tiro e minacciato non era un grosso problema, quindi non aveva paura.» Gillian era consapevole di parlare molto velocemente, cercando scuse per Leyton, ma non poteva farci niente.

«Ci faccia un esempio» le ordinò Gary.

Sospirando, spiegò: «Quando i dirottatori hanno gonfiato lo scivolo e iniziato a spingere fuori le persone, lui è rimasto lì a guardare. Quando Alberto mi ha afferrata, Leyton gli ha detto che sarebbe sceso lui con me. Ma, a essere onesti, si era offerto anche Wade. Penso che stessero entrambi cercando di allontanarmi dal terrorista, ed è stato davvero coraggioso da parte loro. Quando non mi ha lasciata andare, Leyton mi ha effettivamente afferrato il braccio libero. Lui e Alberto hanno fatto una sorta di tiro alla fune con me per un secondo. Alla fine Alberto lo ha spinto via, ma Leyton non è indietreggiato molto, è rimasto lì a fissarci. Poi, mentre stavo lottando per non essere portata all'interno dell'altro aereo, ho notato che era ancora una volta lì vicino, a osservare. O forse stava fissando il vuoto.»

«Ha visto Wade?» le chiese Gary.

«No.»

«Hmmm» mormorò l'agente.

Non disse altro. Solo *Hmmm*. Era esasperante.

«Che mi dice di Andrea Vilmer? Sappiamo che ha avuto difficoltà sull'aereo.»

Quello era l'eufemismo del secolo. Gillian annuì.

«Cosa può dirci al riguardo?»

«Cosa vuole sapere?»

«Tutto quello che riesce a ricordare» rispose senza alcuna emozione.

La sua frustrazione aumentò ancora. «Vuole sapere della sua espressione di repulsione quando Luis le ha leccato il collo in modo osceno? Quanto fosse spaventata quando lui ha deciso di aggredirla? Come rabbrividiva di paura mentre lui la trascinava lungo il corridoio dell'aereo? Magari vuole sapere quanto tempo gli ci è voluto per venire quando l'ha costretta a succhiargli il cazzo proprio lì tra i sedili? Cosa vuole sapere *esattamente*?»

Quando finì ansimava, ma prese un respiro profondo e continuò con un tono più calmo. «Non so perché Luis abbia scelto lei, probabilmente solo perché è bella. Mi vergogno di ammettere che in quel momento ero sollevata che non avesse preso di mira me... ma ciò non significa che non fossi inorridita per lei. Nessuno di noi avrebbe potuto fare niente e lo sapevamo. Se avessimo tentato di interferire, ci avrebbe uccisi senza battere ciglio. Era così crudele. Penso che Luis sia stato il primo a dire che l'avrebbe portata con sé, e probabilmente è per quello che Alberto ha cercato di trascinarmi su quell'aereo.»

«È rimasta in contatto con Andrea» affermò Gary. Non era una domanda.

«Sì. Ci scambiamo messaggi. Non sta affrontando molto bene ciò che è successo. Va da uno psicologo ma non sono sicura che per ora l'abbia aiutata.»

«Ha parlato anche con altri, giusto?» le chiese Calum.

Gillian annuì di nuovo. «Sì, molti di noi si scambiano regolarmente messaggi e mail. Ci sentiamo legati; abbiamo passato l'inferno e in qualche modo siamo sopravvissuti.»

«Quanto spesso parla con loro?»

Scrollò le spalle. «Non lo so. Con alcuni mi sento più che con altri. Scrivo ad Andrea con regolarità. E Janet mi manda messaggi e foto di Renee. Abbiamo parlato di come gestire al meglio il sentimento di rabbia che tutti sembriamo ancora provare e di quanto sia stato ingiusto che sia successo a noi.»

«Che mi dice di Alice Hicks e di suo marito Wade?» domandò Calum. «Era seduta accanto a loro prima che i terroristi prendessero il controllo dell'aereo. Giusto?»

«Sì.»

«Parla anche con loro?»

«Ho ricevuto una o due mail. È stata davvero dura per Alice. Lei e Wade si erano sposati da poco. Dormivano quando tutto è iniziato, e sono stati separati. Alice sembra essere il tipo di donna che non riesce affatto a gestire bene le situazioni di stress. Ha pianto molto e ho visto Wade fare il possibile per stabilire almeno il contatto visivo con lei durante l'intero calvario.»

«E Muhammad Nassar? È musulmano. Lo ha visto avere qualche faccia a faccia con i dirottatori?»

«No. Come ho detto più e più volte, non ho avuto

molti contatti con gli uomini. La maggior parte di loro non li ho nemmeno visti. Non saprei dirle cos'ha fatto Muhammad, anche se non credo sia giusto pensare che potrebbe essere il settimo dirottatore semplicemente a causa delle sue convinzioni religiose.»

«Non lo stavamo accusando di nulla» disse Calum tranquillo. «Stiamo solo cercando di trovare quante più informazioni possibili su tutti.»

E così le domande continuarono. Alejandro Chavez, Mateo Herrera... vagliarono ogni singola persona, compresi i passeggeri provenienti dal Canada, Giappone, Colombia, Panama, India, Nicaragua...

Quando ebbero finito, Gillian riusciva a malapena a muoversi.

Si sentiva come se avesse affrontato la prova più difficile del mondo... fallendo. Non pensava di aver dato loro qualcosa di utile. Se avesse avuto qualche sospetto su chi potesse essere il lupo travestito da agnello, lo avrebbe già detto a qualcuno. L'intero colloquio le era sembrato così inutile. Davvero erano così interessati a chi aveva avuto problemi di stomaco a causa della mancanza di cibo e acqua, e chi no?

«Se le viene in mente qualcosa che non ci ha detto oggi, ci contatti il prima possibile» le disse Gary. «Qualsiasi cosa, non importa quanto le possa sembrare inutile, potrebbe fare la differenza tra togliere un altro terrorista dalla circolazione o lasciarlo continuare a rovinare vite in futuro.»

Be', accidenti, niente pressioni, pensò Gillian, ma annuì.

«E dev'essere estremamente cauta» aggiunse Calum. «È stata scelta da Luis come portavoce per qualche motivo. Potrebbe essere stato il settimo dirottatore quello che in realtà ha dato l'ordine, che ha scelto *lei*. Finché questa persona non sarà dietro le sbarre, la sua vita potrebbe essere in pericolo.»

Gillian rabbrividì. Non era un pensiero *piacevole?* «Pensa davvero che chiunque sia mi verrà a cercare?»

«Il punto è che non lo sappiamo» rispose Gary. «Ma ucciderla potrebbe essere un modo per vendicarsi del fatto che sei dei suoi amici non sono sopravvissuti alla loro missione.»

«Avrebbero dovuto sapere che c'era un'alta possibilità di non sopravvivere» insistette Gillian.

Entrambi gli investigatori scrollarono le spalle.

Grande. Proprio fantastico. «Posso andare?» chiese, odiando che la sua voce risultasse debole.

Gary e Calum si alzarono facendo stridere le sedie in modo fastidioso.

Muovendosi rigidamente, Gillian non si preoccupò di stringere loro la mano, fece solo un cenno con la testa e andò verso l'uscita. Sapeva che gli agenti stavano solo facendo il loro lavoro, ma aveva bisogno di uscire da quella stanza.

Nell'istante in cui aprì la porta, Walker fu lì di fronte a lei e le disse qualcosa che non sentì. Gli si avvicinò e appoggiò la testa contro il suo petto. Lui la circondò con le braccia e la strinse.

Gillian non ebbe nemmeno l'energia per ricambiare l'abbraccio, rimase lì contro di lui con le braccia a penzoloni lungo i fianchi e chiuse gli occhi.

Walker avrebbe pensato a tutto. Si sarebbe assicurato che tornasse a casa. Non avrebbe dovuto pensare a nient'altro che al suo buon profumo e a quanto gli fosse grata della sua presenza.

———

Trigger voleva sapere cosa cazzo fosse successo dietro quella porta della sala conferenze, più di quanto volesse respirare. La sua donna era terribilmente esausta e quasi catatonica. Avrebbe dovuto sforzarsi di più per avere il permesso di entrare con lei. Si sarebbe assicurato che i due investigatori non la pressassero troppo.

«Che cosa avete fatto?» ringhiò, quando Gary e Calum uscirono dalla stanza.

Sembrarono entrambi sorpresi dal livore nel suo tono. Guardarono lui, poi Gillian e poi ancora lui.

«Ha fatto un buon lavoro» disse Gary con calma. «Migliore di quanto ci aspettassimo.»

«Forse è andata più per le lunghe di quanto sia successo con gli altri, ma aveva molte informazioni davvero utili» incalzò Calum.

Ancora una volta, Trigger si rimproverò per non averli almeno costretti a prendersi una pausa. Gillian era stata con loro più di cinque ore. Aveva saltato il pranzo ed era ovvio che l'avessero pressata oltre ogni limite.

Avrebbe voluto rimproverare gli investigatori, ma in quel modo avrebbe ritardato il ritorno a casa, così voltò le spalle ai due uomini e si chinò verso la donna esausta tra le sue braccia. Era davvero forte, ma anche i supereroi prima o poi cedevano.

«Pronta per andare a casa?» le chiese con dolcezza.

Lei annuì contro il suo petto.

«Vuoi che ti porti in braccio?»

Scosse la testa ma non si mosse.

Trigger non poté fare a meno di sorridere. Non le mise fretta, aspettò che si riprendesse abbastanza da uscire dall'edificio al suo fianco. Nel giro di un minuto, la sentì prendere un gran respiro e scostarsi da lui.

Non la lasciò allontanarsi troppo, tenendole il braccio

intorno alla vita. Si appoggiò a lui con tutto il peso e la sentì agganciare il dito a uno dei passanti della cintura dei suoi jeans. Avrebbe voluto chiederle cosa fosse successo, cosa avessero detto, ma sapeva che era l'ultima cosa di cui aveva bisogno. In quel momento, doveva solo mangiare e sentirsi al sicuro.

A Gillian non serviva la sua protezione perché era debole. Non lo era di certo. Ma Walker aveva bisogno di dargliela perché era importante per lui. Nell'ultimo mese si era ritrovato a pensarla quasi ogni minuto della giornata. Era diventata in fretta una delle persone più importanti della sua vita. E che fosse dannato se avrebbe fatto qualcosa che in qualche modo avrebbe potuto farla soffrire.

La portò alla Blazer e l'aiutò a salire. Lei chiuse gli occhi e appoggiò la testa sullo schienale, il linguaggio del suo corpo dimostrava quanto fosse stanca. Prima di avviare la macchina, Trigger si prese il tempo di ordinare qualcosa da mangiare da un ristorante vicino al suo appartamento; si fermò a ritirarlo prima di arrivare a casa sua. Era talmente esausta che non gli chiese nemmeno cosa avesse ordinato o cosa stesse facendo.

Nel momento in cui entrarono nell' appartamento, si voltò verso di lui. «Vado a sdraiarmi... va bene?»

Non gli piaceva vederla così. «Non devi chiedere il mio permesso per sdraiarti, Gilly. Vai, tra un po' ti porto il pranzo.»

«Non ho fame.»

«Lo so, ma devi mangiare.»

Per un secondo sembrò che stesse per ribattere ma, alla fine, si limitò ad annuire e si incamminò verso il corridoio. Odiava vederla con le spalle curve, e sembrava che avesse appena combattuto dieci round di pugilato su un ring.

Le diede venti minuti − i venti minuti più lunghi della

sua vita – prima di seguirla. Preparò una ciotola con la sua zuppa di fajita di pollo preferita e due filoncini di pane dei quali parlava sempre con entusiasmo; erano soffici e burrosi e le avrebbero dato la carica di energia necessaria.

Quando entrò in camera era sdraiata su un fianco e dava le spalle alla porta. Trigger posò il cibo e si sedette sul bordo del materasso. Le mise una mano sulla coscia e aspettò che lei dimostrasse di gradire la sua presenza. Sapeva che non stava dormendo perché si era irrigidita per non rotolargli addosso non appena si era seduto.

Con la pazienza che aveva acquisito durante l'addestramento dei Delta, Trigger rimase in attesa. Finalmente, dopo un po' si girò e lo fissò.

«Tutto bene?» le chiese sommessamente.

Lei annuì. «Sì. Solo che... è stato troppo.»

«Mi dispiace, Di. Avrei dovuto essere lì con te.»

«Non ti era permesso. È tutto a posto.»

Trigger scosse la testa. «No, non è tutto a posto. Se fossi stato lì avrei potuto chiedere che ti facessero fare qualche pausa. Li avrei fermati quando calcavano troppo la mano, e non negarlo, lo hanno fatto.»

Annuì brevemente. «Ma hanno dovuto farlo. Se vogliono prendere quel tizio, devono sapere...»

«No, no» disse scuotendo la testa. «Se intendono catturare quell'uomo, allora devono indagare... non spingere le donne innocenti oltre il limite per ottenere informazioni che non fanno alcuna differenza.»

Lei lo fissò. «Quindi pensi che ciò che ho detto loro sia inutile?»

«No, per niente» disse con fermezza. «So che il colloquio ha dato loro un'idea più completa di ogni passeggero. Sei attenta e intelligente; qualunque cosa tu abbia detto è stata assolutamente utile. Ma non ha avuto senso pressarti fino a mandarti praticamente in stato comatoso per ottenere quelle informazioni. Sono sicuro che abbiano già i loro sospetti su chi sia il settimo dirottatore, hanno solo usato i trucchetti da interrogatorio per vedere cosa sarebbero riusciti a tirare fuori da te.»

Gillian chiuse gli occhi. «Mi sarebbe piaciuto che ci fossi anche tu» mormorò. Li riaprì. «Ma ormai è fatta.»

«Se vuoi parlarne, sono qui.»

«Grazie» sussurrò. «Voglio dire, sai già la maggior parte delle cose che ho detto loro, è che non mi piace pensare che qualcuno con cui ho condiviso quella terribile esperienza, possa essere coinvolto nell'intera faccenda. Mi dà il voltastomaco.»

«Dai. Siediti e mangia qualcosa, ti farà sentire meglio. Poi possiamo guardare la TV insieme per il resto del pomeriggio. Ti preparerò un bagno stasera e domani mattina ti sentirai di nuovo te stessa.»

Gli sorrise e si sistemò appoggiando la schiena sulla testiera. Mentre iniziava a mangiare, Trigger tornò nell'altra stanza per portarle il regalo che le aveva preso quella settimana.

Si sedette di nuovo sul letto con la piccola scatola in mano.

«Cos'è?»

«Apri e vedi. L'ho vista e ho pensato a te.»

Trigger fu felice di vedere un barlume di vita nei suoi occhi. Odiava vederla così abbattuta, e se un piccolo regalo era sufficiente a farla sorridere, si sarebbe imposto come obiettivo nella vita di comprarle un milione di oggettini per rendere quel sorriso permanente.

Gillian aprì la scatola e tirò fuori la tazza che c'era dentro. «Mi piace» dichiarò sorridendo.

«Ti avevo detto che mi ricordava te.» La tazza blu aveva

tutt'intorno le immagini in fumetto di Wonder Woman; che saltava, correva, usava i braccialetti per deviare i proiettili e faceva cose da supereroi in generale.

«Al momento non mi sento molto Wonder Woman» ammise.

«Ci arriverai» replicò Trigger senza esitazione. «Sei umana. Ti è permesso sentirti così. Sei comunque una delle persone più forti che conosca.»

«Grazie.»

«Prego. Ora sbrigati e finisci, così possiamo andare di là a guardare *Luther*.»

«Sei dipendente da quel telefilm» disse ridacchiando.

«E tu no?»

Si limitò a sorridere.

———

Qualche ora dopo, Gillian si sentiva già più se stessa. Il pranzo aveva fatto miracoli per migliorare il suo umore, e poi stare sul divano a rilassarsi con Walker per il resto della giornata aveva completato il lavoro. Sì, la mattinata era stata dura a livello mentale, ma era davvero finita; doveva smettere di pensarci e andare avanti con la sua vita.

Era giovedì, Walker avrebbe passato lì la notte ed era determinata a farlo dormire nel letto con lei. Tutte le altre volte che avevano dormito insieme – *dormito* e niente di più – l'avevano sempre fatto sul divano dell'uno o dell'altra. Non si erano mai spostati in camera. E anche se Gillian amava svegliarsi tra le sue braccia, voleva farlo nel suo letto.

Dopo aver mangiato spaghetti per cena, ridendo durante tutta la preparazione, e prima di guardare altri episodi di *Luther*, si era cambiata e aveva messo i pantaloncini e la canotta da notte. Era la prima volta che indossava un pigiama prima di accoccolarsi con Walker sul divano. Oh, si era già messa dei leggings e una maglietta, senza reggiseno, ma quello era diverso. I pantaloncini erano molto corti e la canotta ovviamente lasciava le braccia scoperte. Si sentiva sexy così e non voleva altro che invogliarlo a darle qualche bacio e tenerla stretta tutta la notte.

Quando era tornata in soggiorno dopo essersi cambiata, sembrava che lui avesse ingoiato qualcosa di acido, il che non era stato esattamente incoraggiante. E quando non l'aveva subito attirata al suo fianco dopo essersi seduta, Gillian aveva iniziato a preoccuparsi di aver fatto qualcosa di sbagliato. Dopo che era stato così premuroso e preoccupato per lei, aveva pensato che fosse il momento perfetto per fare un passo avanti nella loro relazione.

Ma ora Walker sedeva rigido dall'altra parte del divano e guardava lo schermo come se fosse la cosa più affascinante del mondo. Era sconfortante.

Volendo essere coraggiosa e potente come la supereroina da cui aveva preso il soprannome, Gillian decise di fare ciò che desiderava.

«Walker?»

«Hmmm?» le chiese, senza guardarla.

«Tutto bene?»

«Sì, perché?»

Almeno si voltò verso di lei. «Perché da quando mi sono cambiata, eviti di guardarmi come se farlo ti facesse prendere la peste.»

Lui sospiro. «Non sei tu.»

Oh, merda, non le piaceva quella frase. «Cosa intendi?»

«Hai avuto una giornata difficile... forse dovresti andare a letto presto.»

Gillian poté solo fissarlo incredula. L'aveva detto davvero?

Sì, lo aveva proprio detto.

Alla faccia del sentirsi bene con se stessa e sicura nella relazione che stavano costruendo.

Non si era mai sentita così confusa. Walker l'aveva coccolata e trattata come se fosse la cosa più preziosa della sua vita per tutto il giorno, e nell'istante in cui si era cambiata mettendo qualcosa che rivelava un po' di più — non che avesse indossato un body sexy o altro, solo dei pantaloncini e una canotta — si era paralizzato e cercava disperatamente di fingere che lei non fosse nemmeno lì.

Senza parlare — e cosa avrebbe potuto dire? Implorarlo di guardarla? Di dirle perché all'improvviso si fosse trasformato nell'uomo di ghiaccio? — Gillian si alzò dal divano e tornò in camera. Si tolse il grazioso completo da notte e indossò un paio di leggings e una maglia a maniche lunghe; aveva sentito il repentino bisogno di coprirsi completamente prima di andare a letto.

Infilandosi sotto le coperte, fece del suo meglio per non piangere... ma non servì. Le lacrime scesero lo stesso e cercò di essere silenziosa mentre singhiozzava, chiedendosi cosa diavolo ci fosse di sbagliato in lei.

———

Trigger strinse le mani a pugno e gli ci volle tutta la sua buona volontà per restare dov'era. Poteva sentire Gillian piangere, e lo lacerava. Quand'era uscita dalla sua stanza indossando quel completo da notte sexy da morire, gli era diventato subito duro.

La rispettava più di quanto lei potesse mai capire, e aveva fatto del suo meglio per fare le cose con calma;

l'unico modo che conosceva per riuscire a farlo era tenere il cazzo nei pantaloni. Alle donne non piaceva essere usate per il sesso, e sebbene non era ciò che avrebbe fatto se fosse andato a letto con lei, non voleva che si facesse un'idea sbagliata.

Desiderava Gillian. La voleva in modo permanente. Ma non voleva fare nulla che potesse portarla a pensare che la loro relazione sarebbe stata a breve termine. Una volta vista la sua pelle setosa in mostra e sapere che i pantaloncini gli avrebbero dato un facile accesso alla parte di lei che desiderava sempre più disperatamente toccare e assaporare, aveva dovuto prendere le distanze.

Era un debole. Se l'avesse attirata al suo fianco, non sarebbe stato in grado di tenere le mani lontane da lei. Dopo la giornata che aveva passato, non voleva far altro che dimostrarle quanto fosse orgoglioso. Adorarla dalla testa ai piedi. Ma sembrava ancora troppo presto. Si frequentavano solo da un mese. Non sapeva quali fossero le regole riguardo al sesso nel mondo d'oggi, ma rispettava troppo Gillian per spingerla a una relazione fisica prima che fosse pronta. Era vulnerabile e che fosse dannato se avrebbe fatto qualcosa per trarne vantaggio.

Ma in quel momento stava piangendo nella sua stanza. Ed era colpa *sua*.

Aveva fatto un casino; voleva solo dimostrarle rispetto e invece lei aveva pensato che la stesse *rifiutando*.

Trigger si alzò in piedi prima di rendersene conto e andò verso la camera. Era ovvio che stesse cercando di essere silenziosa, ma sentiva comunque i suoi singhiozzi attraverso la porta chiusa. Senza bussare, la aprì ed entrò.

La stanza profumava di caprifoglio, e ciò gli provoco un'altra erezione. Ignorò il proprio corpo e si avvicinò al letto, era rannicchiata sotto le coperte. Si sentì morire quando vide che indossava una maglietta a maniche lunghe. Notando il pigiama sexy per terra vicino al bagno, capì che probabilmente aveva messo i leggings.

Non esitò a salire sul letto e accoccolarsi dietro di lei. Le avvolse la vita con un braccio e spinse l'altro sotto la sua testa, perché lo usasse come cuscino.

«Vattene, Walker» mormorò.

«No.»

«Ho capito. Non sei pronto per una relazione. Va bene così, ho solo bisogno di stare un po' lontana da te, adesso.»

«Invece non hai capito» disse Trigger con fermezza. «Ho bisogno che mi ascolti.»

«Non posso» disse scuotendo la testa. «Non capisci? Hai già detto abbastanza stasera.»

«Quando prima sei uscita da questa stanza, avrei solo voluto gettarti a terra, spogliarti e scoparti, tanto che nessuno di noi due sarebbe più riuscito a camminare.»

Le parole gli uscirono senza pensarci; esprimevano un'emozione pura e autentica.

Gillian si irrigidì tra le sue braccia ma non lo respinse, così continuò.

«Ci frequentiamo solo da un mese. Non voglio forzarti a una relazione fisica. Sto cercando di essere un galantuomo, hai avuto una giornata difficile e non volevo approfittarne. Sapevo che se ti avessi toccata in quel pigiama striminzito, non sarei stato in grado di fermarmi solo alle coccole.»

«E se non avessi voluto che ti fermassi?» gli chiese.

Sapendo che era impossibile che non sentisse l'erezione contro il suo sedere, dato che erano praticamente incollati, Trigger non si prese nemmeno la briga di nasconderla. «Ho bisogno di aspettare» le rispose semplicemente. «Non so spiegarti esattamente il motivo. Sento solo il bisogno di trattarti con rispetto, come la donna straordinaria che sei. Di non metterti fretta per fare sesso solo perché ti desidero tanto. Voglio che questa relazione tra noi duri. Per sempre, spero... e una parte di me ha come la sensazione che se ti portassi subito a letto sminuirei i miei sentimenti per te.»

Trigger si sentiva stupido a esprimere i suoi pensieri ad alta voce, ma non voleva tenerli per sé se il suo silenzio la feriva. Non voleva che ci fossero fraintendimenti tra loro.

«Che sia chiaro, Gilly, ti desidero. Ma vorrei fare le cose per bene. L'ultima cosa che voglio è che pensi che ti stia in qualche modo usando. Ho un buon autocontrollo, ma mi fai sentire come se avessi di nuovo quindici anni, quando cercavo di nascondere l'erezione durante la lezione della signorina Noonbreaker.»

La sentì ridacchiare contro di lui e rilassarsi un po'.

«Ho pensato che non mi volessi.»

«Ti voglio» ribatté subito. «Non dubitarne mai.»

«Rimarrai con me questa notte? Qui?»

Trigger fece una smorfia. «Non posso» sussurrò.

Gillian si voltò nel suo abbraccio e si ritrovò a fissarla negli occhi gonfi e cerchiati di rosso, e avrebbe voluto prendersi a calci per averla ferita.

«Mi fido di te» mormorò.

«Lo apprezzo più di quanto pensi, ma non posso» ribadì, pregando che si accontentasse della sua parola e lasciasse perdere.

«Perché?» gli chiese invece.

Chiuse gli occhi. Immaginava che avrebbe voluto sapere il motivo. Li riaprì e la fissò. «Perché è una sensazione troppo bella tenerti così, e stare nel tuo letto si avvicina troppo a ciò che voglio per il resto della mia vita. Tutto qui dentro profuma di caprifoglio ed è impossibile che io riesca a dormire. So che sembrano cose senza senso... riesco a tenerti tra le braccia sul divano e dormire tutta la notte perché una parte di me sa che non siamo a letto. La prima volta che faremo l'amore, non sarà su un cazzo di divano. Lì riesco a controllarmi. Ma se mi dovessi addormentare in un letto con te, non credo che riuscirei a non toccarti. A non prendere ciò che il mio subconscio mi sta urlando che è mio.»

Lo fissò per un lungo momento prima di annuire. «Ok.»

«Ok?» chiese stupito. «Lo dici perché pensi che sia ciò che voglio sentire o perché mi capisci?»

«Ti capisco. Anch'io ti voglio, Walker. Ho pensato che tu fossi mio sin dall'inizio. O almeno volevo che lo fossi. Posso aspettare finché non sarai pronto.»

Trigger ridacchiò, ma non suonava divertito. «Com'è che sono diventato quello insicuro nella nostra relazione?»

«Penso che sia bello. Frustrante, ma bello» gli disse Gillian. Poi si fece seria. «Sono lusingata che tu voglia rispettarmi. Nessun uomo mi ha mai trattata come fai tu. Tutto girava intorno a loro e a ottenere ciò che volevano.»

«Ti metterò sempre al primo posto, Gilly. Anche se dovesse andare contro a ciò che voglio. Hai capito?»

«Sto cominciando a farlo.»

«Dimmi che capisci perché non posso dormire in questo letto con te. E sii sincera.»

«Lo capisco. Ti andrebbe bene se venissi in soggiorno e dormissi con te sul divano?»

La fissò. Usò il pollice per asciugare le tracce delle lacrime che persistevamo sulle sue guance. «Odio averti fatto piangere.»

Gillian scrollò le spalle. «Ho reagito in modo esagerato.»

«No, non è vero. Sono stato uno stronzo e non ti ho

spiegato il mio pensiero. Cercherò di non farlo succedere di nuovo ma... sono un uomo, quindi probabilmente accadrà. Ma in futuro, non permettermi di fare il reticente o cose del genere, sbattimelo in faccia e costringimi a parlarne con te. Non scappare via a piangere perché ti ho fatta stare male, ok?»

«Io... ci proverò.»

«Va bene. E sì, se pensi di sentirti a tuo agio, mi piacerebbe che dormissi tra le mie braccia... sul divano.»

«Mi sento a mio agio ovunque ci sei tu» lo rassicurò.

Accarezzandole delicatamente i capelli, non poté fare a meno di chiedersi come diavolo fosse stato così fortunato. Andare in Venezuela avrebbe dovuto essere solo un'altra missione. Solo un'altra opportunità di eliminare qualche delinquente dalla faccia della terra. Invece, aveva cambiato la sua vita per sempre. Gli aveva portato Gillian.

Si sollevò e l'aiutò ad alzarsi, fu preso ancora una volta dal senso di colpa quando vide che indossava davvero dei leggings. Che si era coperta dalla testa ai piedi. Desiderando essere abbastanza forte da dirle di rimettersi i pantaloncini e la canotta, Trigger la trascinò fuori dalla stanza fino al divano: il loro letto per la notte.

Si sedette e la prese subito tra le braccia. Si distese sulla morbida pelle e se la sistemò davanti a lui. Stavano stretti e il divano non era particolarmente comodo, ma era ciò di cui Trigger aveva bisogno per mantenere il controllo. Gli dispiaceva aver messo i propri bisogni al di sopra di quelli di Gillian, ma non cambiò idea riguardo alla loro sistemazione per dormire.

«Mi dispiace che tu abbia avuto una giornata difficile» disse con dolcezza.

«Alla fine l'hai fatta migliorare» replicò lei.

Le baciò la nuca e inspirò il suo buon profumo, riempiendo ogni cellula del proprio corpo con l'odore di caprifoglio.

«Dormi bene.»

«Lo farò, adesso che sei qui» ribatté assonnata.

Trigger rimase sveglio a lungo, felice di non aver rovinato le cose tra loro tanto da farsi scaricare. Gillian era sempre così competente, così controllata e sicura di sé, che doveva stare molto attento a non dire o fare nulla che potesse scalfire la sua armatura. L'amava proprio così com'era.

CAPITOLO DODICI

IL VENERDÌ GILLIAN dovette lavorare e fu sorpresa che Walker fosse completamente a suo agio a rimanere a oziare nel suo appartamento. Aveva lavorato un po' sul portatile, ma in sostanza l'aveva viziata, portandole il caffè nella sua nuova tazza di Wonder Woman e preparandole una fantastica colazione a base di uova e pancetta, con biscotti fatti in casa a completare l'opera. Per pranzo, era uscito a prendere del sushi. Dopo aver chiamato alcuni nuovi clienti e fatto delle ricerche per gli eventi che volevano che organizzasse, lei e Walker avevano parlato un po' riguardo a dove l'avrebbe portata il giorno successivo.

La figlia di uno dei suoi amici dell'esercito era un maschiaccio e amava partecipare alle gare di corsa a ostacoli che la base organizzava per i bambini. Aveva dodici anni e, secondo Walker, era una delle ragazzine più carine che avesse mai incontrato.

Gillian non era stata molto spesso intorno ai bambini, ma non vedeva l'ora di conoscere Annie e passare del tempo con i ragazzi del team. Li aveva incontrati, ovviamente, in Venezuela, ma non aveva avuto la possibilità di stare veramente con loro. Era nervosa, ma comunque impaziente di conoscerli tutti.

Per cena, Walker aveva cucinato le bistecche sul grill economico che aveva in terrazza, lamentandosi tutto il tempo di quanto fosse pessimo e impegnandosi a procurargliene uno nuovo visto che avrebbe passato molto tempo a casa sua.

Le piaceva quel pensiero.

Quella notte, si addormentarono di nuovo sul divano, ma Gillian non ci pensò troppo. Voleva far progredire la loro relazione, ma voleva anche che *lui* lo desiderasse; era un po' strano essere quella che faceva più pressioni, ma era solo un altro motivo che glielo rendeva più attraente.

Sabato mattina si svegliarono presto, e mentre Gillian faceva la doccia, Walker le preparò ancora una volta il caffè e la colazione.

«Mi stai viziando troppo» finse di lamentarsi quando uscì dalla camera vestita e pronta per andare a Fort Hood.

«Bene» le disse con un sorriso. «Ti sto solo coccolando, così quando farò casini ti sarà più facile perdonarmi.»

Gillian sapeva che stava scherzando, ma si accigliò comunque. «Walker, non mi aspetto che tu sia perfetto tutto il tempo. Mi piace pensare che farai casini, proprio come li farò io, e anche se certe cose potrebbero farmi arrabbiare, riesco anche a lasciarmele alle spalle. Mi piaci così come sei.»

«Perfetto» mormorò, stringendola in un abbraccio. «Perché anche tu mi piaci così come sei. E se mi farai impazzire lasciando i vestiti sporchi sul pavimento, ci passerò sopra.»

Lei ridacchiò e gli diede un pugno scherzoso sul braccio. «Immagino che sia il tuo modo per dirmi che sei un maniaco dell'ordine?»

Sorrise. «Sì. L'esercito mi ha addestrato bene.»

«Finché quando ti radi non lasci i peli della barba nel lavandino, non ho problemi.»

Sembrò inorridito. «Non lo farei mai.»

«Bene. Posso usare il tuo rasoio sotto la doccia?»

«No. Devo mettere un limite da qualche parte» disse con un sorriso. «Ti prenderò dei rasoi tutti per te.»

«D'accordo.»

Gillian sospirò contenta. Le piaceva trascorrere il tempo con Walker. La settimana successiva sarebbe tornato al lavoro e lei alla sua attività, e sapeva che avrebbe odiato non potersi svegliare accanto a lui e scherzare come in quel momento.

«Perché hai quello sguardo?» le chiese, inclinando la testa.

«Mi piace questa cosa» rispose.

«Quale cosa?»

«Questa. Stuzzicarci, chiacchierare, tu che mi prepari il caffè e fare colazione insieme. Stavo solo pensando a come mi mancherà... mi mancherai... la prossima settimana, quando torneremo alle nostre vite normali. Sessanta chilometri non sono poi così tanti, ma quando mi sveglierò da sola lunedì mattina, ho la sensazione che mi sembreranno mille.»

«Lo so, Di. Mi sento allo stesso modo. Dobbiamo solo sfruttare al massimo il tempo che passiamo insieme» dichiarò Walker.

Lei annuì. «Non vedo l'ora che sia pomeriggio.»

«Anch'io. Dai, basta malinconia. Concentriamoci su un giorno alla volta.»

«D'accordo.»

Un'ora dopo erano diretti alla base dell'esercito e Gillian era impaziente. Quando arrivarono, dovettero mostrare i loro documenti per proseguire verso il parcheggio dell'area in cui si sarebbe tenuta la competizione. Fu sorpresa che fosse stracolmo di auto tanto da avere difficoltà a trovare un posto. Non aveva idea che una cosa del genere avrebbe avuto tanta partecipazione.

Prendendole la mano, Walker girò intorno a un edificio e la condusse al campo in cui si trovava il percorso a ostacoli. Gillian non riusciva a credere che dei *bambini* avrebbero affrontato il circuito di fronte a lei.

C'erano pneumatici e corde, ma anche assi di legno sistemate così in alto che non pensava che un bambino sarebbe stato in grado di superarle. «Porca vacca» mormorò.

«Notevole, non è vero?» le disse con una risatina.

«Già.»

«La prima volta che sono andato a vederne uno, pensavo fosse impossibile che un bambino potesse riuscire a completarlo, ma mi hanno praticamente dimostrato subito quanto mi sbagliassi. Laggiù» indicò «c'è il percorso a ostacoli per i bambini sotto i sei anni, ma tutti quelli dai sette in su usano quello principale.»

«Faccio fatica a immaginare che qualcuno riesca ad affrontarlo... soprattutto un bambino.»

«Aspetta di vederli. Sono piuttosto impressionanti.»

«Sono *già* impressionata e non ho ancora visto nessuno farlo» affermò Gillian.

Come se sapesse esattamente dove sarebbero stati i suoi amici, Walker si diresse verso le gradinate in una sezione in alto sulla destra. C'erano già sei uomini seduti lì quando arrivarono.

«Ehi» disse al gruppo.

Ci un fu un coro di "ciao" ed "ehi", e un paio di loro fecero un cenno con il mento.

«Era ora che arrivassi» scherzò uno.

«Bah» rispose Walker. «Siamo puntuali. Ragazzi, so che l'avete già incontrata, ma lei è Gillian Romano. Gillian, questi sono Lefty, Grover, Brain, Oz, Doc e Lucky.»

Strinse loro la mano mentre glieli presentava e non riuscì a trattenersi dal dire: «Non vedo l'ora di scoprire cosa significano i vostri soprannomi.»

Tutti ridacchiarono.

«Penso che quello può aspettare un altro giorno» replicò Walker ammiccando e facendole cenno di prendere posto. «Non vorrei che pensassi che siamo tutti completamente pazzi.»

«Sono contento di vedere che stai bene dopo tutto quello che è successo» disse Doc.

Gillian sorrise. «Grazie. Ogni giorno che passa mi sento meglio. A volte ho ancora qualche problema di notte, ma per il resto sto bene.»

«Può volerci un po' prima che passino gli incubi» s'intromise Oz in tono comprensivo.

«Com'è andato il colloquio giovedì?» chiese Lefty.

Scrollò le spalle. «Bene credo, per quanto possibile. Ho detto loro tutto ciò che sono riuscita a ricordare, mi hanno avvertita che il settimo dirottatore avrebbe potuto cercarmi e che dovevo stare attenta, e basta.»

Walker guardò accigliato il suo compagno di squadra e Gillian gli mise una mano sul ginocchio. «Va tutto bene. Non mi dispiace parlarne.»

«Dispiace a *me*» rispose. Poi si rivolse al suo amico. «Possiamo non parlarne adesso?»

«Scusa» disse Lefty.

«È tutto ok» ribadì lei con fermezza. «Walker, non voglio che i tuoi amici stiano sul chi vive quando ci sono io. Devono sentirsi liberi di dire ciò che vogliono. Non è un segreto ciò che è successo, ovvio, voi ragazzi eravate lì. È piuttosto dolce che siano preoccupati. Quindi smettila, ok?»

Brain sorrise. «Mi piace»

«Anche a me» concordò Grover. «Se decidi di mollare questo stronzo, ti do il mio numero.»

«Chiudi quella cazzo di bocca» borbottò Walker, prendendo a calci la gamba del suo compagno. «Non ha intenzione di scaricarmi e, anche se lo facesse, non chiamerebbe te.»

Gillian ridacchiò. Era buffo come sembrasse contrariato. «Grazie» disse a Grover. «Ma sono piuttosto felice con Walker. Ad ogni modo, parlando sul serio, il colloquio non è stato esattamente divertente. Ho dovuto guardare le foto di ogni singolo passeggero e dire agli investigatori ciò che sapevo di loro. Nella maggior parte dei casi, non era molto, il che non li ha soddisfatti e ha stressato me. Ma ho detto quel che ho potuto. Ho comprato un po' di quelle videocamere e sto facendo la massima attenzione possibile. Non c'è motivo che sia presa di mira e non posso vivere rinchiusa nel mio appartamento.»

«Mi pare che tu stia prendendo la cosa seriamente, ed è positivo» le disse Lucky. «Abbiamo visto troppe persone comportarsi da stupide quando si trattava di sicurezza o del loro benessere.»

«Non dirlo a me» mormorò Lefty. «A volte abbiamo il compito di proteggere autorità e altri pezzi grossi. Ci avevano affidato un tizio che non ha ascoltato una sola dannata cosa di ciò che abbiamo detto. È stato solo quando si è trovato dalla parte sbagliata di un picchetto, rimanendo coinvolto in un lancio di lacrimogeni e quasi calpestato a morte, che ha deciso di seguire i nostri ordini.»

«Lefty» lo avvertì Trigger.

Gillian era affascinata. Walker non parlava di ciò che facevano lui e la sua squadra, ma sapeva che non era un soldato normale. Gli mise la mano sul ginocchio e glielo strinse.

«L'ultima cosa che voglio è finire per essere una storia triste al telegiornale della sera. Anche se gli investigatori mi hanno detto che pensano che il rischio sia minimo, non hanno potuto rassicurarmi sul fatto che non sia in pericolo. Quindi, sto mantenendo un profilo basso e continuo a occuparmi dei miei affari... con cautela.»

«Bene» disse Lefty, annuendo. «Se per qualche motivo ti senti a disagio in una situazione, tiratene fuori, anche se pensi che ti faccia sembrare scortese. È sempre meglio rimanere vivi che venire feriti o uccisi perché si cerca di essere educati.»

«Vi è già successo? Voglio dire, a qualcuno che stavate cercando di proteggere?» chiese Gillian.

Vide per un attimo passare un'intensa emozione negli occhi di Lefty, che poi celò.

«Più o meno» disse con un'alzata di spalle. «Era l'assistente del pezzo grosso di cui parlavo prima. Ha fatto tutto il possibile per convincere il suo capo ad ascoltarci, ma ovviamente, quando lui ci ha ignorati, anche questa persona è stata coinvolta in quella situazione pericolosa. È stato terribile per lei realizzare che stava per mettere in pericolo la sua vita, senza poter fare niente al riguardo perché doveva obbedire a lui o rimanere senza lavoro.»

«È davvero terribile» concordò Gillian. «Ma poi si è licenziata? Ha trovato qualcun altro a cui fare da assistente?»

«No» rispose in tono piatto. «Almeno per quanto ne so io.»

Gillian non seppe come replicare. Sembrava che Lefty fosse emotivamente legato a quell'assistente, chiunque fosse, ed era una cosa un po' triste sia per la donna *sia* per lui.

«Comunque» disse Grover, ovviamente cercando di alleggerire l'atmosfera, «ho saputo da fonti autorevoli, che se vuoi provare la corsa a ostacoli dopo la competizione, sei la benvenuta.»

«Ah. Sul serio? Non penso proprio. Però, voi fate pure. Voglio dire, siete tutti in forma, non mi dispiacerebbe rifarmi gli occhi se volete spogliarvi e rimanere in pantaloncini per farvi un giro.»

Walker ringhiò lì accanto e lei non poté far altro che ridacchiare.

«Gli occhi te li rifai solo con *me*, donna» le disse all'orecchio mentre i suoi amici ridevano.

Proprio in quel momento, la voce di un uomo risuonò da un altoparlante, salvando Gillian dal dover rispondere al fidanzato geloso.

«Benvenuti a un'altra giornata piena di divertimento sul circuito! Il nostro primo gruppo sarà quello dai sette ai dieci anni. Se la prima batteria si schiera dietro la linea di partenza, iniziamo subito!»

Gillian osservò con interesse sei bambini, maschi e femmine, allineati sul lato sinistro del campo.

«Mamma mia, non riesco a credere di essere così nervosa per loro» disse con una piccola risata. «Non li conosco nemmeno e ho i palmi sudati.»

Walker le prese una mano e l'accarezzò. «Non è affatto sudato» dichiarò con un sorriso.

Lei alzò gli occhi al cielo e si concentrò sul campo.

Dopo pochi minuti partì il primo gruppo di concorrenti.

Osservò sbalordita i bambini correre verso una serie di pneumatici; dovevano superarli mettendo un piede al centro di ciascuno e attraversare tutta la fila senza inciampare. Poi corsero verso una rete di corde basse e si buttarono a terra sulla pancia strisciandovi sotto. L'ostacolo successivo era una serie di ceppi di legno di diverse altezze; dovevano saltare da uno all'altro, e se cadevano, dovevano tornare indietro e ricominciare da capo.

C'era un ostacolo dopo l'altro e sembrava che con ognuno il percorso diventasse sempre più difficile.

Quando i bambini arrivarono alla fine, dovettero arrampicarsi su una corda di circa cinque metri che arrivava a una piattaforma, da cui afferrando uno dopo l'altro una fila di anelli sospesi ne avrebbero raggiunta una seconda. Da lì, dovevano saltare e aggrapparsi a un appiglio, usare la forza della parte superiore del corpo per sollevarsi e superare un muro di due metri e mezzo. Dovevano scendere su una ragnatela di corde fino a terra, poi scavalcare altri tre ostacoli prima di gettarsi ancora una volta sulla pancia e strisciare in una fossa di acqua e fango sotto una serie di tronchi, prima di correre finalmente verso il traguardo.

Gillian era esausta solo a guardare, ma tutti i bambini della prima batteria avevano finito il percorso... e per giunta con un sorriso enorme sul viso.

«Lo adorano, vero?» chiese a Walker.

Ma fu Brain a rispondere. «Sì. Molti bambini si allenano per mesi per questo tipo di competizioni.»

«Cosa ottengono se vincono?»

«Be', tutti coloro che partecipano ricevono una medaglia» rispose. «Di solito sono contrario a qualsiasi tipo di trofeo di partecipazione, ma in questo caso è assolutamente giustificato. Questo percorso non è una cosa da camp estivo in cui prendono un premio solo per gironzolare su un prato vuoto. Lavorano duro per la corsa a ostacoli. Ma il vincitore di ciascuna delle sei batterie va al round finale, e il vincitore di *quella* gara riceve un buono regalo da cento dollari da spendere al PX... lo spaccio della base, dove possono acquistare ciò che vogliono.»

«Forte» sussurrò Gillian. «In che batteria è la figlia del vostro amico?»

«Tre» disse Oz. «Annie è la vincitrice dello scorso anno. Ha battuto il tempo di un gruppo di quindicenni, e ne aveva solo undici. Non era nel loro turno eliminatorio, ma se lo fosse stata, li avrebbe asfaltati. Vincerà di sicuro anche quest'anno.»

«E suo padre è d'accordo che faccia questa cosa?»

«Fletch? Oh, sì, è più che d'accordo» rispose Walker. «Porta con sé Annie quando lui e i suoi amici fanno pratica sulla corsa ad ostacoli. Quella da adulti. L'ho sentita dire più di una volta che quella dei bambini è troppo facile.»

«Accidenti, dev'essere incredibile» mormorò Gillian.

«Sì» disse Walker. «Vuole solo diventare come suo padre. Sua madre ha imparato molto presto che il modo migliore per tenerla in riga, era minacciare di toglierle il percorso a ostacoli se avesse disobbedito. Ha funzionato alla perfezione.»

«Sei molto in confidenza con Annie?» gli chiese.

«Non quanto vorrei. Fletch e il suo team sono da queste parti da più tempo di noi e negli ultimi anni hanno ridotto le missioni. Ma ricorda le mie parole, quella ragazza diventerà qualcuno di speciale da grande. Non so cosa farà, ma sarà qualcosa di davvero straordinario.»

«Mi piacerebbe conoscerla.»

«Dopo te la presento.»

La loro attenzione tornò di nuovo al campo, mentre

guardavano la seconda batteria di ragazzi correre lungo il percorso a ostacoli; fu impressionante quanto la prima.

«Forza, Annie!» gridò Lefty quando la terza batteria si preparò dietro la linea di partenza.

«Puoi farcela!» urlò Oz.

Gillian vide un altro gruppo di uomini, più vicino al campo, fare il tifo per Annie.

«Sono il padre e il suo team» le disse Walker all'orecchio.

Troppo agitata per restare seduta, si alzò in piedi così come gli altri ragazzi intorno a lei; dato che erano in fondo alle tribune, non bloccavano la vista a nessuno.

«Non la conosco nemmeno e sono così nervosa che mi viene da vomitare» mormorò Gillian.

«Farà faville. Non preoccuparti» la rassicurò Walker.

Poi lo speaker fece il conto alla rovescia e i bambini si lanciarono nella corsa.

Non solo Annie era veloce, ma anche estremamente agile. Fu la prima a superare gli pneumatici, e praticamente si gettò a terra usando le braccia e le gambe come pistoni per spingersi sotto le corde. Quando balzò sui ceppi sembrò quasi si stesse librando nell'aria. I suoi lunghi capelli erano legati in due trecce, così che non le andassero sugli occhi, e volavano su e giù mentre si muoveva.

Ogni tanto guardava dietro di sé i bambini che la seguivano, come per controllare se qualcun altro si stesse avvicinando.

Alcuni la raggiunsero mentre superava gli altri ostacoli e quando arrivò verso la fine, dove doveva salire sulla prima piattaforma alta, si sollevò sulla corda come se fosse una scimmietta che lo aveva fatto ogni giorno della sua vita.

«Vincerà di sicuro» mormorò Doc.

Lo pensava anche lei, ma poi la bambina fece qualcosa di sorprendente.

Stava per attraversare la fila di anelli quando si guardò di nuovo alle spalle. C'era un ragazzino nel suo gruppo che ovviamente stava lottando per arrampicarsi sulla corda. Era stato dietro ai ragazzi più grandi per tutto il percorso, ma si era bloccato lì.

Per quanto ci provasse, non riusciva ad arrivare fino in cima. Arrivava a metà per poi scivolare di nuovo giù.

Invece di continuare il percorso, vincere e passare al round finale, Annie lasciò andare il primo anello e cadde in ginocchio in cima alla piattaforma al di sopra delle corde.

Gillian era troppo lontana per sentire cosa stesse dicendo, ma era ovvio che stesse incoraggiando il ragazzo, ignorando gli altri che l'avevano superata e stavano attraversando gli anelli. Tutta la sua attenzione era sul bambino che cercava di arrampicarsi sulla corda, che a un certo punto si fermò di nuovo a circa metà altezza. Annie gli gridò qualcosa chinandosi per afferrare la corda lei stessa, poi iniziò a tirarla verso l'alto. Il ragazzino era aggrappato con tutte le sue forze mentre lei lo sollevava verso la piattaforma. Si voltò e avvolse la corda attorno a uno dei pali usati come sicurezza, così da riuscire a esercitare più forza e permetterle di tirare più velocemente.

Gillian si girò verso Walker. «È legale?»

Lui e gli altri uomini avevano enormi sorrisi sul volto, che andavano da un orecchio all'altro. «No ne ho idea, ma tanto non vincerà la gara, quindi che importa?»

Infatti, non importava affatto. Gillian osservò con orgoglio una ragazzina che non conosceva nemmeno, fare il possibile per aiutare un altro concorrente; Annie gli afferrò la mano quando tirò la fune abbastanza in alto da riuscire a raggiungerlo, e poi gli mise un braccio intorno alle spalle quando furono fianco a fianco sulla piattaforma.

Avevano ancora degli ostacoli piuttosto duri da superare, e Gillian non era sicura che il ragazzo ce l'avrebbe fatta. Ma dopo essersi riposato un attimo, lo vide annuire e i due si avviarono sugli anelli. Annie fece sembrare facile il passaggio all'altra piattaforma, ma Gillian trattenne il respiro mentre l'altro avanzava a fatica. Ce la fece, con Annie che tifava dall'altra parte prima di saltare per afferrare l'appiglio e salire in cima al muro. Bilanciandosi si chinò, tendendo un braccio verso il basso. Il bambino riuscì a saltare e afferrare l'appiglio, ma fu Annie che gli permise di salire sulla parete.

Gillian pensò che le braccia del ragazzino dovessero essere di gelatina a quel punto, ma iniziò coraggiosamente a scendere sulla ragnatela di corde. Corsero insieme verso la pozza di fango, e poté vedere chiaramente il bianco dei denti della bambina brillare mentre rideva e sorrideva all'amico quando scivolarono sotto l'ultimo ostacolo.

Gli prese la mano e si lanciarono verso il traguardo, piazzandosi ultimi della loro batteria.

Ma nessuno dei due sembrò minimamente turbato.

Un uomo corse alla fine del percorso per incontrare Annie e il ragazzino, e la strinse in un forte abbraccio con fango e tutto il resto.

«Quello è suo padre» le disse Walker. «Oggi dev'essere il papà più orgoglioso di tutti.»

«È stato fantastico» ammise Gillian stupita. «Voglio dire, è ovvio che Annie sia competitiva, ma non ha minimamente esitato a fermarsi per aiutare l'altro ragazzo.»

«Te l'avevo detto che avrebbe fatto la differenza in questo mondo» dichiarò con orgoglio.

Ormai c'era un gruppo di adulti intorno alla piccola. Si

erano spostati un po' di lato per far sì che la batteria successiva potesse iniziare.

«Forza» la incitò mentre gli altri scendevano le gradinate. «Andiamo a congratularci con lei.»

Gillian seguì lui e i suoi amici sul campo, e non riusciva a credere a quanto fosse entusiasta di incontrare una ragazzina di dodici anni. Era passato molto tempo dall'ultima volta che qualcuno l'aveva colpita in quel modo. Aveva la sensazione che Walker avesse ragione: Annie era decisamente speciale e qualunque cosa avesse deciso di fare della sua vita, avrebbe fatto la differenza in modo grandioso.

Si unirono al gruppo di uomini e donne che la circondavano.

«È stata incredibile, Fletch» disse Walker a uno dei suoi amici, dandogli una pacca sulla schiena.

«Grazie. Lo pensiamo anche noi» ribatté il padre. Aveva il braccio intorno a una donna, sembrava che stessero entrambi per scoppiare d'orgoglio.

Gillian aspettò con pazienza che i fan si congratulassero con lei prima che arrivasse il loro turno.

«Ehi, Annie. Sei stata davvero straordinaria!» si complimentò Walker.

«Grazie, Trigger» rispose allegramente la ragazzina.

Se era arrabbiata per non aver vinto la batteria e non essere andata in finale, di certo non lo dimostrava in alcun modo.

«Hai visto Rob? È stata la prima volta che è riuscito a finire il percorso ad ostacoli! Era molto nervoso prima di iniziare, ma gli ho detto che lo avrei aiutato se ne avesse avuto bisogno. Ma non ha avuto *davvero* bisogno di me. Gli serviva solo un po' d'aiuto sulle corde.»

«Ho visto» confermò Walker.

«Ed è come dice sempre papà... sollevando qualcun

altro, sollevi te ancora più in alto. Ho finto di essere nell'esercito, in missione. Nessuno viene lasciato indietro.»

«È proprio vero. Ti dispiace di non poter competere in finale?» le chiese.

Lei sbuffò. «No. C'è sempre la prossima volta. Inoltre, è stato più bello vedere il sorriso di Rob quando ha tagliato il traguardo.»

«Annie, questa è la mia amica, Gillian. È venuta oggi proprio per vederti correre.»

«Ciao!» le disse. «Sei proprio carina. Sei la ragazza di Trigger? Ne ha bisogno, non sorride abbastanza.»

Gillian fece il possibile per non ridere, ma non poté farne a meno. «Sì, lo sono, e sto facendo del mio meglio per evitare che sia sempre troppo serio.»

«Bene.» Poi Annie si voltò verso suo padre. «Papà, l'hai filmato così posso inviarlo a Frankie?»

«Certo, scricciolo.»

«L'hai già mandato?»

«No, accidenti. Hai finito solo due secondi fa.»

«Lo so, ma era eccitato quanto me per la gara.»

«Frankie è il suo ragazzo.» Walker si chinò per spiegarle. «Ha la sua età e vive in California. È sordo e Annie ha imparato il linguaggio dei segni solo per poter parlare con lui. Si sono conosciuti qualche anno fa ed entrambi hanno deciso che un giorno si sarebbero sposati.»

«Mi suona po' familiare» replicò Gillian con un sorriso.

«È stato un piacere conoscerti» le disse distrattamente Annie.

Era ovvio che volesse parlare al telefono con il suo amico Frankie e mostrargli la gara.

«Se hai bisogno di una damigella dei fiori per il tuo matrimonio con Trigger, sono disponibile. Ho già molta pratica, quindi non dovresti insegnarmi come fare» disse la bambina in modo pratico.

Gillian quasi soffocò. «Ehm... lo terrò a mente.»

«Annie Elizabeth!» la rimproverò sua madre.

«Che c'è?» le chiese, avvicinandosi ai suoi genitori.

«Solo perché qualcuno si frequenta, non significa che si sposerà.»

«Ma tu hai frequentato papà e poi ti sei sposata» disse giustamente. «E io frequento Frankie e lo sposerò. E Mary usciva con Truck e *si sono* sposati.»

La moglie di Fletch alzò gli occhi al cielo e scosse la testa. «Dovrai credermi sulla parola. Un uomo e una donna possono frequentarsi e non sposarsi.»

«Allora che senso ha?» borbottò lei, poi fu circondata dall'abbraccio di Lefty e si dimenticò di essere turbata dalle parole di sua madre.

Gillian non era mai stata con Walker in compagnia dei suoi amici, e rimase piacevolmente sorpresa quando la attirò contro il suo petto circondandole la vita con il braccio. Si chinò e le parlò direttamente nell'orecchio, così che potesse sentirlo solo lei. «Senza offesa per Annie, ma ho sentito storie sul matrimonio dei suoi genitori. Ti basti sapere che coinvolge rapinatori armati e arti protesici usati come armi. Probabilmente è più sicuro se facciamo una fuga d'amore e ci sposiamo in segreto.»

Il cuore di Gillian batteva all'impazzata. Le piaceva pensare di scappare verso il tramonto con Walker, ma mantenne un tono leggero quando girò la testa per guardarlo. «Con i miei genitori che odiano il freddo e i tuoi che odiano il caldo, sì, probabilmente è meglio se li informiamo a fatto compiuto.»

Il sorriso sul volto di Walker era qualcosa che Gillian avrebbe voluto preservare per sempre.

Sentì un clic e si voltò, e vide la mamma di Annie che sorrideva verso il telefono. «Perfetta.» Poi, guardando Walker, disse: «Te la invio, Trigger.»

«Grazie, Emily» replicò, poi spostò Gillian al suo fianco e si avviò per uscire dal campo. «Ce ne andiamo» informò Doc con nonchalance.

«Non restate per le finali?» gli chiese.

Walker scrollò le spalle. «Ora che Annie è uscita... no. Ci vediamo lunedì mattina all'allenamento.»

Con un sorrisetto, Doc annuì.

«È stato un po' scortese» dichiarò Gillian mentre uscivano dal campo ed entravano nel parcheggio.

«Volevi restare?» le chiese, ma non rallentò.

«E se dicessi di sì?» ribatté, curiosa.

Si fermò e la guardò. «Allora torneremo indietro.»

«Così e basta?»

«Proprio così» rispose senza sembrare infastidito.

«*Tu* cosa vuoi fare?»

«Voglio portarti a casa mia e stare un po' lì, parlare della prossima settimana, di ciò che hai pianificato di fare. Voglio baciarti, ma solo stando in piedi completamente vestiti. Voglio saperne di più sull'evento allo zoo a cui andremo il prossimo weekend e voglio trascorrere ogni minuto del nostro tempo insieme a te, prima di doverti riportare a Georgetown. Voglio bene ai miei amici, ma li vedo tutti i giorni. Li conosco già. Sarò egoista, ma voglio stare con *te*, non con loro. Ma se vuoi rimanere a guardare altre gare, mi va bene lo stesso perché sarò comunque al tuo fianco.»

Walker non distolse lo sguardo mentre le parlava, e Gillian non poté fare a meno di innamorarsi ancora di più di lui.

«Non mi interessa se lasci i peli della barba nel lavandino» lo informò. «Puoi essere maniaco dell'ordine quanto vuoi e non mi turberà. Probabilmente mi preoccuperò che tu stia facendo *troppo* per me o non quello che *vuoi*, quindi dovrai assicurarti di non esagerare e di non viziarmi troppo, ok?»

«No. Ora, vuoi restare o andare al mio appartamento?»

«Andiamo da te» rispose subito. Non era stata una decisione difficile.

Walker riprese a camminare, portandola con sé. Per tutto il tragitto fino al suo appartamento, Gillian cercò di pensare a cosa avesse fatto per meritarsi di avere quell'uomo al suo fianco. Non le venne in mente nulla, quindi decise di prendere le cose come venivano. Se Walker non andava fuori di testa per il fatto che fossero perfetti insieme, perché avrebbe dovuto farlo lei?

CAPITOLO TREDICI

LA SETTIMANA successiva passò troppo lentamente per i gusti di Trigger. Da quando era entrato a far parte del team Delta, era stato concentrato solamente sul suo lavoro, senza distrazioni, e trascorrendo ogni giorno in attesa dell'addestramento e della possibilità di essere chiamato per una missione.

Ma da quando aveva incontrato Gillian, non viveva e respirava più per i Delta. Riusciva comunque a concentrarsi quando necessario ma ora, nel suo tempo libero, pensava a *lei*. Si chiedeva cosa stesse facendo e se stesse passando una buona giornata. Era costantemente al telefono, a inviarle messaggi solo per avere un contatto.

Era venerdì pomeriggio e lui e il resto della sua squadra si stavano prendendo una pausa da un'intensa riunione informativa iniziata alle nove di quella mattina. Le informazioni che avevano ricevuto sembravano indicare che molto presto sarebbero andati in missione.

«Mi pare che le cose vadano bene tra te e Gillian» buttò lì Lefty, mentre si trovavano fuori sotto il sole del Texas, a cercare di riscaldarsi dopo essere rimasti intrappolati tutto il giorno nel gelo della stanza climatizzata.

«Sì» concordò Trigger.

«Sembra che si sia divertita lo scorso fine settimana.»

Trigger si voltò verso il suo amico. «Che c'è?»

«Che c'è cosa?»

«Di' quello che stai pensando prima di esplodere» rispose esasperato.

«Mi piace» disse Lefty. «Quindi, prima di perdere le staffe per ciò che sto per dire, dovevi saperlo.»

Trigger annuì, ma si preparò per qualunque cosa volesse dirgli il suo amico.

«Voglio solo assicurarmi che tu non vada troppo in fretta con lei. Voglio dire, l'hai incontrata durante un'operazione... ciò potrebbe avervi confuso.»

Aspettò, sapendo che non aveva ancora finito. E aveva ragione.

«Gillian è carina, amico, quindi non ti biasimo. Ha un ottimo lavoro, è divertente e piace a tutti noi. Ha mantenuto la calma in Venezuela e sembra più matura rispetto ai suoi anni. Ma sembra anche una ragazza da "per sempre". Se la frequenti solo per scopare, la farai soffrire. Molto. Voglio solo dirti di essere cauto.»

«Non ti sei mai immischiato nella mia vita personale prima. Perché ora?» gli chiese Trigger, sinceramente curioso.

«Perché è più che ovvio che sia innamorata di te. O almeno pensa di esserlo. È ovvio dal modo in cui ti guarda.»

Non poté fare a meno di sorridere alle parole del suo amico.

«E questa cosa ti piace» disse Lefty.

Trigger si strinse nelle spalle. Non poteva negarlo. «Non sono andato a letto con lei» lo informò.

Il suo compagno lo guardò a bocca aperta. «Come scusa?»

«Cioè, ho dormito con lei tra le braccia, ma non abbiamo fatto sesso» chiarì. «Sono già ben consapevole che ci siamo incontrati durante un'operazione e che potrebbe distorcere il mio modo di pensare. Sono davvero molto protettivo nei suoi confronti. Sono preoccupato per questo settimo dirottatore e per il fatto che nessuno riesca a capire quale sia dei passeggeri. Quindi sto procedendo con cautela. Ma, Lefty, non mi sono mai sentito così per una donna prima, e sai che nel corso degli anni ho salvato la mia buona parte di damigelle in pericolo.»

Lefty annuì. «È il motivo per cui non riesco a capire cosa in Gillian ti abbia reso così ossessionato.»

Trigger non poté nemmeno negare di esserlo. Era così. «Non so cosa ci sia in lei, so solo che mi è entrata sotto pelle... e mi sta benissimo.»

«Spero che non ti sia incazzato per ciò che ho detto.»

«Ovvio che no. Mi sarei incazzato se non lo avessi fatto. Hai pescato la paglia più corta e ti è toccato venire a parlarmi?» gli chiese con un sorriso.

«Qualcosa del genere» ammise Lefty. «Ma sul serio, è in gamba. Piace a tutti. E *davvero* non l'hai scopata?»

Non gli avevano dato fastidio le sue domande, e sapeva di essere stato lui a sollevare il fatto che non avessero dormito insieme, ma usare la parola "scopata" lo rendeva più brutto. «Stai attento a come parli» lo avvertì. «Mi sta bene che tu abbia messo in dubbio le mie intenzioni perché sei mio amico, ma non mi piace che manchi di rispetto a Gillian.»

Lefty sorrise, per niente intimidito. «Scusa.»

«E no, non ho ancora fatto l'amore con lei. È la cosa più difficile che abbia mai fatto in vita mia.»

«Ci scommetto che è difficile» disse con un sorriso malizioso.

Trigger non poté fare a meno di ridere. «Zitto, stronzo.»

Facendosi serio, Lefty continuò: «Sono felice per te. Sul serio. Da quando abbiamo visto Ghost e il suo team sistemarsi, penso che ci siamo sentiti tutti un po' soli. Ero solo preoccupato che avessi fatto qualcosa di drastico e ti fossi accontentato di una qualsiasi.»

«Non è così. Neanche lontanamente.»

«Bene.»

«Hai sentito niente da Kinley?» gli chiese Trigger

Lefty aggrottò la fronte e scosse la testa. «No. Non ha risposto a nessuna delle email o messaggi che le ho scritto, quindi ho smesso di provarci. Ho cercato di tenere traccia del sottosegretario per gli affari insulari e internazionali, per vedere dove trascina i suoi poveri assistenti, ma ho smesso dopo aver visto che era andato in visita in Afghanistan a discutere di relazioni internazionali.»

Trigger scosse la testa. «Non si rende conto di quanto stia mettendo in pericolo se stesso e tutti quelli che lavorano per lui, vero?»

«No» rispose l'altro accigliato. «E dubito che gli importerebbe anche se se ne rendesse conto. Quando l'ho tirata fuori da quella brutta situazione in Africa, ho detto a Kinley che avrebbe dovuto trovarsi un nuovo lavoro, ma lei mi ha risposto che andava tutto bene, che *stava* bene. È frustrante.»

«È scattato qualcosa fra voi» disse al suo amico. Non fu felice di notare l'espressione frustrata e afflitta che passò sul suo viso, prima che la celasse.

«Non era destino» dichiarò con un'alzata di spalle. «Stasera andrai a Georgetown, giusto?»

Avrebbe voluto insistere riguardo a Kinley, era la prima donna per cui aveva visto il suo amico preoccuparsi davvero da quando lo conosceva, ma lasciò perdere. «Sì. Ha in programma un evento aziendale allo zoo di Austin e mi ha invitato ad andare. Non vedo l'ora di vedere Gillian in azione. È super organizzata e ho la sensazione che sia come un sergente istruttore, quando si tratta dell'effettiva esecuzione degli eventi che coordina.»

«Forte. Dille che la salutiamo tutti.»

«Lo farò.»

Videro Doc far loro dei cenni dalla soglia.

«Sembra che la pausa sia terminata» disse Lefty. Tornarono verso l'edificio e Trigger tirò fuori il telefono per inviare a Gillian un breve messaggio.

Trigger: Ho pensato di salutarti e di avvisarti che stasera potrei partire un po' tardi per venire da te.

Rispose subito, come faceva sempre. Un'altra cosa che gli piaceva di lei.

Gillian: Ciao. :) Nessun problema. Prenditi il tempo che ti serve e guida con prudenza. Ho dovuto gestire emergenze tutto il giorno per l'evento di domani. Uno dei food truck ha annullato all'ultimo minuto e sto cercando di trovare un sostituto. Non vedo l'ora di vederti.

Trigger: Sono sicuro che ne troverai uno ancora migliore. Anche tu mi manchi. Devo andare.

Gillian: Mi fai sapere quando parti così non mi preoccupo?
Trigger: Certo. A dopo.
Gillian: A dopo.

Gillian poteva non rendersene conto, ma il modo in cui si preoccupava sempre per lui era una cosa piuttosto speciale per Trigger. La maggior parte delle donne con cui era uscito sembrava pensare che fosse invincibile, dato che era un soldato alfa. Ma lei gli diceva sempre di stare attento e lo avvertiva degli incidenti che succedevano sui tragitti che percorreva. Gli aveva persino parlato di un ristorante nella zona di Killeen che era stato chiuso per motivi sanitari e voleva assicurarsi che non avesse mangiato lì di recente.

Sì, non lo infastidiva che si preoccupasse per lui, anzi, era una cosa davvero piacevole e non poteva negare che gli dava una bella sensazione.

Trigger fece un sospiro e rimise il telefono in tasca, sforzandosi di riportare la mente alle informazioni top-secret che avevano analizzato prima della pausa. Poteva pensare a Gillian tutto il giorno, ma in quel momento doveva rimanere concentrato al cento per cento, perché molto probabilmente stavano per essere inviati in missione.

Più tardi, quella notte, dopo aver guidato fino a Georgetown e aver baciato Gillian fino allo sfinimento quando gli aveva aperto la porta, dopo aver mangiato la cena che aveva preparato in previsione del suo arrivo ed essersi rannicchiati sul divano mentre guardavano un programma a caso in TV, e dopo che si era addormentata tra le sue braccia, Trigger si prese il tempo per analizzare a fondo il suo rapporto con la donna che russava lievemente a pochi centimetri dal suo viso.

Cercò di essere obiettivo, di riflettere davvero sulle preoccupazioni di Lefty e del team. Ma capì quasi subito con certezza che ciò che provava per Gillian non era solo a causa di una sorta di complesso dell'eroe. Non era derivato dall'averla salvata in Venezuela. Dal momento in cui aveva sentito la sua voce al telefono, era stato catturato.

Trigger non era un uomo particolarmente religioso. Ma una volta aveva letto un libro sulla reincarnazione e lo aveva colpito profondamente.

L'autore spiegava che le anime tipicamente si reincarnano insieme. Quindi, quelli che conoscevi in una vita sarebbero riapparsi vicino a te in un'altra. Quello che era tuo fratello, potrebbe essere tua madre. O tua moglie, potrebbe finire per essere la tua migliore amica. Ha anche suggerito che in ogni vita una persona aveva qualcosa da imparare. Tipo l'amore, l'amicizia, l'umiltà, e se la lezione fosse stata appresa, allora l'anima sarebbe andata avanti e avrebbe imparato qualcos'altro in quella successiva.

A Trigger piaceva tutto ciò; rendeva facile capire perché lui e il suo team fossero così legati. Spiegava anche la connessione istantanea provata con Gillian.

Di sicuro alcune persone avrebbero potuto pensare che fosse pazzo, che tutta la faccenda dell'anima fosse una stronzata, ma a causa delle cose che aveva sperimentato e visto nel corso degli anni, Trigger non poteva ignorare quella teoria.

Gillian sospirò, gli strinse il braccio intorno alla pancia e strofinò un po' il naso sul suo petto prima di rilassarsi di nuovo. Sapeva che era stressata per l'indomani, perché voleva che tutto filasse liscio. Aveva bevuto un bicchiere di vino e si era addormentata quasi nell'istante in cui l'aveva sistemata contro di lui.

Trigger voltò la testa, le baciò delicatamente la fronte e

fissò di nuovo il soffitto. Non era sicuro di quale fosse la lezione che avrebbe dovuto imparare in questa vita, ma sperava che comprendesse amare incondizionatamente, e non fosse qualcosa che richiedesse di affrontare una perdita o qualcosa di altrettanto deprimente.

L'ultimo pensiero che ebbe prima di addormentarsi fu per Gillian, sperava che fosse forte come sembrava. Era inevitabile che molto presto lui e la sua squadra sarebbero stati inviati in missione. In passato, le donne non erano riuscite a tollerare di non sapere dove stesse andando o per quanto tempo sarebbe stato via, e di conseguenza la relazione finiva. Non voleva che accadesse anche con lei.

———

Gillian si sentiva come se la stessero trascinando in mille direzioni contemporaneamente... ma amava la scarica di adrenalina procurata dal vedere tutto il suo duro lavoro concludersi con successo. Si era svegliata tra le braccia di Walker, e da lì la giornata era solo migliorata.

Vedere il suo uomo in jeans e maglietta le aveva smosso qualcosa dentro. Era bellissimo qualunque cosa indossasse, ma vederlo vestito in modo così casual l'aveva davvero eccitata. Sembrava che lui lo avesse capito, infatti l'aveva toccata più spesso quella mattina; sfiorandole la vita con le dita mentre le passava accanto in cucina; posandole un lieve bacio prima che andasse a prepararsi per la giornata; toccandole il braccio con il suo mentre guidava verso Austin. L'aveva fatta impazzire, ma le piaceva quel senso di trepidazione.

«Signorina Romano» gridò un uomo correndo verso di lei.

Smise di ammirare Walker, che si trovava vicino a un

gruppo di uomini, donne e bambini in attesa che lo zoo aprisse le porte, e si voltò verso il tizio che le andava incontro.

«Dobbiamo cambiare l'orario d'arrivo dei food truck perché mi hanno appena informato che la dimostrazione delle scimmie inizierà alle undici.»

«Va tutto bene.» Gillian rassicurò l'uomo agitato a cui era stato assegnato il compito di aiutarla. Doveva essere l'assistente del presidente dell'azienda, ma non ne era certa. «Non tutti vorranno vedere le scimmie e ci sarà comunque cibo in abbondanza anche per coloro che lo faranno.»

«Se ne è sicura...» disse con un tono che sembrava suggerirle che avesse torto.

«Ne sono sicura» confermò con fermezza. «Per favore, può andare a dire agli impiegati della biglietteria che siamo pronti e che sono le nove e due minuti. È ora di aprire.»

«Sì, signorina» annuì, poi si affrettò verso il cancello principale.

Facendo un respiro profondo, Gillian cercò di convincersi di aver fatto il possibile per assicurarsi che tutto sarebbe filato senza intoppi.

Sentì un braccio circondarle la vita e solo inspirando capì che era Walker.

«Respira, Di. Andrà tutto alla perfezione.»

Lei ridacchiò. «Lo dici solo per calmarmi.»

«No. Ci hai lavorato per settimane. Certo, alcune cose potrebbero andare storte, ma non importerà a nessuno; la gente sarà elettrizzata di vedere gli animali e di divertirsi, non si accorgeranno nemmeno di piccole cavolate.»

«Grazie» disse Gillian, appoggiandosi a lui per un attimo. Era abituata a essere da sola a quegli eventi. Di tanto in tanto potevano esserci degli assistenti e persone che l'aiutavano, ma alla fine tutto ricadeva sulle sue spalle, com'era giusto che fosse dato che si trattava della sua attività. Tuttavia, avere Walker lì a supportarla faceva sembrare tutto molto più facile.

Durante il corso della giornata, mentre si occupava dei piccoli problemi che continuavano a sorgere, Gillian sapeva che, a prescindere da dove si trovasse, se si fosse guardata intorno lo avrebbe visto. Le stava lasciando spazio per lavorare, pur rimanendole vicino. Le aveva portato dell'acqua diverse volte e verso le dodici e mezzo le aveva fatto fare una pausa di dieci minuti per divorare uno dei tacos che aveva preso da uno dei food truck. Di solito lei saltava proprio il pasto in eventi come quello, ma non poteva negare di sentirsi molto meglio dopo aver assunto un po' di calorie.

Verso le due, mentre si trovava in fondo a uno degli auditorium a guardare il presidente della società fare un breve discorso ai suoi dipendenti, su quanto fosse grato e orgoglioso della sua "famiglia lavorativa", Walker si avvicinò e si chinò a sussurrarle all'orecchio.

«Possiamo parlare per un secondo?»

Lo guardò sorpresa. Era cupo e serio e capì subito che qualcosa non andava. Annuendo, si lasciò condurre fuori, verso un punto relativamente tranquillo nelle vicinanze. «Cosa c'è che non va?» gli chiese con ansia.

«Devo andare via» le rispose.

«Adesso?»

«Purtroppo sì.»

«È tutto a posto? I tuoi amici? Stanno bene?»

«Stanno bene. È per una missione. Devo proprio andare.»

Una missione. Non avevano parlato molto del suo lavoro, più che altro perché Gillian non era sicura di cosa le fosse consentito chiedere e cosa potesse dire lui, ma ora si stava mangiando le mani per non averlo fatto. «Va bene. Quando tornerai?»

Un'espressione di dolore gli attraversò il viso. «Non lo so.»

«Posso chiederti dove stai andando?»

Walker strinse le labbra e scosse la testa.

Be', merda. Sapeva che sarebbe arrivato quel momento e fece del suo meglio per non mostrare sul viso ciò che stava provando. Doveva essere forte in quel tipo di situazioni. Sapeva che lui e il suo team facevano cose piuttosto serie... bastava ricordare come l'aveva incontrato. E aveva sempre saputo che molto probabilmente non avrebbe potuto dirle dove stessero andando. Doveva solo rassegnarsi.

Prendendosi un po' di tempo, Gillian si alzò in punta di piedi e lo abbracciò, nascondendo il viso nella sua spalla.

La circondò con le braccia e le sembrò che la tenesse un po' più stretta del solito.

Si costrinse a rilassare la presa, ma si tenne aggrappata alla maglietta sui fianchi. «Fai attenzione» sussurrò.

Walker la guardò a lungo con un'espressione imperscrutabile.

«Che c'è?» gli chiese. «Di' qualcosa.»

«Non vuoi chiedermi nient'altro?»

«Vorrei farti un milione di domande» ammise «ma ora non è il momento, e probabilmente non potresti comunque rispondere. Per favore... ritorna da me. Non posso averti trovato solo per perderti.»

«Non mi perderai» le disse con sicurezza. «Vorrei poterti svelare dove sto per andare e cosa sto per fare, ma non posso. Non potrò *mai* dirtelo, neanche una volta tornato. Lo capisci, vero?»

Pensava di sì, ma in quel momento, di fronte alla sua

prima missione da quando avevano iniziato a frequentarsi, stava comprendendo esattamente quanto fosse segreta la vita lavorativa di Walker. Annuì. «Ammetto che non è facile per me, ma è più difficile per qualcun altro là fuori, qualcuno che ha bisogno di un eroe. E forse non stai nemmeno andando a liberare qualcuno. Forse devi andare a fare fuori un terrorista o qualcosa del genere ma, alla fine, prima o poi andrai in qualche paese straniero per salvare una donna che pensa di essere sul punto di morire, e invece tu e i tuoi compagni di squadra sarete lì, per darle un'altra possibilità di vivere. Posso affrontare il fatto di non sapere nulla perché so che quello che stai facendo è importante. Magari non per me, ma per qualcuno che potrebbe sentirsi come mi sentivo io in Venezuela.»

«Cazzo» mormorò Walker, prima di chinarsi e baciarla come se la sua vita dipendesse da quello.

Gillian si tenne alla maglietta e gli lasciò prendere ciò che voleva. Gli avrebbe dato qualsiasi cosa; tutto ciò di cui avesse avuto bisogno era suo. Senza fare domande.

Il bacio si addolcì e non poté trattenere il piccolo gemito che le sfuggì dal profondo, mentre lui le mordeva il labbro inferiore per poi allontanarsi. «Dammi il telefono» le ordinò con gentilezza.

Sconvolta dal suo bacio e dal pensiero che se ne andasse, fece ciò che aveva chiesto, glielo consegnò dopo averlo sbloccato con l'impronta del pollice.

Lui digitò sui tasti e poi glielo restituì. «Ho inserito il numero di Fletch. È il papà di Annie. Non ti dirà dove sono o quando tornerò, ma potrà rassicurarti se ne avrai bisogno; se dovesse passare troppo tempo e inizi ad andare nel panico, chiamalo. Si informerà e ti farà sapere ciò che può. Va bene?»

Aveva capito cosa intendesse. Non erano sposati e

l'esercito non sapeva nulla di lei. Se Walker fosse stato ferito o ucciso durante la sua missione, lei non lo avrebbe mai saputo. Ma il suo amico Fletch sì.

Grata che le avesse dato un modo per informarsi, Gillian poté solo annuire. Il nodo alla gola minacciava di impedirle di respirare e parlare.

Walker le prese la testa tra le mani e la inclinò piano in modo che non avesse altra scelta che guardarlo. Adorava che lo facesse sempre, soprattutto perché c'era una possibilità molto reale che potesse essere l'ultima volta che l'avrebbe sperimentato. Sapeva più di chiunque altro quanto potesse essere pericoloso il suo lavoro.

«Non ho mai rimpianto niente nella mia vita quanto non sapere com'è la sensazione di essere dentro di te.»

Gillian fece una piccola risatina. «Allora credo che faresti meglio ad assicurarti di tornare tutto intero in modo che possiamo darci da fare, eh?»

Le sorrise e si sentì cedere le ginocchia.

«Sì, direi di sì. Tornerò, Gilly» disse serio. «Ho bisogno che tu ci creda.»

«Ci credo.»

La fissò a lungo prima di annuire. «Ok. Sono orgoglioso di te, sai. Guardarti oggi mi ha fatto apprezzare ancora di più ciò che fai. Sei praticamente una tuttofare e hai gestito con semplicità ogni crisi portata alla tua attenzione. Hai trovato soluzioni creative a problemi per cui altre persone, davanti alla stessa cosa, sarebbero andate fuori di testa. Sei in grado di fare dei cambiamenti radicali quando necessario e lo fai col sorriso sul volto. Sono davvero molto impressionato, Di. *Sei* proprio Wonder Woman.»

«Grazie» sussurrò.

Walker si chinò e premette di nuovo le labbra contro le sue. Fu un bacio casto, senza lingua, ma altrettanto intimo come se le avesse assalito la bocca. «Sii prudente» la avvertì. «Il settimo dirottatore è ancora là fuori da qualche parte. Non sono affatto contento che non abbiano capito chi sia o quale potrebbe essere la sua prossima mossa. Mi raccomando, anche quando sono via valgono le stesse regole di quando sono qui: non uscire da sola se puoi evitarlo, non prendere un maledetto Uber e fai sapere alle tue amiche dove stai andando se dovessi uscire di casa.»

«E non andare a fare la spesa dopo le undici di sera, giusto?» lo prese in giro.

«Esatto. Dopo quell'ora non succede mai niente di buono e se dovessi avere bisogno di un cespo di lattuga, aspetti che faccia giorno.»

Gillian gli sorrise e in qualche modo riuscì a trattenere le lacrime che minacciavano di scendere. «Ok. Farò attenzione.»

«Devo andare.»

Gillian annuì e lui la strinse in ultimo lungo abbraccio.

«Signorina Romano?» chiese qualcuno lì vicino, e riconobbe la voce del giovane che aveva portato alla sua attenzione problemi per tutto il giorno.

«Sii prudente» sussurrò a Walker.

«Mi farò sentire non appena sarò tornato.»

Costringendosi ad allontanarsi, gli rivolse un debole sorriso e fece un gesto con le mani come per cacciarlo via. «Vai. Idiota. Prima che mi aggrappi alla tua caviglia e ti obblighi a trascinarmi lungo il marciapiede mentre cerchi di andartene.»

Il suo sorriso non raggiunse gli occhi. «Non è mai stato così difficile andarmene» ammise.

«Come fa il detto?» gli chiese. «Prima te ne vai, prima torni? Vai a fare il culo a qualcuno, tesoro.»

«Tesoro» ripeté lui piano. «Mi piace.»

Lei alzò gli occhi al cielo. Avrebbe voluto dirgli che lo amava, ma si sentiva un po' a disagio, così rimase zitta.

Walker indietreggiò senza mai staccare gli occhi dai suoi fino all'ultimo secondo prima di dover girare l'angolo; un attimo prima era lì, e il successivo non c'era più.

Gillian avrebbe voluto lasciarsi andare e piangere, ma l'uomo che l'aveva assistita tutto il giorno era lì con un altro problema.

«Una delle figlie adolescenti degli ospiti, sta andando fuori di testa in bagno perché ha appena avuto il ciclo e pensa di essere sul punto di morire. Non riusciamo a rintracciare la madre e... ehm... pensa...»

«Arrivo» lo rassicurò, grata per la distrazione. Più tardi avrebbe avuto il tempo di andare a pezzi per la partenza di Walker. Per il momento, doveva tornare al suo ruolo di organizzatrice di eventi e assicurarsi che il resto della giornata passasse senza intoppi.

CAPITOLO QUATTORDICI

Dieci giorni.

I dieci giorni più lunghi della sua vita.

Era il tempo trascorso da quando Walker era partito.

Gillian se l'era cavata abbastanza bene la prima settimana, ma la sera precedente aveva avuto un incubo in cui lui era stato ucciso da qualche parte, ma nessuno glielo aveva detto. Aveva ceduto e chiamato il suo amico Fletch, che l'aveva rassicurata sul fatto che si trovasse ancora nel mezzo dell'operazione e che non fosse morto in qualche paese straniero.

La prima missione di Walker da quando si frequentavano non era stata facile per lei, ma come gli aveva detto una volta, la sua vita era frenetica e non si fermava solo perché lui era via. Aveva continuato a procurarsi clienti ed era stata occupata a chiamare hotel e prenotare spazi per riunioni, oltre a definire altri dettagli per i vari eventi che aveva organizzato.

Almeno una volta al giorno si sentiva con uno dei suoi compagni ostaggi. Ormai sapevano tutti che c'era un settimo dirottatore, e il suo telefono era stato inondato di messaggi ed e-mail da parte di quelli con cui aveva legato di più; tutti stavano speculando su chi fosse e quale avrebbe potuto essere il prossimo piano.

Tuttavia, sin dal suo colloquio con l'FBI e la DEA, Gillian aveva iniziato a prendere un po' le distanze. Si sentiva in colpa, ma non poteva fare a meno di chiedersi se uno dei suoi amici potesse davvero essere uno spietato assassino. Sembrava improbabile, ma se qualcuno come Janet, che era stata così spaventata per la figlia, avesse finito per essere un dirottatore, non si sarebbe mai più fidata di nessuno.

Così, aveva trascorso la maggior parte del tempo con le amiche lì a Georgetown invece di avvicinarsi di più alle donne che erano state sull'aereo con lei. Un giorno era uscita a pranzo con Ann e un'altra sera era andata a casa di Clarissa insieme a Wendy per fare una serata cinema. Aveva pianto un po' e bevuto un po' troppo vino, ma nel complesso era piuttosto orgogliosa di come stesse tenendo botta.

Il problema più grande era quanto sentisse la mancanza di Walker. Le mancavano i suoi messaggi che le facevano sapere che stava pensando a lei. Le mancava la sua risata. Le mancava addormentarsi con lui sul divano dell'uno o dell'altra. Era proprio come se le *mancasse* una parte di lei.

Ma l'altra faccia della medaglia era quanto fosse orgogliosa di lui. Non aveva idea di cosa stesse facendo o dove si trovasse, ma aveva fatto qualche ricerca in Internet sui Delta Force. Erano una delle unità delle forze speciali più segrete. Walker non aveva scherzato quando le aveva detto che non avrebbe mai potuto svelarle ciò che faceva in missione. Accidenti, non era riuscita a trovare notizie concrete su nessun gruppo di Delta, in nessun evento, in tutto il mondo. Era quasi inquietante come sembrasse che non esistessero per la stampa.

C'era voluto circa un giorno per metabolizzarlo, ma Gillian si rese conto di non avere problemi con la segretezza. Tutto ciò che contava era che tornasse sano e salvo. Probabilmente aveva visto cose orribili nella sua vita, e lei non voleva altro che dargli felicità quando era a casa. Aveva bisogno della normalità, non di una ragazza che diventasse isterica quando partiva, o che gli portasse drammi inutili nella vita. E Gillian voleva essere quella persona.

Un giovedì sera tardi, undici giorni dopo la sua partenza, il suo telefono suonò. Preoccupata, perché una telefonata dopo le dieci non portava niente di buono, almeno non nel suo mondo, e poiché non riconosceva il numero, rispose dopo due squilli.

«Pronto?»

«Sono io.»

Due parole, ma bastarono a far sì che il corpo di Gillian si rilassasse per il sollievo. «Walker» sussurrò.

«Sono tornato, ma purtroppo devo partecipare a circa sei ore di riunioni per fare rapporto prima di essere libero di tornare a casa. Poi, per quanto abbia voglia di vederti, ho bisogno di dormire. Sono sveglio da circa trentasei ore.»

«Va bene. Sono solo contenta che tu sia a casa. Stai... state tutti bene?»

«Sì» disse piano. «Ho solo voluto chiamarti il prima possibile per farti sapere che stavo bene.»

«Grazie. Mi sei mancato. Più di quanto pensi.»

«Quella avrebbe dovuto essere la mia battuta» disse Walker. «Stai bene? È successo qualcosa di strano da quando me ne sono andato?»

«Intendi dire oltre ad aver adottato una famiglia di sei

persone e averla fatta trasferire nel mio appartamento perché non avevano nessun altro posto in cui stare? No.»

«Gillian» la avvertì in un finto tono minaccioso.

Lei ridacchiò. «No, non è successo niente di strano. Ho lavorato, ho visto i miei amici e mi sono chiusa a chiave nel mio appartamento ogni sera alle nove.»

«Bene. Hai ricevuto messaggi o mail sospetti dagli altri passeggeri?»

Pensò a un recente messaggio di Andrea, in cui aveva scritto di aver rinunciato alle sedute dallo psicologo perché sembravano non aiutare, e di provare ancora rabbia per essere stata scelta da Luis. E la mail di Alice, in cui le diceva di aver sentito che Leyton era stato arrestato dalla polizia di frontiera quando aveva tentato di entrare in Messico senza passaporto.

Ma non era il momento di tirare fuori quelle cose, non quando Walker era appena tornato a casa ed era esausto. «È tutto a posto» lo rassicurò. «Vai. Fai ciò che devi. Magari potrei venire da te domani sera per passare il fine settimana?» gli chiese timidamente.

«Sì» rispose senza esitazione. «Se riesci a venire in qualsiasi momento nel pomeriggio sarebbe perfetto.»

«Ok. Walker?»

«Sì, Gilly?»

«Sono contenta che tu sia a casa.»

«Anch'io. Ci vediamo domani. Più tardi quando rientro, ti scrivo prima di buttarmi a letto. Va bene?»

«D'accordo. Guida con prudenza. Non sarei felice se tu fossi riuscito a sopravvivere a qualunque cosa stessi facendo in chissà quale paese, solo per finire coinvolto in un incidente d'auto appena tornato.»

Lui ridacchiò. «Lo farò. Ci sentiamo dopo.»

«Ciao.»

Gillian riattaccò, ma non riuscì a togliersi dalla testa Walker. Stava davvero bene? E Lefty e gli altri? Aveva detto che non dormiva da quasi due giorni, quindi probabilmente non aveva nemmeno mangiato molto bene. I soldati in missione di solito non mangiano quei pasti pronti?

Balzando in piedi dal divano, andò in cucina, formando un piano nella sua mente. Sapeva che Walker doveva partecipare a delle riunioni e poi avrebbe potuto dormire, ma aveva anche bisogno di mangiare. Qualcosa di buono, non cibo da asporto o qualunque cosa avesse nel suo appartamento già prima di partire.

Aprì la dispensa e pensò a cosa preparare che si sarebbe mantenuto bene finché non avesse finito con le riunioni. L'ultima cosa che voleva fare era imporre la sua presenza, specialmente quando le aveva appena detto di aver bisogno di dormire. Ma non poteva restare a casa con le mani in mano, doveva fare *qualcosa* per lui.

Annuì con determinazione e tirò fuori alcuni ingredienti dalla dispensa. Gli avrebbe preparato qualcosa al forno, che lui avrebbe potuto riscaldare facilmente una volta tornato a casa e prima di andare a dormire. La pasta al forno era sempre stata una dei suoi cibi preferiti ed era facile e veloce da preparare. Avrebbe solo infornato una teglia di pasta con la carne macinata e gliel'avrebbe portata.

Si mise al lavoro, fregandosene che fossero le dieci di sera e che Walker vivesse a sessanta chilometri da lì, e che sarebbe tornata a Georgetown più o meno alle due di notte.

———

Trigger era più che esausto. Lui e il team avevano terminato l'operazione ed erano tornati a casa senza recuperare il sonno perso nell'ultima settimana e mezza. Dato che non erano riusciti a uccidere l'obiettivo primario, e avevano invece eliminato una mezza dozzina dei suoi scagnozzi, avevano dovuto incontrarsi con il generale della base e fare rapporto. C'era il rischio che potessero esserci delle ripercussioni per aver fallito nell'uccidere il capo dei cattivi, come lo avrebbe chiamato Gillian, ma erano tutti abbastanza soddisfatti di essere riusciti a mettere fuori combattimento gli altri terroristi.

Non tutte le missioni erano così semplici come quella in cui aveva trovato lei, ed era frustrante, ma aveva imparato a suddividere tutto in compartimenti.

Aveva preso in prestito il telefono da uno dei piloti dell'esercito, perché lui e la sua squadra lasciavano sempre i cellulari personali a casa quando andavano in missione, e chiamato Gillian l'istante in cui erano scesi di quota abbastanza da riuscire a captare il segnale di uno dei tanti ripetitori sopra cui stavano volando.

Si sarebbe quasi sentito in imbarazzo per essere stato così felice di sentire la sua voce, se lei non fosse stata altrettanto sollevata di sentire *lui*.

Le riunioni erano durate solo quattro ore invece di sei, cosa di cui Trigger fu grato. Lui e il resto della squadra erano stanchi morti. Sapeva che avrebbero dovuto radunarsi di nuovo una volta che avessero dormito un po' e mangiato qualcosa di decente, ma per ora la cosa migliore era tornare a casa e buttarsi a letto.

Gli sarebbe piaciuto arrivare nel suo appartamento e vedere Gillian, ma puzzava di marcio e riusciva a malapena a tenere gli occhi aperti. Voleva essere almeno semifunzionante quando l'avrebbe rivista.

Quando aprì la porta di casa, si bloccò.

C'era qualcosa di strano.

Un profumo... familiare.

Era via da undici giorni. L'aria avrebbe dovuto essere viziata, invece fu avvolto dall'odore di cibo che gli fece brontolare lo stomaco.

Erano le tre e mezzo di notte. Che cazzo stava succedendo?

Trigger tirò fuori il coltello tattico K-BAR che teneva sempre addosso quand'era in missione, chiuse la porta e posò il borsone. Scivolò piano dentro l'appartamento e notò una luce provenire dalla cucina. Una luce che sicuramente non aveva lasciato accesa quando era partito dodici giorni prima. Per un attimo si sentì un po' frustrato, pensando che forse Gillian avesse deciso di andare lì anche se le aveva detto di aver bisogno di dormire. Era un pensiero di merda, ma si sentiva esausto e non era dell'umore giusto per intrattenere nessuno. Nemmeno lei.

Ma la cucina era vuota. Trigger vide un pezzo di carta sul bancone, ma per il momento lo ignorò. Doveva controllare il resto dell'appartamento, assicurarsi che nessuno fosse in agguato nell'ombra o che Gillian non stesse dormendo da qualche parte. Per quanto fosse irritato al pensiero che lei potesse aver ignorato la sua richiesta di andare lì il pomeriggio successivo, così da avere la possibilità di rilassarsi dopo una missione piuttosto intensa, non voleva nemmeno spaventarla a morte tirando fuori un coltello, nel caso avesse deciso di fargli una sorpresa.

Ma dopo una rapida ricognizione, si rese conto che l'appartamento era vuoto.

Mise via il coltello e tornò in cucina. Aprì il forno,

trovò un contenitore di vetro ricoperto di carta stagnola ancora caldo.

Sempre più sconcertato – qualcuno era entrato e aveva preparato la cena? Ovvio che no, che stupidaggine – prese in mano il foglio di carta e lo aprì. Lanciò un'occhiata alla fine della nota e vide che era un messaggio di Gillian. Lo lesse velocemente.

Bentornato a casa!

So che sei stanco e non volevo disturbarti. So che non è proprio la stessa cosa ma, a volte, dopo un evento importante che ho trascorso settimane a pianificare, non ho voglia di parlare con nessuno. Ho bisogno solo di tornare a casa e rilassarmi senza dover pensare a niente o a nessuno per un po'.

Ad ogni modo, ho iniziato a pensare al fatto che oltre a essere stanco, probabilmente avresti avuto anche fame. Sono sicura che non ci fosse il nostro ristorante preferito da asporto, ovunque tu fossi.

Così ti ho preparato qualcosa. Non è niente di speciale, solo pasta, carne macinata, crema di funghi, panna acida e formaggio. Ma ho pensato che forse avrebbe potuto essere un toccasana. Non volevo lasciare il forno acceso, perché non sapevo quando saresti tornato a casa, quindi potrebbe essere fredda. Ma puoi sempre riscaldarla nel microonde.

Sono contenta che tu sia tornato. Ho pensato molto al tuo lavoro da quando sei partito e, per la cronaca, posso gestirlo. Non mi piace non sapere dove sei o se stai bene, ma sono sicura al cento per cento che ovunque tu sia, stai tenendo il nostro Paese al sicuro da uomini e donne che vogliono fare del male, o stai aiutando qualcuno come me... una persona normale che in qualche modo è rimasta invischiata in una situazione in cui non avrebbe mai pensato di trovarsi.

Prima di conoscerti, non ho mai pensato molto agli uomini come te e i tuoi compagni di squadra, ma ora che l'ho vissuto in prima persona, sono assolutamente orgogliosa di te.

Mangia qualcosa. Dormi un po'. Ci vediamo presto.

xoxo, Gillian

PS. Non ho fatto irruzione nel tuo appartamento. Ho bussato alla porta del portiere. Non credo che fosse molto felice di essere stato svegliato all'una di notte, ma dopo avergli detto cosa volevo e quanto eri fantastico, ha accettato a malincuore di farmi entrare in casa tua. Mi ha guardata male per tutto il tempo, e credo pensasse che volessi rubare qualcosa, ma sono rimasta qui solo per tipo dieci secondi, abbastanza a lungo da mettere la teglia nel forno, accendere una luce così non saresti tornato in un appartamento buio, e scarabocchiare questo biglietto, poi sono uscita.

Trigger non aveva idea di quanto fosse rimasto in cucina a leggere e rileggere il biglietto. In tutta la sua vita adulta nessuno aveva mai fatto per lui ciò che aveva appena fatto Gillian.

Quando l'aveva chiamata, erano le dieci passate. Quindi significava che aveva cucinato il pasto, guidato fino al suo appartamento, svegliato il manager del complesso per entrare e poi era tornata a casa.

Aveva compreso il suo bisogno di rilassarsi. Lo aveva *ascoltato* quando le aveva detto che doveva dormire un po'. Ma era anche andata oltre, capendo che probabilmente non aveva mangiato molto bene di recente.

Non era contento che avesse guidato a tarda notte, ma amava il fatto che avesse pensato a lui.

Alla fine, si voltò e tirò fuori la teglia dal forno. Mise

un po' di pasta su un piatto e la mangiò stando in piedi in cucina.

Il pasto era delizioso; era tiepido, ma Trigger era troppo stanco e non aveva la pazienza di aspettare che si scaldasse, anche se ci sarebbero voluti solo un minuto o due nel microonde. Ne mangiò fin troppo e il suo stomaco protestò dopo le razioni scarse che aveva ricevuto nell'ultima settimana e mezza, ma non gli importò. Quel pasto era stato preparato con amore, per lui, e lo apprezzava più di quanto avrebbe mai potuto esprimere a parole.

Mise gli avanzi nel frigorifero e andò in camera da letto. Fece una doccia di dieci minuti per lavare via il resto della polvere e della sporcizia che si portava dietro dalla missione, poi si buttò a letto. Appena prima di addormentarsi e dormire come un sasso, prese il telefono e digitò un breve messaggio.

Trigger: Non sono entusiasta che tu sia venuta qui nel cuore della notte, perché non è sicuro, ma quella pasta è stata letteralmente la cosa migliore che abbia mai mangiato in vita mia. Grazie, Di. Sei davvero Wonder Woman. La MIA Wonder Woman. Preparati; questo fine settimana dormiremo nel mio letto. Ho finito di aspettare. Sei mia, e ho intenzione di dimostrarti ripetutamente quanto sei importante per me, finché non saremo entrambi così esausti da non riuscire più a muoverci.

Consapevole che Gillian stesse dormendo, non aspettò una risposta. Mise il telefono capovolto sul comodino e cadde nel sonno degli esausti.

CAPITOLO QUINDICI

GILLIAN NON RIUSCIVA A CREDERE di essere così nervosa. Era ridicolo, perché era pronta a fare l'amore con Walker da settimane ormai, ma leggere il messaggio che le aveva lasciato la notte prima l'aveva sconvolta.

Era elettrizzata che non si fosse arrabbiato perché aveva sostanzialmente fatto irruzione nel suo appartamento, ma era rimasta un po' sorpresa dal cambio di atteggiamento per quanto riguardava il rapporto fisico.

Era stato irremovibile sul fatto di andarci piano, assicurandosi che fossero entrambi della stessa idea, ma il messaggio che aveva ricevuto diceva esattamente l'opposto; sapeva benissimo cosa significasse che la voleva nel suo letto.

E anche se era stata impaziente di portare loro relazione a un livello più fisico, ora stava andando fuori di testa.

Davanti allo specchio del bagno cercò di valutarsi in maniera obiettiva. Si era messa un reggiseno e delle mutandine color crema coordinati in cui si sentiva bene, ma ora che si stava guardando, non ne era più così sicura. Walker era l'emblema dell'uomo sexy, aveva muscoli su muscoli, e anche se lei non gli aveva visto lo stomaco, l'aveva sentito. Immaginava che fosse perfettamente scolpito, come anche quei muscoli a V che puntavano verso le parti basse.

Gillian non era minimamente alla sua altezza per quanto riguardava gli attributi fisici. Aveva un bel paio di tette, ma la sua pancia era un po' troppo gonfia e le cosce si toccavano quando camminava. Si bruciava un po' troppo facilmente e non le era mai piaciuto sdraiarsi al sole ad abbronzarsi, quindi era molto pallida.

Si sistemò i capelli e dovette ammettere che erano una delle sue migliori caratteristiche. Le piacevano anche gli occhi verdi.

Buttando fuori un respiro, si allontanò dallo specchio. Era ciò che era. Solo perché pesava un po' di più di quanto giudicato accettabile, non significava che non fosse attraente. Walker quando la guardava di certo non sembrava notare ciò che vedeva *lei*.

Indossò un paio di jeans e una graziosa maglietta rosa con i volant e che le lasciava le spalle scoperte. Si truccò un po' più del solito, solo perché non si vedevano da quasi due settimane e voleva mostrarsi al meglio per lui. Di certo l'aveva vista al suo peggio in Venezuela, e anche in casa quando indossava il tipico abbigliamento di chi non si aspettava compagnia.

Continuando a sentirsi nervosa, preparò una borsa da viaggio e fu pronta a lasciare l'appartamento. Aveva trascorso la mattinata a lavorare per la festa di anniversario degli Howard. Aveva parlato con lo staff del Driskill e messo a punto alcuni piccoli dettagli sul cibo che sarebbe stato servito e su come allestire la sala da ballo. Era stato positivo tenersi occupata perché le aveva permesso di non pensare a Walker... più o meno.

Per qualche ragione, mentre lasciava l'appartamento, le passò per la mente la fantasiosa idea che una volta ritornata, la sua vita sarebbe stata diversa; era totalmente folle, fare sesso con un uomo non cambiava l'esistenza. Le donne lo facevano tutto il tempo. Ma aveva la sensazione che farlo con Walker non sarebbe stato assolutamente normale.

Il viaggio sembrò durare un'eternità, e non aiutò l'incidente che aveva rallentato il traffico. Quando giunse in città lo chiamò.

«Ehi, Gilly. Sei vicina?»

«Sì, finalmente. C'era un incidente e mi ci è voluta un'eternità a oltrepassarlo.»

«Va bene. Sono solo contento che tu sia quasi arrivata.»

«Anch'io» gli disse, sentendosi timida.

«Guida con prudenza, ci vediamo presto.»

«Certo. Ciao.»

Quando lui riattaccò senza aggiungere altro, Gillian non poté fare a meno di sentirsi di nuovo nervosa. Era pazzesco. Stava solo andando a trovare Walker. Era sempre lo stesso uomo di due settimane prima, quando l'aveva visto l'ultima volta.

Ma lo era davvero? Aveva la sensazione che fosse diverso, anche solo per il messaggio della notte precedente, e non aveva idea di cosa aspettarsi da lui.

Parcheggiò e prese la borsa, prima di scendere dall'auto e avviarsi verso il suo appartamento. Con grande sorpresa, lo vide fuori ad aspettarla. Senza pensarci, iniziò a correre verso di lui. Parlare al telefono e mandare messaggi non era la stessa cosa che vederlo di persona.

Aveva un bell'aspetto, lo stesso di prima di partire. Niente bende, niente occhi neri, nessun segno di ferite. Una parte di lei si chiese se magari fosse stato ferito e non volesse dirglielo. Ma era alto e forte, e si sentì talmente sollevata che si gettò tra le sue braccia non appena fu a pochi passi da lui.

«Stai davvero bene» mormorò, seppellendo il viso nel suo collo.

Le sue braccia forti la circondarono, sollevandola da terra e stringendola a sé. «Te l'avevo detto» ribatté con una risata.

La mise in piedi e la fissò con uno sguardo così appassionato che Gillian dovette costringersi a deglutire. «Ciao» sussurrò, un po' imbarazzata.

Walker sbuffò e fece un'altra risatina. «Ciao» rispose.

Gillian gli mise una mano sulla guancia e ripeté: «Stai bene.»

«Ti aspettavi che tornassi con la pelle verde e i capelli rasati o qualcosa del genere?»

Lei sorrise. «No, ma non ti conosco abbastanza da sapere se fosse vero, o se aveva parlato l'uomo duro e il senso era: "Ho preso un paio di proiettili ma non mi hanno ucciso quindi, sto bene".»

La fissò per un istante poi gettò indietro la testa e rise così forte che sentì il suo corpo scuotersi contro di lei. Era un suono bellissimo. Tanto più perché lo stava vivendo di persona, e perché lui stava davvero bene dopo la sua misteriosa missione.

Quando riprese il controllo, Walker si chinò e le parlò quasi sfiorandole le labbra con le sue. «Potrei minimizzare come mi sento quando parlo con te, ma non mentirò. Se dovessero spararmi, ti dirò che lo hanno fatto. Ma devi capire che, purtroppo, rimanere ferito fa parte del mio lavoro. Non puoi andar fuori di testa se torno da te con qualche graffio e livido.»

«Posso e lo farò» ribatté Gillian. «*Devi* capire che il

pensiero che tu sia ferito mi contorce lo stomaco e mi fa venir voglia di andarmene per il mondo e pestare a morte chiunque abbia osato toccarti. Farò del mio meglio per controllarmi, ma dovrai lavorare molto duramente per stare attento, così non perderò la testa quando tornerai a casa.»

Non riuscì a interpretare lo sguardo sul suo viso. Ma quando le disse: «Va bene, Di. Posso farlo» si rilassò tra le sue braccia.

Walker la fissò così a lungo tanto che iniziò a preoccuparsi. Ma proprio quando stava per chiedergli che problema ci fosse, lui si chinò, prese la sua borsa con una mano tenendo l'altro braccio intorno alla sua vita, e la condusse verso l'edificio senza dire un'altra parola.

Non la lasciò andare nemmeno per un secondo mentre salivano fino al secondo piano. Aprì la porta e la fece entrare.

Nel momento in cui la chiuse, lasciò cadere la borsa e Gillian si ritrovò con le spalle al muro nell'ingresso, con Walker che incombeva su di lei.

«Grazie per la cena di ieri sera... be', questa notte.»

«Prego» disse, afferrandosi ai suoi avambracci mentre lo fissava.

«A che ora sei tornata a casa?» le chiese.

Gillian scrollò le spalle. «Verso le due.»

«Anche se l'ho apprezzato molto, non farlo più. Non è sicuro guidare o camminare a quell'ora.»

«Volevo assicurarmi che mangiassi» mormorò.

Walker infilò una mano in tasca e tirò fuori qualcosa.

Abbassando lo sguardo, vide una chiave d'argento lucida nel suo palmo. Lo guardò confusa.

«Ho parlato con il portiere questa mattina, gli ho detto che ti è sempre permesso entrare nel mio appartamento e che non deve crearti problemi a prescindere dall'orario. Ma ho pensato che sarebbe stato più facile se ti avessi dato una chiave, in modo da non doverlo svegliare di nuovo e avere a che fare con il suo atteggiamento scontroso.»

«Mi stai dando la chiave di casa tua?» gli chiese, aggrottando le sopracciglia.

«Sì.»

Non si mosse per prenderla. Sembrava una cosa troppo importante e stava facendo fatica a elaborarla.

Walker con un piccolo sorriso sul volto le infilò la chiave nella tasca davanti dei jeans. Poi si chinò di più, costringendo Gillian a piegare all'indietro la testa.

«Hai ricevuto il messaggio che ti ho mandato questa notte?»

Lei annuì.

«C'è qualcosa di quello che ho detto che non capisci o che non vuoi?»

Si leccò nervosamente le labbra. «No, era abbastanza chiaro» gli disse. «Ma... non so cosa sia successo nelle ultime due settimane per farti cambiare idea riguardo a tutti i tuoi discorsi di "andarci piano" e "non posso dormire in un letto con te".»

«Finalmente ho tirato fuori le palle» replicò Walker senza esitazione. «Credo di non essere stato giusto con te, ma ho visto le relazioni di troppi amici fallire quando la loro fidanzata non è riuscita a gestire l'incertezza che deriva dal nostro tipo di lavoro.»

Gillian era un po' delusa dalla sua risposta, ma non poteva biasimarlo. Continuò prima che lei potesse dire qualcosa.

«E tutto ciò che ti ho detto finora è vero. Avevo paura di legarmi ancora di più a te perché mi avrebbe ucciso se tu avessi deciso di non riuscire a sopportare ciò che faccio.

Per quanto mi riguarda, sei perfetta. Hai degli amici, sei intelligente, divertente, hai un buon lavoro e un'anima innocente. E desidero tutto questo per me stesso. Non voglio corromperti o cambiarti in alcun modo, ma so che se starai con me, finirò per farlo. Credo sia per questo che mi stavo trattenendo. Ma quando sono tornato a casa la scorsa notte, completamente esausto da reggermi a malapena in piedi, e ho visto che hai fatto di tutto per rispettare il mio bisogno di spazio per schiarirmi la testa dopo la missione *e* per far sì che mangiassi, ho capito.»

Quando non continuò, Gillian chiese: «Cosa?»

«Che sono stato un idiota» disse con dolcezza. «Ti stavo tenendo a distanza quando avrei dovuto fare tutto ciò che era in mio potere per legarti di più a me. So che è stata solo una missione, e relativamente breve, ma pensi di poter gestire ciò che faccio? Di essere lasciata sola per periodi di tempo indefiniti senza avere la minima idea di quando potrei tornare o di cosa sto facendo?»

«Sì» rispose semplicemente. Non le piaceva essere lasciata all'oscuro, ma se quello era l'unico modo per averlo, l'avrebbe fatto. Era suo. Lo sentiva fin nel profondo.

«Cazzo, non ti merito», mormorò Walker prima di abbassare la testa per baciarla.

Gillian non riuscì a pensare a nient'altro che alla sensazione che le davano le sue labbra. Le inclinò la testa con le mani e nel momento in cui lei si aprì, lui fu pronto.

Non aveva idea di quanto tempo rimasero a baciarsi contro la parete, ma quando sentì le sue mani sulla vita che le tiravano su la maglietta, sussultò scostandosi.

«Alza le braccia» le ordinò.

Confusa, fece come le aveva chiesto e dopo pochi secondi si ritrovò in reggiseno davanti a lui che abbassò subito lo sguardo sui suoi seni. Lo sentì gemere prima di tirarle giù una delle coppe, esponendo il capezzolo inturgidito. Poi la sua bocca fu lì e succhiò forte, facendole inarcare la schiena e infilare le dita tra i suoi capelli per tenerlo contro di sé.

Sollevò una gamba e Walker la prese con l'altra mano. La attirò a sé, facendole perdere l'equilibrio. Ma sapeva che non sarebbe caduta. Lui non avrebbe mai permesso che accadesse.

Walker spostò le labbra un po' più su e le succhiò la parte carnosa del seno mentre con le dita pizzicava e arrotolava il capezzolo che un attimo prima aveva in bocca. Gillian abbassò lo sguardo e inspirò bruscamente alla vista di quella scena erotica.

Vide la sua mascella ricoperta da una leggera barba muoversi mentre le succhiava la pelle. «Mi stai facendo un succhiotto?» riuscì a dire ansimando.

Lui sollevò la testa e sorrise. «Sì.»

«Quanti anni hai?» lo prese in giro.

«Trentasette» rispose, come se gli avesse fatto una domanda seria. «E voglio vedere il mio segno su di te. Ti sto reclamando in questo momento, Gillian. Dimmi di fermarmi se non vuoi. Sono un bastardo possessivo e protettivo. Se continueremo questa relazione, dovrai accettarlo.»

I suoi occhi erano solenni e penetranti nella loro intensità.

«Posso reclamarti anch'io dopo? Non ti arrabbierai se strapazzerò le stronze che cercheranno di toccarti? O se guarderò male una ragazza insistente in un bar? Perché io non condivido. Se mi tradisci, è finita. Non avrai una seconda possibilità.»

Invece di essere preoccupato per la sua dichiarazione,

Walker sorrise. «Non *vedo* l'ora che ti mostri possessiva nei miei confronti in pubblico. E come ti ho già detto, non tradisco. Perché cazzo dovrei, quando ho tutto questo?» le chiese, ma era una domanda retorica, perché ancora una volta abbassò la testa sul suo seno e le divorò il capezzolo come se stesse morendo di fame.

Gillian gettò indietro la testa sbattendola contro il muro con un forte tonfo.

«Oh» sussurrò, senza sentire in realtà il lieve dolore, ma fu sufficiente per far muovere Walker; le mise una mano sulla nuca e si girò per condurla verso la camera da letto.

Nell'istante in cui entrarono, Gillian inspirò profondamente, assaporando la fragranza unica di Walker, e i suoi capezzoli s'inturgidirono di più. Aveva fantasticato di essere lì con lui.

La fece fermare sul bordo del letto e andò con una mano sulla chiusura del reggiseno. In pochi secondi glielo sganciò lasciandolo cadere a terra. Non si fermò a quello; le slacciò il bottone dei jeans e abbassò la cerniera. Poi le mise le mani sui fianchi e spinse giù le mutandine e i pantaloni contemporaneamente.

«Toglili» sussurrò quando arrivarono alle caviglie.

Gillian riuscì sfilarsi i sandali e calciare via i vestiti senza cadere. Ma poi si rese conto di essere completamente nuda, mentre lui era ancora vestito. Era imbarazzante, ma allo stesso tempo eccitante.

Walker rimase immobile a una trentina di centimetri da lei. Percorse con gli occhi tutto il suo corpo, dalla testa ai piedi, poi tornò su. Il suo petto si sollevava con i respiri, come se avesse appena corso dieci chilometri.

Costringendosi a restare ferma, aspettò che lui dicesse o facesse qualcosa. Quando non si mosse, iniziò a sentirsi a disagio.

«Walker?» sussurrò. «Cosa c'è che non va?»

«Niente» disse lui con voce roca. «Proprio niente. Sei bellissima. Troppo per quelli come me.»

Gillian alzò gli occhi al cielo. «Ma per favore. Semmai è vero il contrario.»

Le mise un dito sulle labbra e la guardò negli occhi. «Non sminuirti» ordinò. «Non tollero che nessuno dica qualcosa di negativo nei tuoi confronti, e questo vale anche per te.» Tolse il dito dalle labbra senza interrompere il contatto con il suo corpo e lo fece scorrere sul mento, lungo la clavicola e fino al seno sinistro. Lo fece girare intorno al capezzolo turgido e poi proseguì lungo il fianco, e lei si dimenò, allontanandosi un po' a causa del solletico.

Walker curvò le labbra, ma non si fermò. Il suo dito tracciò l'osso iliaco, poi le sfiorò la peluria tra le gambe. Gillian le strinse ma non riuscì a trattenersi dall'inspirare bruscamente quando le sfiorò il clitoride. Non sapeva se l'avesse fatto apposta o meno, ma quando il suo sorriso si fece più grande e ripeté il movimento, si rese conto che sapeva esattamente ciò che stava facendo. Si afferrò a lui con le mani e si accigliò quando toccò la maglietta invece che la pelle. «Dato che io sono nuda, dovresti esserlo anche tu» si lamentò.

Lui continuò a stuzzicarla con il dito e con l'altra mano andò dietro la testa per togliersi la maglietta. Con un rapido movimento l'indumento cadde ai loro piedi, dimenticato.

Gillian faticava a concentrarsi perché il dito di Walker era sceso più giù, tra le sue pieghe, ma non poté fare a meno di sospirare alla vista del suo petto. Era muscoloso e aveva gli addominali scolpiti, e quella V sexy da morire su cui aveva fantasticato, ma fu il grande ematoma sul fianco che attirò la sua attenzione. Era di un brutto giallo verdastro, ed era ovvio che fosse stato colpito con forza da qualcosa.

Senza dire nulla, ci passò sopra con delicatezza il pollice.

«Sto bene» mormorò lui.

Gillian annuì.

«Guardami» le ordinò.

Ma non riuscì a staccare gli occhi dal segno sul fianco. Continuava a cercare di immaginare cosa diavolo avesse potuto fargli quel grosso livido, ma non le venne in mente nulla.

Walker le afferrò il fianco con una mano e portò l'altra sotto il suo mento per costringerla a distogliere lo sguardo dalla botta.

«Sto bene» ripeté con fermezza.

Inspirando profondamente, Gillian annuì. Era quello di cui parlavano prima. «Ok. Stai bene» confermò. «Ma non significa che sia felice, che non voglia ispezionare ogni centimetro del tuo corpo per vedere dove sei ferito. Per baciare ogni livido, ogni graffio, per farti stare meglio.»

«Io ci sto» le disse sorridendo. «In effetti, penso che dovremmo farne una tradizione. Ogni volta che torno da una missione, la mia infermiera deve fare un controllo intimo del mio corpo dalla testa ai piedi.»

«D'accordo» dichiarò subito Gillian. «Ma non posso farlo se indossi dei vestiti. Spogliati, soldato.»

Lui scoppiò a ridere e lei sorrise. Questo era ciò che le era mancato nelle relazioni passate. Ridere. Le poche volte che aveva fatto sesso, era stata una cosa tranquilla e seria per tutto l'atto. Stare con Walker era divertente. Era anche eccitante e la rendeva nervosa, ma non aveva mai fatto divertire così un uomo a letto.

Walker si chinò e tirò indietro le coperte. Ancora una

volta, il suo profumo silvestre salì dalle lenzuola e Gillian praticamente si tuffò sul materasso; avrebbe voluto rotolarsi per imprimersi il suo odore sul corpo come un animale selvatico, ma si trattenne. A malapena.

Mentre cercava di pensare al modo migliore di stare sdraiata per apparire più seducente, all'improvviso si dimenticò del tutto di sistemarsi meglio quando lui si tolse in fretta i pantaloni rimanendo vicino al letto, completamente nudo.

Inspirò bruscamente ancora una volta, si dimenò e percepì il suo corpo prepararsi ad accoglierlo. Era così bagnata tra le gambe, che non voleva altro che sentirlo dentro di lei... finalmente.

«Walker» sussurrò.

Lui sorrise, poi salì piano sul letto. Invece di sdraiarsi, si mise a cavalcioni sulle sue gambe incombendo su di lei, posandosi con gli avambracci ai lati della sua testa. Sentì il suo cazzo duro sfiorarle i peli tra le gambe e cercò subito di spostarsi, di aprirle di più, ma le ginocchia di Walker le impedivano di muoversi come voleva.

Lamentandosi, fece scorrere le mani su e giù sui suoi fianchi, desiderando toccarlo ovunque nello stesso momento.

«Ultima possibilità» le disse.

In risposta, Gillian portò una mano tra i loro corpi e gli afferrò il cazzo duro come l'acciaio; riusciva a malapena a chiuderla, e la mosse su e giù una sola volta prima che Walker gliela afferrasse per allontanarla.

«Ehi, non è giusto» si lamentò facendo il broncio.

Lui ridacchiò, e si rese conto ancora una volta di quanto le piacesse sentirlo ridere.

«Ci sarà tempo più tardi per quello. Se mi tocchi adesso, verrò subito come un ragazzino inesperto. Sono stati tredici lunghi giorni per me, tesoro. Cerca di capire.»

«Immagino che tu non possa proprio masturbarti mentre sei in missione, eh?» gli chiese.

«No. Ed ero troppo stanco la scorsa notte per fare qualcosa di più che mangiare, fare la doccia e buttarmi a letto.»

«Penso che tu abbia ragione» gli disse con un sorriso. «Voglio dire, mi sono presa cura di me la scorsa notte quando sono tornata a casa, quindi è giusto così.»

Walker gemette. «Sul serio, donna? Sei crudele.»

Gillian sorrise. «Ehi, una ragazza dovrà pur fare ciò che è necessario.»

«Pensi a me mentre ti masturbi?» le chiese.

«Ovvio.»

«E ti stavo toccando?»

«Sì.»

«Racconta» le ordinò.

Arrossì. Non aveva problemi ad ammettere di essersi masturbata, ma raccontargli tutto era un po' imbarazzante.

Si spostò sopra di lei e le prese in mano un seno. «Ti stavo toccando qui?» le domandò, vedendo che era timida.

«Per cominciare» rispose senza fiato.

Le stuzzicò un po' il capezzolo, poi le sue dita le accarezzarono la pancia. «Qui?»

Gillian annuì mentre scendeva a sfiorarle il clitoride. Vide che la testa di Walker era abbassata e stava guardando le proprie dita giocherellare con il suo sesso fradicio. Sospirò e appoggiò di nuovo la testa sul cuscino. Gli strinse forte un braccio e iniziò a ondeggiare i fianchi.

Poi lui scivolò più in giù mettendosi sulla pancia tra le sue gambe. Le divaricò le cosce, usando le sue spalle larghe per tenerla aperta.

Avevano interrotto la conversazione iniziata riguardo a

ciò che aveva pensato quando si era masturbata; lui era troppo concentrato su quello che le stava facendo, e lei troppo persa nel piacere che le stava dando.

Usando una mano per allargarle le pieghe, Walker si chinò e inspirò profondamente. Gillian arrossì ma non ebbe il tempo di protestare dato che lui gemette e poi la leccò dal basso verso l'alto.

«Il paradiso» sussurrò, prima di farlo di nuovo. E di nuovo ancora.

Gillian si contorse e gli mise le mani sulla testa.

«*Mmmm*» mormorò mentre lui chiudeva la bocca intorno al suo sesso e usava la lingua per darle il bacio più intimo che avesse mai ricevuto.

Walker si prese il suo tempo, baciò, succhiò e leccò ogni centimetro della sua fica. Quando inserì lentamente un dito, Gillian pensò che sarebbe morta. Sollevò i fianchi dal materasso per cercare di prenderlo più a fondo.

«Sei così sexy» le disse abbassando di nuovo la bocca. Ma questa volta, invece di leccarla, si attaccò al clitoride; lo succhiò come aveva fatto con la carne del suo seno.

«Walker!» esclamò, cercando di scacciarlo. Ma le mise il braccio libero sulla pancia e la tenne ferma, mentre continuava il suo assalto a quel punto estremamente sensibile.

Gillian sentì l'orgasmo montare in fretta e con violenza. Era diverso da quelli che si era procurata da sola. Non era lei a controllarlo, doveva stare sdraiata lì e prendere ciò che lui le stava offrendo. Di solito quando si avvicinava al culmine, rallentava la velocità del vibratore e arrivava con dolcezza all'orgasmo.

Ma Walker non voleva tirarsi indietro, la stava lanciando oltre la vetta senza paracadute; sarebbe precipitata vertiginosamente.

Afferrandogli i capelli, cercò ancora una volta di allontanarsi dalla sua bocca, ma non la lasciò andare. Anzi, infilò un altro dito all'interno del suo corpo e iniziò a spingerle dentro e fuori. Il rumore che facevano le sue dita era forte nel silenzio della stanza. Sapeva di essere bagnata fradicia, ma in quel momento non si sentì per niente in imbarazzo.

Proprio quando pensò di stare per esplodere, Walker smise di succhiare. Non sollevò la testa, né tolse le dita, rimase semplicemente immobile tra le sue gambe.

Gillian era sospesa sul precipizio, combattuta tra l'essere contenta che si fosse fermato e l'essere incazzata.

«Walker?» gracchiò.

Poi, proprio mentre pensava che avrebbe perso l'orgasmo che stava per raggiungere, lui ricominciò. Succhiò più forte di prima e usò la lingua per sferzarle il clitoride e, allo stesso tempo, girò le dita dentro di lei premendo contro il punto G. Con il mignolo le sfiorò anche l'ano, stimolando i nervi in quel punto.

Rimase sbalordita dall'assalto simultaneo ai suoi sensi e si ritrovò all'improvviso in balia dell'orgasmo più intenso che avesse mai provato. Sussultò e spinse i fianchi verso di lui, gettando indietro la testa, urlando il suo nome. I suoi muscoli tremavano mentre quel piacere sconvolgente non finiva più.

Gillian non sapeva quando Walker avesse cambiato posizione; ora era in ginocchio e aveva messo un preservativo spuntato dal nulla. Grata che lui fosse abbastanza cosciente da usare una protezione, riuscì solo a gemere quando le sollevò una gamba e se la porto sopra la spalla. Poi mise il braccio sotto l'altro ginocchio e si chinò sul suo corpo.

Era spalancata sotto di lui, e inspirò profondamente quando sentì la punta del suo cazzo sfiorarle le pieghe ancora molto sensibili. Guardandolo negli occhi, vide che le pupille erano dilatate e che le narici si allargavano ad ogni respiro che faceva.

«Dimmi che sei mia» le ordinò con voce bassa e roca.

«Dopo quell'orgasmo strabiliante? Sono completamente tua.»

Fece un piccolo sorriso, poi gemette quando si spinse dentro di lei.

Era da parecchio tempo che Gillian non faceva sesso e sussultò quando la penetrò, dato che era molto grande.

Lui se ne accorse, ma non si fermò finché non furono praticamente fusi insieme. Poi Walker portò le mani sotto il suo sedere e glielo afferrò, separandole le natiche e spingendosi ancora più a fondo.

All'inizio le sembrò di essere stata smembrata, ma dopo essersi adattata un attimo, il dolore si trasformò in completa estasi. Gillian strinse i muscoli interni e fu ricompensata da un gemito.

«So di averti fatto male, ma non sono riuscito a fermarmi» le disse dopo un istante. Non si era più mosso dopo essere entrato in lei, per lasciarla adattarsi.

«Va tutto bene.»

«No che non va bene» ribatté. «Ma eri così bella e avevi un sapore così buono che non sono riuscito a trattenermi. Scusa.»

«Smettila di scusarti» lo rimproverò. Gli afferrò il sedere e gli strinse la carne dura come la roccia. Poi contraendo i muscoli dello stomaco si sollevò in modo da riuscire ad arrivare al suo orecchio, glielo mordicchiò un po' e gli succhiò il lobo.

Lo sentì sobbalzare dentro di lei, e le diede una tale sensazione di potere che lo fece di nuovo. «Ti piace» dichiarò.

«Mi piace ogni cosa di te» replicò.

Poi Walker spostò una mano più su sul materasso, portando la gamba di Gillian con sé dato che ce l'aveva appoggiata al braccio, e quel movimento la aprì ancora di più. Percepì l'interno delle cosce tendersi cercando di fare resistenza, ma non le importava. Si sentiva davvero sexy sdraiata e aperta sotto di lui, con il suo cazzo dentro il corpo.

«Muoviti» gli ordinò.

«Sei sicura? Non voglio farti male e non credo di riuscire ad andare piano.»

«Walker, sono appena venuta nel modo più intenso che mi sia mai capitato in vita mia. Sono anche più bagnata di quanto sia mai stata. Sto bene. Scopami.»

Gli bastò solo avere il suo permesso, perché prima che l'ultima sillaba uscisse dalla sua bocca, iniziò a muovere i fianchi. Cominciò piano, come se non credesse davvero che lei non soffrisse, ma ad ogni lenta penetrazione, diventava sempre più sicuro di sé, finché non si mosse con così tanta forza, che il rumore dei loro corpi che sbattevano risuonò nella stanza.

Inizialmente la fissò negli occhi mentre faceva l'amore con lei, ma dopo un po' guardò in basso, tra loro. Anche Gillian abbassò lo sguardo e la vista del cazzo di Walker che scompariva nel suo corpo e poi riappariva, lucido dei suoi umori, era erotica da morire. Doveva averlo pensato anche lui, perché contrasse la mascella e gemette.

Gillian fece il possibile per partecipare, per sollevare i fianchi a ogni spinta, ma era difficile a causa della posizione in cui la teneva, con la caviglia posata sulla sua spalla e l'altra gamba nell'incavo del gomito. Ma almeno aveva le mani libere. Così gli pizzicò un capezzolo mentre continuava a scoparla.

«Dannazione» disse spingendosi con più forza dentro di lei.

Sorridendo alla sua reazione, lo fece di nuovo, giocò con i capezzoli di Walker proprio come aveva fatto lui con i suoi. Quando notò che le stava fissando i seni, abbassò lo sguardo e li vide rimbalzare ad ogni spinta.

Gillian non si era mai sentita così potente. Sì, era lui quello sopra e lei non poteva muoversi molto, ma sapeva con profonda convinzione di avere il controllo. Sarebbe bastata una sola parola da parte sua e si sarebbe fermato.

Portò una mano sulla sua nuca e lo attirò verso di sé. Lui perse un attimo il ritmo mentre soddisfaceva la sua richiesta. Consapevole che non sarebbe stato bello che tornasse al lavoro con un succhiotto sul collo, si accontentò di attaccarsi a uno dei pettorali. Più o meno nello stesso punto in cui l'aveva marchiata lui. Non ci girò attorno, gli succhiò la pelle più forte che riuscì. Walker non si stava più spingendo dentro di lei, era rimasto immobile, permettendole di fare ciò che voleva.

Quando fu sicura di aver lasciato il segno, lo mordicchiò scherzosamente prima di tirarsi indietro. Fissò il marchio sul suo petto con un sorriso soddisfatto.

«Mi avevi avvisato di essere possessiva» osservò con una risatina.

«Se io sono tua, tu sei mio» ribatté lei.

Senza dire altro, scivolò fuori dal suo corpo.

«Walker! No!» si lamentò. Ma lui la fece voltare e mettere in ginocchio prima che se ne rendesse conto.

Poi si spinse di nuovo dentro di lei. Se possibile, le sembrò ancora più grande.

Gillian cadde sugli avambracci, portando il sedere in aria e Walker gemette.

«Non hai idea di quanto sia bello sentirti così» le disse.

Non riuscì a rispondergli mentre la scopava con forza da dietro.

«Non riesco a trattenermi» mormorò in tono di scusa.

«Bene» sospirò lei.

Un po' impacciato la circondò con un bracciò per cercare di accarezzarle il clitoride, ma Gillian gli spinse via le dita e iniziò a farlo lei.

Le piaceva quella posizione perché riusciva a raggiungere il clitoride senza alcun problema, e poteva usare anche l'altra mano per accarezzare Walker ogni volta che si tirava fuori dal suo sesso bagnato.

«Cazzo, è così sexy, fatti venire, Gilly» disse roco. «Voglio sentirti venire intorno al mio cazzo.»

Più eccitata di quanto fosse mai stata in vita sua, Gillian affondò la testa nel materasso e inspirò il profumo di Walker nei polmoni, mentre si strofinava freneticamente per raggiungere un altro orgasmo.

«Ecco, così. Ti sento stringerti intorno a me. Cazzo, non durerò a lungo. Sbrigati, tesoro.»

Percependo l'urgenza nella sua voce, si diede da fare per obbedire. C'era già vicina quando lo sentì allargarle le natiche e premere il pollice sull'ano; non la penetrò, ma la carnalità del suo tocco la fece esplodere di piacere prima che avesse il tempo di prepararsi.

«Sssì» sibilò Walker, mentre ogni muscolo del suo corpo si contraeva.

La penetrò altre due volte poi la attirò con forza contro di sé, e grugnì e gemette quando finalmente raggiunse anche lui l'orgasmo.

Per un secondo, Gillian pensò di essere diventata cieca, ma alla fine la sua vista tornò e si rese conto di avere ancora il viso sepolto nel materasso. Voltò la testa e fece un respiro profondo. Il suo petto si alzava e abbassava e aveva ancora il sedere in aria. Il cazzo di Walker era ancora nel profondo del suo corpo, e le stringeva così forte i fianchi che aveva la sensazione che al mattino si sarebbe ritrovata con dei piccoli lividi.

«Cazzo» sussurrò. «Mi hai ucciso.»

Gillian non riuscì a fare a meno di ridacchiare. Quel movimento fece scivolare fuori il suo uccello ora morbido, e si lamentarono entrambi.

La aiutò a girarsi su un fianco, poi tirò la coperta sopra di lei. «Resta qui. Non ti muovere» ordinò.

«Non potrei nemmeno se volessi» mormorò in risposta.

Walker lasciò il letto e lei pensò che si stesse occupando del preservativo. Tornò pochi secondi dopo, infilandosi sotto le lenzuola e attirandola contro di sé. Gillian appoggiò la guancia contro il suo petto e appoggiò una coscia sopra la sua.

«Dicevo sul serio» le disse dopo un lungo momento.

«Riguardo a cosa?»

«Sei mia ora. Non ho intenzione di tornare a dormire sul divano.»

«Ok.»

«E se già pensavi che fossi protettivo e fastidioso con gli avvertimenti di essere cauta, rimarrai spiacevolmente sorpresa di quanto possa essere categorico riguardo alla tua sicurezza da ora in poi.»

Gillian non si irrigidì nemmeno. «Va bene.»

«Dico sul serio, Di. Sei tanto forte e indipendente, ma non guidare più fino a qui nel cuore della notte. Voglio che mi mandi un messaggio ogni volta che esci dal tuo appartamento e quando torni a casa.»

«Inizierai a dirmi con chi posso passare il tempo e cosa mi è permesso fare quando non sono con te?» gli chiese.

«No.»

«Allora mi va bene che tu voglia sapere che sono al sicuro.»

Lo sentì fare un lungo sospiro. Sollevando la testa, lo guardò negli occhi. «Non ti lascerò prendere il controllo della mia vita. Uscirò ancora con Ann, Wendy e Clarissa. Continuerò a gestire la mia attività nel modo che ritengo opportuno. Ma ho aspettato un'eternità per trovarti, Walker. Non lo ritengo un problema che tu mi voglia al sicuro, che ti preoccupi per me. Mi piace che tu venga agli eventi che organizzo, quando puoi. Mi piace averti al mio fianco. Mi fa sentire bene che ti interessi a me. Tu non trasformarlo in qualcosa per tenermi sotto controllo e andremo d'accordo.»

«Non voglio controllarti» disse subito, accarezzandole la testa. «Ma conosco il male che c'è là fuori, e il pensiero che ti tocchi mi fa impazzire. In un certo senso hai questo alone di innocenza intorno a te, nonostante ciò che è successo in Venezuela, che voglio proteggere. Non voglio che ti succeda nient'altro. Mai.»

Posò di nuovo la testa sul suo petto. «Ok.»

«Ok» concordò lui.

Gillian sapeva che erano solo le quattro e mezza del pomeriggio, ma era esausta. La notte precedente non aveva dormito bene dopo il viaggio improvvisato fino all'appartamento di Walker, e i due orgasmi appena sperimentati avevano distrutto qualsiasi desiderio di alzarsi e di fare anche la minima cosa.

«Sono stanca» sussurrò.

«Allora dormi.»

«Dobbiamo fare qualcosa?»

«No.»

«Walker?»

«Sì, tesoro?»

«Sono contenta che tu sia a casa.»

Lo sentì sorridere contro la sua testa. «Anch'io. Ora stai zitta e fai un pisolino. Non mi è bastato quello che abbiamo fatto, e devi ancora esaminarmi dalla testa ai piedi per assicurarti che non sia ferito da nessuna parte oltre al fianco.»

Gillian sbuffò. «Mi pentirò di aver accettato quella proposta, non è vero?»

«Mai» le promise Walker.

Avrebbe voluto parlare ancora un po'. Chiedergli come stavano gli altri ragazzi e se erano stati feriti. Chiedergli cosa sarebbe successo tra loro due, come avrebbero fatto a far funzionare quella relazione a distanza anche se non abitavano così lontani, ma era troppo stanca.

Un attimo prima stava pensando che non le sembrava affatto strano essere a letto con Walker completamente nuda, e quello successivo si addormentò profondamente.

———

«Lo sa, e sta parlando con i federali» disse il misterioso settimo dirottatore ad Alfredo Salazar.

Salazar era il figlio di uno dei leader del Cartello di Sinaloa. Suo padre lo aveva mandato in Texas quando aveva dieci anni, per imparare l'attività e per eventualmente dirigere l'operazione dall'altra parte del confine. Adesso aveva venticinque anni ed era uno degli uomini più temuti nella zona di Austin. Era responsabile della distribuzione in tutto il Texas e anche nel resto del Paese, di metanfetamina e cocaina provenienti dal Messico del valore di milioni di dollari. Era spietato come suo padre e non tollerava alcuna minaccia ai suoi affari.

Era al comando di tutto quando si trattava di operazioni negli Stati Uniti. Teneva anche d'occhio i luogotenenti, i sicari e i falchi sotto di lui; i luogotenenti erano in sostanza responsabili della supervisione dei sicari e dei falchi, che potevano comunque compiere alcune esecuzioni di basso profilo senza il suo permesso, ma non accadeva *nulla* nella sua organizzazione senza che Salazar ne fosse a conoscenza.

I sicari erano importanti per l'operazione perché erano la sicurezza del cartello. Il loro compito principale era difendere il territorio da gruppi rivali, polizia e militari. Rubavano, rapivano, estorcevano e assassinavano quando necessario, perché il cartello continuasse a lavorare senza intoppi.

I falchi si trovavano in basso nella gerarchia. Erano gli occhi e le orecchie della banda e riferivano ai sicari e ai luogotenenti le attività dei loro rivali, della polizia e di chiunque stesse lavorando attivamente contro di loro.

Salazar di solito non comunicava direttamente con i falchi, erano i luogotenenti che ascoltavano le loro lamentele e si occupavano dei problemi. Ma quel giorno aveva accettato di incontrarne uno in particolare, a causa di ciò che era successo pochi mesi prima in Venezuela.

«Ne abbiamo la certezza?» chiese Salazar.

«Positivo. Ha avuto un incontro ad Austin con quel rompipalle della DEA, Calum Branch, e anche con un coglione dell'FBI. È rimasta lì almeno quattro ore. Stanno cercando di porre fine alla nostra attività qui ad Austin a causa di ciò che è successo in Venezuela. L'ultima cosa di cui abbiamo bisogno è che quella puttana dica loro qualcos'altro.»

Salazar si appoggiò allo schienale della sedia e guardò il tirapiedi insignificante di fronte a lui. Non si era opposto al piano di dirottamento perché era stato un mezzo per un fine, cioè sbarazzarsi di Hugo Lamas, che era stato una spina nel fianco per suo padre molto prima di venire rinchiuso in prigione. Il Cartello di Sinaloa odiava quello dei Soli, e ogni volta che riuscivano uccidere uno di quei bastardi, la sua giornata diventava migliore.

Era stato un peccato che avessero perso sei dei loro nell'operazione, ma aveva contribuito a selezionare personalmente gli uomini per il dirottamento e li aveva scelti perché erano sacrificabili. Non piangeva la loro perdita, ma non voleva che altri fratelli morissero di conseguenza. Le loro morti erano state onorevoli, ma il loro sacrificio non avrebbe dovuto portare un'attenzione negativa al cartello.

Non avrebbe portato a niente di buono se i Sinaloa avessero avuto ulteriori pressioni sulla loro attività ad Austin. Stavano già perdendo troppo profitto a causa delle misure restrittive al confine e non poteva permettersi di perderne di più.

«Portamela» disse Salazar all'unico membro del gruppo sopravvissuto al dirottamento. «Capirò cosa sa... e se deve morire.»

«Ma posso farla fuori facilmente. Un buco in testa e non sarà più un problema» protestò il falco.

Salazar inarcò un sopracciglio. «Non sei d'accordo con il mio ordine?» chiese in un tono letale e piatto.

«No, certo che no.»

«Bene. Allora vai a prenderla e portala qui. Voglio parlare io stesso a quella troia. Scoprirò cos'ha detto ai federali. Se dovrà sparire per sempre, *farò* in modo che accada.» Si chinò in avanti e inchiodò il falco con uno sguardo mortale. «Non sei un sicario. Ti do questo compito come ricompensa per la tua lealtà e per il buon lavoro che hai fatto ingannando tutti in Venezuela. Ma quando Gillian Romano sarà di fronte a me, mi aspetto che sia illesa. Capito?» La sua minaccia era chiara.

Il falco fece una smorfia, ma annuì. «*Si señor*.»

«Bene. Adesso vattene.»

Salazar si dimenticò del falco non appena la porta del suo ufficio si chiuse. Aveva cose più importanti di cui preoccuparsi di una cazzo di donna, come la spedizione di cocaina da venticinque milioni di dollari che avrebbe dovuto arrivare quel pomeriggio.

CAPITOLO SEDICI

GLI ULTIMI quindici giorni erano stati idilliaci per Gillian. L'unica cosa che avrebbe potuto renderli più belli sarebbe stato riuscire a vedere Walker durante la settimana. Avevano trascorso insieme il weekend dopo la missione, ed era stato più difficile di quanto pensasse tornare a Georgetown la domenica sera.

Ma avevano entrambi un lavoro. Le telefonate e i messaggi erano molto più intimi dopo aver trascorso il fine settimana a fare l'amore, e adorava quel cambiamento.

Walker non aveva scherzato, era molto protettivo e preoccupato per lei. Ma non era stato un peso inviargli brevi messaggi per fargli sapere quando usciva dall'appartamento e quando tornava.

Non gli importava dove andasse, purché tornasse a casa sana e salva. In realtà era stata Gillian a suggerire che forse avrebbero potuto scaricare un'app di localizzazione sul telefono, e lui aveva accettato all'istante.

Quindi ora, in qualsiasi momento della giornata, poteva aprire l'app e vedere esattamente dove si trovasse Walker, e viceversa. Sembrava un po' da stalker, ma Gillian non poteva negare che il fatto che lui sapesse dove fosse in ogni momento, la faceva sentire protetta.

La festa per l'anniversario degli Howard si stava avvicinando rapidamente e dato che coinvolgeva oltre trecento ospiti, le stava prendendo la maggior parte del tempo e delle energie. Stava anche pianificando ed eseguendo altre piccole feste e riunioni, ma erano piuttosto semplici e non richiedevano molti sforzi.

Quel giorno Gillian doveva incontrarsi con la figlia degli Howard presso una società di catering in centro città, per assaggiare diversi tipi di torta e prendere la decisione finale su ciò che avrebbe voluto alla festa di anniversario.

Visto che l'incontro era programmato per le dieci, sperava che il traffico non sarebbe stato troppo intenso in città. Aveva già esplorato la zona e c'era un garage a un isolato da dove si sarebbero incontrate, ed era stato un sollievo. Odiava dover andare in cerca di un posto in cui parcheggiare in centro.

Walker era impegnato con delle riunioni quella mattina, ma decise di chiamarlo brevemente solo per salutarlo. Le aveva detto di farlo ogni volta che avesse voluto e che avrebbe risposto sempre, se non fosse stato occupato.

«Ehi» rispose dopo solo due squilli.

«Ciao» disse Gillian allegramente. Non succedeva spesso di riuscire a parlargli di mattina, quindi era contenta quando accadeva.

«Hai avuto una buona mattinata?» le chiese.

«No.»

«No? Perché? Che è successo?» le domandò preoccupato.

«Non sono riuscita a fare la doccia con il mio ragazzo» rispose imbronciata. «E ho dovuto farmi il caffè, e la mia tazza di Wonder Woman era sporca.»

«Oh, poverina» disse Walker, il sollievo di sentirla scherzare era percepibile nel suo tono. «Sembra che il tuo ragazzo si stia comportando da fannullone.»

Gillian era raggiante, amava i loro scambi di battute. «Non so, però compensa più che bene il fatto di non esserci durante la settimana, quando ci ritroviamo nei weekend.»

«Ah, sì?»

«Oh, sì» confermò lei con emozione. «Com'è stata invece la tua mattinata? E l'allenamento? Hai corso una maratona, così per divertimento?»

Lui ridacchiò. «Solo dieci chilometri. Poi abbiamo fatto qualche giro sul percorso a ostacoli.»

«Qualche?» chiese Gillian. Sapeva che lui e i suoi amici probabilmente l'avevano fatto almeno venti volte di seguito, e forse una buona metà con gli zaini in spalla. Quei ragazzi erano seriamente intenzionati a rimanere in perfetta condizione fisica. Sapeva che non era facile per Walker dato che si stava avvicinando ai quaranta, ma l'aveva visto allenarsi... non aveva alcun dubbio che fosse in forma come i suoi amici più giovani.

«Stai andando ad Austin?» le chiese, distogliendo la conversazione da lui.

Lo faceva spesso e all'inizio l'aveva infastidita perché pensava stesse cercando di non parlare di sé. Ma alla fine si era resa conto che non stava evitando le sue domande, semplicemente non era una persona egocentrica. Una volta le aveva detto che le poneva tante domande perché era più interessato a *lei*; se non poteva essere al suo fianco fisicamente, voleva sapere tutto ciò che stava facendo e pensando. Le sembrava di sentirla più vicina. Come avrebbe potuto ribattere a quella dichiarazione?

«Sì. Sono uscita circa dieci minuti fa. C'è un po' di traffico ma non è poi così male.»

«Non vedi l'ora di mangiare la torta mattutina, vero?» le chiese con una risatina.

Gillian sorrise. Nei fine settimana che avevano passato insieme, Walker aveva scoperto il suo debole per i dolci. La sua colazione ideale era caffè e una ciambella glassata. «Ehi, è un lavoro duro, ma qualcuno deve pur farlo» gli disse.

«Vero.»

«Che hai in programma oggi?» gli domandò.

«Questa mattina riunioni, poi io e i ragazzi andiamo in una delle scuole elementari della base a fare volontariato. Leggeremo ai bambini, cose del genere.»

Immaginarlo seduto su una sedia troppo piccola, a leggere a un gruppo di ragazzini affascinati da qualunque storia avesse scelto di leggere per loro, la fece bagnare tra le gambe. Non era pronta ad avere figli, ma non poteva negare che il pensiero di Walker che teneva in braccio un bambino piccolo, le mettesse in agitazione le ovaie. «Sembra divertente» gli disse.

Rise sbuffando. «I bambini mi spaventano a morte» ammise.

Fu il turno di Gillian di ridere. «Perché?»

«Perché ho paura di dire la cosa sbagliata, che torneranno a casa dicendo una parolaccia che hanno imparato da me e rimarranno traumatizzati a vita. Sono come piccole spugne, assorbono qualsiasi cosa e so che la mia presenza può essere minacciosa. L'ultima cosa che voglio è che imparino qualche brutto atteggiamento da me.»

«Walker» lo rimproverò Gillian. «Sì, intimidisci, ma non in modo negativo. Sono sicura che vedranno che ti preoccupi per loro. Che sei amichevole con i tuoi ragazzi. Che rispetti i loro insegnanti. Non tolleri il bullismo. Saluti il bambino più piccolo della classe con una stretta di mano speciale. Non sono stupidi, sanno quando gli adulti li prendono in giro e tu sei l'ultima persona che farebbe una cosa del genere.»

«Grazie, Di» mormorò.

Gillian sentì una voce in sottofondo dirgli qualcosa a cui lui rispose che sarebbe andato subito. Non fu sorpresa quando tornò al telefono e disse: «Devo andare.»

«Ho sentito.»

«Grazie per aver chiamato. Avevo bisogno di sentire la tua voce stamattina. Potrei essere occupato, ma fammi comunque sapere com'è andata la degustazione e quando stai tornando a casa, ok?»

«Certo. Per la cronaca, comunque, propendo verso la torta al doppio cioccolato, dovrebbe incontrare i gusti della maggior parte delle persone, ma vedremo dopo aver assaggiato tutto. Sei ancora intenzionato a venire da me questo pomeriggio, vero?»

«Non mancherei mai. Se possibile, vedo se posso partire un po' prima per arrivare in tempo per cena. Va bene?»

«Ovvio. Sei sempre il benvenuto.» Gli aveva dato la chiave dell'appartamento il fine settimana dopo che lui le aveva dato quella di casa sua. Da quando era tornato dalla missione, la loro relazione era progredita a una velocità incredibile e Gillian non aveva intenzione di lamentarsi. Odiava dover stare lontana da lui durante la settimana. Non avevano parlato di andare a vivere insieme, ma ogni domenica sera, salutarlo diventava sempre più difficile.

Sapeva che per Walker non era fattibile trasferirsi a Georgetown per vivere con lei quindi, se avessero deciso di portare la loro relazione al livello successivo, toccava a Gillian fare quel passo. Sarebbe stata dura per la sua attività e avrebbe dovuto fare un sacco di chilometri in macchina, ma se glielo avesse chiesto, si sarebbe trasferita da lui l'indomani.

Aveva parlato a lungo con Ann della sua relazione con Walker, pur temendo che la sua amica le dicesse che era pazza e che si stava muovendo troppo in fretta, invece lei le aveva posto una domanda.

«Se dovessi ricevere una telefonata in cui ti danno la più bella notizia che tu abbia mai sentito in vita tua, chi sarebbe la prima persona a cui lo diresti?»

La risposta era stata facile. Walker. Gillian si era sentita in colpa dato che era amica di Ann da tantissimo tempo, ma l'altra donna si era limitata a ridacchiare. «È così che dovrebbe essere quando ami qualcuno. È la prima persona a cui dovresti rivolgerti quando succede qualcosa di bello *o* di brutto. Sai che ti voglio bene, e anche Clarissa e Wendy te ne vogliono, ma praticamente dal momento in cui sei tornata dal Venezuela ci hai detto che pensavi che fosse quello giusto per te. Andare a vivere con Walker, avere una relazione con lui o con chiunque altro, non significa che tu ci voglia meno bene, significa solo che abbiamo più cose su cui spettegolare quando ci vediamo.»

«Gillian?»

Sbatté le palpebre e si rese conto di essersi messa a sognare ad occhi aperti e che non stava più prestando attenzione a Walker al telefono. «Scusa, sono qui.»

«Guida con prudenza e fai attenzione mentre vai e torni dal catering.»

«Lo farò. Ho lo spray al peperoncino che mi hai regalato e mi assicurerò di tenerlo pronto all'uso.»

«Ottimo.»

«Anche se non sono ancora le dieci. Sono sicura che i maniaci omicidi stanno ancora dormendo dato che saranno rimasti svegli a far casino fino alle prime ore del mattino.»

Walker non ridacchiò alla sua battuta. «Le cose brutte non accadono solo in orari specifici.»

«Ma mi dici sempre che è dopo le undici di sera che non succede niente di buono.»

«Ed è vero. Ma non significa che i bastardi non possano essere ubriachi alle nove del mattino, o che non stiano cercando un bersaglio facile per ottenere un po' di soldi per procurarsi la droga di cui hanno bisogno per affrontare la giornata.»

«Ok, ok, ok. Ho capito. Starò attenta. Promesso.»

«Bene.»

«Saluta i tuoi amici da parte mia.»

«Lo farò. Ci sentiamo dopo.»

«Walker?»

«Sì?»

Avrebbe voluto dirgli quanto le mancasse e quanto fosse importante per lei, ma sembrava distratto e sapeva che doveva partecipare a una riunione, e visto che aveva fretta non sembrava il momento migliore. «Buona giornata» disse debolmente.

«Anche a te. Ciao.»

«Ciao.»

Chiuse la chiamata e sospirò. Le piaceva parlare con Walker. Sembrava non fossero mai a corto di argomenti. Ma ora aveva bisogno di concentrarsi sulle auto intorno a lei e trovare il percorso per arrivare all'indirizzo esatto in centro città; con tutte le strade a senso unico, spesso girava in tondo.

Ma per una volta riuscì ad arrivare senza problemi ed entrò nel parcheggio con molto anticipo rispetto all'orario del suo appuntamento. Gillian scelse un posto in cima al garage multipiano, vicino alle porte dell'ascensore. C'erano meno macchine lì sopra, ma andava bene così. Una volta, aveva visto un documentario su alcuni architetti incompetenti che avevano progettato quel tipo di garage ed era crollato, intrappolando e schiacciando le persone ai piani inferiori. Quindi, le pareva più sicuro parcheggiare all'ultimo livello. Sì, la caduta sarebbe stata più lunga, ma almeno sarebbe stata in cima a tutti i detriti.

Le sue amiche la prendevano in giro per essere così paranoica, ma non le importava. Sarebbe stata l'ultima a ridere quando si fosse trovata sopra al mucchio di macerie che un tempo era un parcheggio.

Prese l'ascensore fino al primo piano e si diresse verso il servizio di catering.

Un'ora e mezza dopo, piena di zuccheri per tutte le torte che aveva assaggiato, tornò alla macchina. Si erano accordate per ordinarne due per la festa: una al doppio cioccolato con la glassa sempre al cioccolato, che immaginava sarebbe stata la preferita, e una più semplice alla vaniglia.

Mentre usciva dall'ascensore all'ultimo piano del parcheggio, stava pensando alle cose che avrebbe dovuto ancora finalizzare per l'anniversario degli Howard. Non vide i due uomini mascherati correre verso di lei, finché non fu troppo tardi per fare qualcosa.

Lo spray al peperoncino che Walker le aveva dato era in borsa, ma anche se l'avesse avuto in mano, non avrebbe avuto comunque il tempo di fare nient'altro che prepararsi a proteggersi.

Uno degli uomini l'afferrò per la vita e le mise la mano sulla bocca.

Gillian urlò, ma il suono andò a malapena oltre la macchina accanto alla sua.

Quando iniziò a calciare e lottare, il secondo tizio le afferrò le gambe. La trascinarono su un furgone bianco – che cliché – spingendola dentro quando qualcuno aprì il portello.

Non c'erano sedili nella parte posteriore ed era pieno di tutti i tipi di attrezzi. Aveva visto abbastanza programmi polizieschi da sapere che se fossero riusciti a portarla fuori dal garage, sarebbe stata praticamente morta. Avrebbero potuto portarla nel bel mezzo del nulla. Dio sapeva che c'erano un sacco di posti in Texas completamente isolati, anche intorno ad Austin, da cui non avrebbe avuto la minima speranza di scappare.

In preda al panico, lottò con tutta se stessa e capì di aver colpito in qualche modo i suoi rapitori perché ci furono molti grugniti e parolacce da parte loro.

«Tienila giù!» disse uno.

«Ci sto provando!» rispose l'altro.

«Tramortiscila!» ordinò una terza voce.

Nella sua coscienza la registrò come femminile, e fu uno shock, perché per un secondo le sembrò familiare, ma poi non riuscì a pensare a nient'altro che al dolore quando le arrivò un pugno sullo zigomo.

Momentaneamente stordita, smise di combattere. Il portellone venne chiuso e sentì il rombo del motore quando misero in moto.

No!

Ricominciò di nuovo a lottare, ma a causa di quell'attimo di pausa, gli uomini presero il sopravvento. Uno le afferrò i polsi e l'altro li legò insieme; glieli strinse così tanto che strillò di dolore.

«Chiudi il becco» le ringhiò in faccia uno dei rapitori.

Lei gli sputò addosso.

L'uomo imprecò, e l'ultima cosa che Gillian vide fu il suo pugno che la colpiva sul viso.

Trigger non riusciva a concentrarsi sul libro che stava leggendo al gruppo di alunni di seconda elementare riuniti intorno a lui. Lo avevano sistemato in un angolo della classe con cinque bambini, e nonostante adorasse il loro entusiasmo e il modo in cui pendevano dalle sue labbra, non riusciva a smettere di pensare a Gillian.

Erano le due e avrebbe già dovuto essere a casa, dato che l'appuntamento con il catering doveva essere terminato da un bel po'.

Ma ogni volta che controllava l'app sul telefono, indicava che si trovava ancora nel parcheggio. Pensò che avesse dimenticato il telefono in macchina e magari portato il suo cliente a pranzo, dopo aver scelto la torta per la festa.

Ma non aveva molto senso. Gillian teneva *sempre* il cellulare con sé. In quanto titolare di una piccola impresa, faceva affidamento su e-mail e telefono per parlare con clienti vecchi e nuovi. Poteva averlo silenziato durante l'incontro, ma non se lo dimenticava mai. Vedere quell'icona lampeggiante sull'app che dimostrava che il suo telefono non si era spostato, molto tempo dopo la fine prevista della degustazione, non aveva senso per lui.

Non aveva nemmeno avuto la possibilità di controllare fino a mezzogiorno, quando il team era stato congedato per poter mangiare un boccone prima di andare alla scuola elementare. All'inizio non aveva dato molto peso al luogo in cui era localizzato il suo telefono, finché non aveva ingrandito l'immagine rendendosi conto che si trovava nel parcheggio.

Non era giusto nei confronti dei ragazzini, ma Trigger lesse il libro che aveva tra le mani il più velocemente possibile. Non riusciva a non pensarci. Quando ebbe finito, si alzò e si prese un momento per elogiare ciascun bambino intorno a lui, poi si avviò verso la porta. Fece il segnale tattico di "pericolo" a Lefty prima di uscire dall'aula.

Non si preoccupò di mandarle un messaggio, toccò il nome di Gillian sul cellulare e se lo portò all'orecchio. Con quella brutta sensazione che gli strisciava sottopelle non si aspettava che lei rispondesse. E aveva ragione, non lo fece. La segreteria telefonica partì dopo cinque squilli. Lasciò un breve vocale dicendole che era preoccupato per lei e di richiamarlo il prima possibile. Poi le inviò un messaggio di testo scrivendo la stessa cosa.

Per quando finì, due dei suoi compagni lo avevano raggiunto nel corridoio.

«Che problema c'è?» chiese Lefty, andando subito al dunque.

«Non lo so. È Gillian. Aveva un appuntamento in centro stamattina e ormai dovrebbe aver finito. L'app di localizzazione mostra che si trova nel parcheggio adiacente. O per lo meno, il suo telefono è lì.»

«Hai provato a chiamarla?» si informò Grover.

Trigger annuì. «Nessuna risposta.»

«La polizia?» incalzò Lefty.

«Sai bene quanto me che mi direbbero che è un'adulta e che non deve riferirmi ogni sua mossa. Dev'essere scomparsa per ventiquattro ore prima che prendano in considerazione la mia denuncia» disse Trigger.

«Ma potrebbero fare un controllo, giusto?» domandò Grover.

«Forse. Sto andando laggiù.»

«Vuoi che veniamo anche noi?»

Trigger annuì. «Se la mia fosse una reazione eccessiva e non dovessero esserci problemi, possiamo cenare insieme. Il mio borsone è già in macchina, dato che sarei comunque andato da lei più tardi.»

«Ma se *ci sono* problemi, saremo lì per coprirti le spalle» disse Grover, che aprì la porta dell'aula per far un cenno al resto della squadra in modo che capissero che dovevano andarsene. In un attimo, Trigger era circondato da uomini che non ci avevano pensato due volte ad andare in suo aiuto, anche se non sapevano quale fosse il problema.

Lefty spiegò la situazione e nel giro di cinque minuti si erano ammassati tutti sui veicoli di Trigger e di Doc per fare il viaggio fino ad Austin.

Stava guidando troppo veloce ma non gli importava. Più si avvicinavano ad Austin, e ad ogni chiamata senza risposta, nel profondo sapeva che era successo qualcosa.

Era stata molto precisa nel fargli sempre sapere dove si trovasse. La situazione in Venezuela l'aveva spaventata, ma Trigger non pensava che avesse cambiato radicalmente il modo in cui vedeva il mondo. Era una delle tante cose che amava di lei.

Cazzo. L'amava.

Dal primo momento in cui si era spinto dentro il suo corpo, era stata sua in un modo in cui nessuna donna era mai stata prima.

Gillian vedeva ancora il buono nelle persone. Nel mondo. Aveva una visione intrinsecamente positiva della vita e pensava che tutti avessero del buono in loro, che tutti fossero recuperabili. Trigger sapeva che non era così, ma trovava affascinante la sua innocenza.

Sperava solo che non l'avesse fatta uccidere.

———

Gillian riprese conoscenza all'improvviso. Non era confusa, sapeva esattamente cosa fosse successo, ma non riusciva a capirne il *motivo*.

Strizzò gli occhi, si guardò intorno e si sentì gelare il sangue.

Si trovava in una specie di casa fatiscente, ma non aveva idea di dove fosse. Tutto intorno a lei c'erano detriti e spazzatura, oltre a qualche mobile malandato. Era seduta su una sedia di legno molto scomoda con le braccia legate dietro la schiena e le caviglie assicurate alle gambe della sedia.

Ma la cosa più spaventosa di quella situazione era il telo di plastica sotto ai suoi piedi.

Non era stupida, aveva guardato *Dexter*, sapeva cosa significasse. Era un modo per racchiudere il suo DNA così che non rimanesse traccia della sua presenza.

Rabbrividì di paura, iniziò a tremare senza riuscire a smettere.

In quel momento la porta si aprì e fissò, tremando ancora di più, gli uomini che entravano. Dopo solo uno sguardo, capì che quello davanti a tutti non provava alcuna simpatia per lei. Era ispanico, aveva i capelli scuri e gli occhi neri inespressivi; era come se la guardassero dentro, e non vedevano Gillian Romano, ma un nemico.

Sentirsi così odiata e disprezzata non era un sentimento con cui aveva familiarità. Era una brava persona. Faceva il possibile per piacere agli altri e per metterli a loro agio. Non aveva idea di cosa avesse potuto fare a quell'uomo per farsi odiare così tanto.

«Quindi tu saresti Gillian» disse, dopo essersi fermato davanti a lei.

Leccandosi le labbra, annuì, grata di non essere stata imbavagliata, ma non riuscì a far funzionare la voce.

«Ho sentito che hai chiacchierato con i federali e la DEA.»

Sbatté le palpebre sorpresa. Non sapeva perché fosse stata portata via dal parcheggio, ma di certo non era ciò che si aspettava dicesse.

Quando lei non rispose, l'uomo inclinò la testa e la studiò. Dopo un momento le chiese: «Non hai idea di chi sono, vero?»

Gillian scosse la testa.

«Il nome Salazar ti dice qualcosa?»

Provò a spremersi le meningi, ma non le venne in mente nessuno che potesse aver incontrato con quel cognome, e alla fine scosse la testa ancora una volta.

L'uomo ridacchiò, ma non era esattamente un suono divertito. «Penso che tu sia l'unica persona nel raggio di duemila chilometri da Austin, che non abbia mai sentito parlare di me» ribatté.

Odiava sentirsi svantaggiata.

«Mi dispiace, signor Salazar, di solito sono molto brava con i nomi e le facce. Se ci siamo già incontrati, ho dimenticato le circostanze.»

Le sue scuse sembrarono divertirlo di più.

«Il mio nome è Alfredo Salazar.» Fece una pausa, come se pensasse che conoscere il nome di battesimo le avrebbe risvegliato la memoria. Quando lei non disse niente, continuò: «Sono il leader del Cartello di Sinaloa qui in Texas... in realtà, in tutta la parte meridionale degli Stati Uniti.»

Gillian spalancò gli occhi. *Oh, merda. Merda, merda, merda.* Non guardava molto il telegiornale perché era troppo deprimente, ma di recente aveva approfondito la sua conoscenza sul cartello della droga di Sinaloa, grazie al dirottamento e a qualche ricerca su Internet.

«Vedo che ti dice qualcosa» disse. «Ricominciamo. So da fonti sicure che hai parlato di noi con i federali e la DEA.»

Cercò di deglutire, ma la sua bocca era troppo secca.

«Voglio sapere cos'hai detto loro. Cosa sai. E se penso che tu non sia onesta con me, allora il mio amico qui» indicò uno degli uomini che si era messo dietro di lei, vicino alla spalla destra, «ti staccherà un dito. Poi se penso che mi nascondi qualcosa, forse ti staccherò un orecchio. O un dito del piede. Posso fare questo gioco tutto il giorno.» Gillian non aveva alcun dubbio che avrebbe messo in atto la sua minaccia. «Allora... cos'hai raccontato di noi?»

«Ni-niente» balbettò. «Voglio dire, in realtà non mi hanno chiesto di voi, della vostra organizzazione.»

Salazar annuì all'uomo in piedi dietro di lei e prima che potesse sbattere le palpebre, le prese la mano e premette un enorme coltello contro la base del pollice.

«Mi è stato detto che fa un male cane» disse Salazar in modo pratico.

«Lo giuro, non mi hanno affatto chiesto del cartello!» gridò. «Volevano parlarmi dei passeggeri sull'aereo. È così! Ho dovuto guardare le foto di ognuno di loro e dire cosa ricordavo. Stanno cercando di capire chi sia il settimo dirottatore. È tutto!»

Il tizio con il coltello continuava a tenerglielo contro il pollice; non l'aveva ancora tagliata, ma sapeva di essere a un secondo dal perdere un dito. L'acciaio freddo contro la carne stava inducendo il suo cervello a pensare che glielo *stesse* tagliando, soprattutto perché non poteva vedere le mani dato che erano legate dietro di lei.

«E chi pensi che sia?» chiese Salazar.

«Non lo so» piagnucolò Gillian, spaventata a morte. «Forse Leyton. Si è comportato in modo davvero strano e mi ha fatto accapponare la pelle. Ma come ho detto *loro*, non ho passato del tempo con gli uomini, quindi non ho saputo dire molto.»

«Ma hai passato molto tempo con le donne, vero?» incalzò.

Annuì. «Certo. Ci hanno tenuti separati.»

«Pensi forse che sia Alice? O Janet? Magari Maria Gomez?»

Gillian non aveva idea di come quell'uomo conoscesse i nomi degli altri passeggeri, ma non avrebbe dovuto sorprenderla. Chiunque fosse il settimo dirottatore aveva di sicuro passato le informazioni su ciò che accadeva all'interno dell'aereo.

«Non lo so» disse di nuovo. «Sono solo un'organizzatrice di eventi. Non un investigatore.»

Il capo del cartello la studiò così a lungo che Gillian ebbe paura persino di respirare. L'uomo che le teneva la mano aveva una presa ferrea, e sapeva che non avrebbe potuto fare un accidente se Salazar avesse deciso di farle tagliare il pollice.

«Cosa stavi facendo ad Austin oggi?» le domandò infine.

«Ho avuto un incontro con una cliente per decidere il tipo di torta da servire alla festa di anniversario dei suoi genitori.»

«Non ti sei incontrata di nuovo con i federali?»

«No! Non li ho più sentiti dal colloquio di circa un mese fa» rispose.

«E suppongo che tu non sappia che il servizio di catering che hai visitato, si trova proprio nel bel mezzo del quartier generale della droga di Austin, vero?» disse l'uomo con voce strascicata.

Gillian sbatté le palpebre sorpresa. *Non* lo sapeva. Non aveva motivo di *conoscere* quel piccolo fatto.

«Cristo» borbottò Salazar scuotendo la testa. «Sei la personificazione del privilegio bianco, eh?»

Non aveva idea di cosa stesse parlando, quindi non poté dirsi d'accordo o in disaccordo, ritenendo che quella fosse la cosa più sicura da fare al momento.

«Vivi nel tuo mondo bianco come un giglio, senza mai preoccuparti che qualcuno ti possa sparare a causa del colore della tua pelle. Non devi mai impensierire la tua testolina sul fatto di trovarti nella parte sbagliata della città, perché i tuoi capelli biondi e gli occhi verdi in qualche modo ti salveranno. Anche nel bel mezzo di un cazzo di dirottamento ne sei uscita vincitrice, essendo stata scelta per parlare con le autorità.» Fece una smorfia disgustata. «Hai mai fatto uso di droghe, signorina Romano?»

Gillian scosse la testa.

«Non hai nemmeno mai fumato una canna?» insistette.

La scosse di nuovo.

«Mai stata tentata?»

Negò ancora.

«C'è sempre una prima volta» disse tranquillo Salazar. Si accovacciò un po' distante da lei, senza toccare il telo di plastica che era sotto i suoi piedi. «Tutti dicono che la droga ti fa stare di merda. Che è il male. Ma quello che non sai è quanto ti possa far sentire *meravigliosamente bene* un po' di cocaina. È una sensazione bellissima, euforica. Non c'è niente di meglio del primo sballo. Passerai il resto della tua vita inseguendo la sensazione che hai avuto la prima volta che ti sei fatta. Non vuoi sentirti bene, Gillian?»

Odiava il modo in cui il suo nome suonava sulle sue labbra. In apparenza, Alfredo Salazar era di bell'aspetto, ma percepiva quanto fosse profondamente malvagio. Non avrebbe esitato a farla uccidere. Amava il denaro e il potere, punto. Tutto ciò che riuscì a fare fu fissarlo terrorizzata. Non voleva che lui la costringesse a farsi di cocaina. O di qualsiasi altro tipo di droga. Non voleva essere dipendente. Non quando tutto nella sua vita stava andando così bene.

«Guardati, il tuo cuore batte così forte che quasi ti esce dal petto. Sei come un cane randagio, troppo spaventata per muoverti, ma anche terrorizzata di restare dove sei. Sul serio non hai idea di chi fosse il terrorista su quell'aereo, vero? Tra tutte le persone con cui hai stretto amicizia, non sai chi sia quella che vuole vedere te e tutti gli altri morti.»

«No» sussurrò Gillian.

«E lo hai detto anche alle autorità, giusto?»

Lei annuì.

«Scommetto che li ha fatti incazzare» mormorò.

«Non erano entusiasti» ammise esitante. Aveva odiato deluderli, ma aveva raccontato loro tutto ciò a cui era riuscita a pensare. Sapeva che niente di ciò che aveva detto era stato d'aiuto. Erano stati educati e l'avevano ringraziata per le sue informazioni, ma in fondo era consapevole di averli delusi.

Salazar scosse la testa e mormorò più a se stesso che a lei: «Maledette stronze e i loro drammi.» Poi fece un cenno con il mento, e il tizio che teneva il coltello contro la sua mano si spostò. Tirò un sospiro di sollievo, ma durò solo un attimo perché sempre lo stesso uomo, le prese la testa e gliela inclinò all'indietro.

Gillian perse di vista Salazar e cercò di divincolarsi, ma con le mani legate dietro e le gambe immobilizzate, era impotente. Non aveva alcuna possibilità di proteggersi.

«Rilassati, *chica*» disse Salazar. «Ti credo. Mi scuso per il disagio che ti abbiamo arrecato. Avrei dovuto esaminare meglio la situazione prima di credere a uno dei miei falchi. Ma questo non cambia il fatto che non posso riportarti semplicemente nel tuo mondo di ignoranza.»

«Per favore, non uccidetemi» sussurrò Gillian mentre fissava il soffitto. «Non dirò nulla di quello che è successo. Accidenti, non *so* nemmeno cosa sia successo o perché.»

Sentì Salazar ridacchiare. «Mi dispiace, ma non ti credo. Lo dirai a qualcuno. Un amico, un fidanzato, i poliziotti, *qualcuno*, e poi dovrei occuparmi della cosa, insieme a tutte le altre stronzate che ho nel piatto in questo momento. Ma... non posso fare a meno di essere affascinato dall'innocenza e dalla bontà che ti avvolge come un cazzo di mantello.»

Gillian rabbrividì quando sentì un dito tracciare la sua gola vulnerabile. Salazar si era ovviamente alzato e avvicinato. Con la testa piegata indietro, era completamente alla mercé di quell'uomo. «Ero come te... una volta. Ma è finita al mio nono compleanno, quando mi hanno introdotto a quella che sarebbe stata la mia vita. Ho visto per la prima volta uccidere un uomo quel giorno. Se lo meritava per aver fatto la spia sul Cartello di Sinaloa, ma è stato... scioccante, vedere il sangue sgorgare da lui e guardarlo contorcersi sul pavimento, implorando pietà.»

Gillian non riuscì a trattenere le lacrime che le scesero dagli occhi. Avrebbe voluto essere coraggiosa. Essere il tipo di persona che sapeva spaccare culi come quelle dei libri che leggeva. Ma non lo era. Era legata e indifesa. A quel punto non aveva nemmeno idea se Walker o chiunque altro sapesse che era scomparsa.

«Tra un attimo ti verrà offerto un drink. Lo berrai senza creare problemi. Tutto. Ogni goccia. Capito?»

Non voleva farlo. Sapeva che qualunque cosa ci fosse nel bicchiere era probabilmente avvelenata e che quelli erano letteralmente i suoi ultimi secondi di vita.

«Vedo la tua mente fare gli straordinari. Non ti ucciderà. È Roipnol. Ti rilasserà. Tra quindici o venti minuti ti addormenterai e non ricorderai cos'è successo qui. Non sarai in grado di dire nulla alla polizia di me o di quello di cui abbiamo parlato. Sarà come se non fosse mai successo. È nel tuo interesse. O lo farai... o il mio luogotenente ti taglierà la gola lasciandoti morire dissanguata.»

Salazar si chinò su di lei finché Gillian non guardò nei suoi letali occhi castani. «Ma questo è il tuo unico pass gratuito, signorina Romano. Se dovessi venire a sapere che in qualche modo ti sei ricordata della nostra chiacchierata di oggi e hai raccontato tutto, non ti andrà altrettanto bene la seconda volta. E mi risulta che tu abbia anche dei buoni amici in zona, giusto? Non vorrai mica che le tue amiche – la signorina Pierce, la signorina Reed o la signora Thomas – abbiano un incidente, vero?»

Il pensiero di Ann, Wendy o Clarissa nelle mani di quel mostro senza cuore le fece venire da vomitare. Gillian scosse la testa come meglio riuscì.

«Bene. Quindi la pensiamo allo stesso modo. Adesso bevi.»

Prima che potesse essere d'accordo o meno, qualcuno le posò un bicchiere di plastica contro le labbra, e lo scagnozzo che le teneva la testa schiacciò un punto nella sua mascella che la fece gridare di dolore. Così, mentre aveva la bocca aperta, l'altro tizio inclinò il bicchiere e lei non ebbe altra scelta che bere.

Aveva un sapore orribile e bruciava mentre le scendeva in gola. Per un secondo, pensò che l'avessero costretta a bere acido o antigelo o qualcosa del genere, ma quando inspirò dal naso mentre deglutiva, capì che era qualcosa di alcolico. Forse tequila.

Sputò e si soffocò ma gli uomini non cedettero. Quando la lasciarono andare, era bagnata dal mento all'ombelico. Provò a respirare, ma ebbe un conato.

Una mano enorme le coprì la bocca da dietro e quando fissò Salazar lui disse: «Se lo vomiti, dovrai inghiottirlo di nuovo. Non posso lasciare che il buon vecchio Roipnol vada sprecato.»

Costringendosi a fare un bel respiro attraverso il naso, cercò di reprimere il bisogno di vomitare. Quando l'uomo finalmente la lasciò andare, inspirò subito e chiese: «E adesso?»

«Adesso? Aspettiamo che ti addormenti. Poi i miei uomini troveranno un bel posto tranquillo dove lasciarti. Non vogliamo che qualche spacciatore di droga ti trovi svenuta, vero? Potrebbero non essere gentili con te come lo sono stato io.»

Gillian avrebbe voluto strappargli gli occhi, ma non poté fare altro che stare lì ad ascoltare.

«Solo perché ho commesso un errore per aver creduto al mio falco e averti fatta portare qui, non significa che non ti tenga d'occhio. Comportati da brava ragazza, torna nel tuo mondo di bianchi privilegiati e rimani lì. Capito?»

Gillian non aveva idea a cosa si riferisse riguardo al falco, ma annuì lo stesso. Era comunque terrorizzata da quello che le sarebbe potuto succedere una volta persi i sensi. L'alcol le stava andando dritto alla testa, ma era la droga che era stata costretta a ingerire a preoccuparla di più.

Sapeva delle donne che venivano drogate con il Roipnol nei club; era una famosa droga da stupro. E non voleva dimenticare ciò che era successo lì, le sembrava molto, molto importante ricordarlo.

Mentre scorrevano i minuti, ripeté in continuazione nella sua testa delle parole nella vana speranza che forse, una volta svegliata, il suo subconscio sarebbe stato in grado di ricordarle.

Salazar, falco, Salazar, falco, Falazar, salco...

La stanza aveva iniziato a girare.

«Ci siamo, Gillian. Chiudi gli occhi e dormi. Quando ti sveglierai, sarà stato tutto un brutto sogno.»

Fece come gli era stato ordinato, con la sensazione che il suo corpo appartenesse a qualcun altro. *Salafar, fanzar...*

Gillian cercò di resistere, di memorizzare ciò che le sarebbe servito prima di dimenticarlo completamente, ma era troppo tardi.

Salazar aspettò finché non fu sicuro che la stronza fosse fuori combattimento prima di fare un cenno ai suoi luogotenenti. «Portatemi la Vilchez non appena la trovate. Primo, le avevo detto di portarmi la donna illesa e quei lividi sul viso faranno incazzare il suo uomo, che è *l'ultima* cosa di cui abbiamo bisogno. Secondo, quest'incontro è stato inutile e potenzialmente pericoloso per la nostra organizzazione. Lei è già sul radar dei federali e il suo nuovo fidanzato è uno degli uomini che hanno eliminato Luis e gli altri. Ho fatto il possibile per limitare i danni, ma rimane la possibilità che ricordi qualcosa e parli. Vilchez ha *molto* di cui rispondere.»

«*Sì, señor*» dissero gli uomini all'unisono.

«Dove vuole che la portiamo?» chiese l'uomo che aveva fatto ingoiare a Gillian il drink drogato.

«Non m'importa. In qualche posto senza telecamere» disse Salazar con impazienza, poi si voltò e lasciò la stanza. Era incazzato per aver sprecato il suo tempo con quella roba. Aveva cose più importanti da fare, ovvero distribuire in strada i milioni di dollari in cocaina che gli avevano consegnato il giorno prima.

In un modo o nell'altro si sarebbe occupato della Vilchez. Era imperativo assicurarsi che i suoi falchi sapessero quale fosse il loro posto, e punirla sarebbe servito a ricordare come dovevano servire il Cartello di Sinaloa: osservando e riferendo in modo che potessero mantenere un basso profilo. Non mentire su ciò che avevano visto o sentito, per vendetta personale.

Sinaloa veniva per primo, punto. Quando un falco accettava di lavorare per Salazar, metteva i propri bisogni al secondo posto rispetto a quelli del cartello. Un promemoria sarebbe stato un bene per tutti.

I falchi per paura avrebbero pensato prima di agire.

I sicari avrebbero avuto la possibilità di praticare le loro tecniche di interrogatorio.

E i luogotenenti avrebbero imparato a pensarci due volte prima di portare stupidaggini alla sua porta.

Scuotendo la testa, Salazar si diresse sicuro alla macchina che aspettava sul marciapiede. La sua Mercedes era fuori posto in quel quartiere fatiscente, ma nessuno avrebbe detto una parola, ne era certo. Possedeva quella parte della città. La metà dei residenti lavorava per lui e l'altra metà aveva bisogno della droga che forniva.

Scacciando dalla mente i pensieri su Gillian Romano, si sistemò sul sedile in pelle della sua macchina e fece un cenno all'autista. Quel piccolo incontro era stato una pausa divertente dalla sua normale routine, ma anche fastidiosa, in primo luogo perché ora doveva affrontare il motivo per cui era accaduto.

«Maledette stronze e i loro drammi» mormorò per la seconda volta quel pomeriggio, prima di prendere uno dei suoi tanti cellulari non rintracciabili e chiamare un altro dei suoi luogotenenti. Era ora di tornare a lavorare, vendere droga e fare soldi.

CAPITOLO DICIASSETTE

Cinque ore.

Era il tempo trascorso da quando Trigger aveva pensato che Gillian fosse scomparsa.

Lui e il suo team erano andati dritti al parcheggio dove risultava localizzato il suo telefono, e dopo averlo setacciato, avevano trovato la sua macchina all'ultimo piano. Gettata sotto un'auto vicino agli ascensori c'era anche la sua borsa, con dentro il cellulare e lo spray al peperoncino.

L'app diceva che il telefono era lì dalle undici e trentatré e ora erano le quattro e mezza. Si sentiva morire e non aveva idea di cosa fare per trovarla. Avevano chiamato la polizia non appena trovata la borsa e capito che era davvero scomparsa, ma cercare qualcuno richiedeva tempo. Tempo che Gillian poteva non avere.

Aveva raccontato alla polizia il più possibile di ciò che era successo un paio di mesi prima, che era stata tenuta in ostaggio e che non avevano ancora identificato il settimo dirottatore, ma sapeva che niente di tutto ciò sarebbe stato d'aiuto. Lucky aveva chiamato l'agente della DEA che aveva interrogato Gillian e si era messo in contatto con l'FBI, ma in ogni caso, non succedeva nulla velocemente con quegli apparati burocratici e il pensiero che lei fosse nelle mani del cartello della droga, gente che non si era fatta problemi a uccidere civili innocenti sull'aereo, gli divorava l'anima.

«La troveremo» disse Grover calmo, mentre si trovava accanto a lui all'ultimo piano del garage. Trigger non aveva voluto andarsene dato che era l'ultimo posto in cui era stata Gillian. Le telecamere di sorveglianza avevano un timer, e nel momento esatto in cui la sua donna era stata rapita, quei maledetti affari erano puntati dall'altra parte del garage. Quando erano tornate a inquadrare quella zona, lei era sparita.

Aveva promesso di tenerla al sicuro, ma come diavolo poteva farlo se non aveva idea da *chi* dovesse tenerla al sicuro?

«Trigger? Mi hai sentito?» gli chiese Grover.

Lui annuì. Quelle parole erano le solite frasi fatte, sapevano entrambi che il suo amico non avrebbe potuto promettere che l'avrebbero trovata. Ogni giorno scomparivano migliaia di persone dalla faccia della terra, uccise da sconosciuti o anche da qualcuno che conoscevano e amavano; i loro corpi venivano sepolti o smembrati e gettati via come spazzatura.

Il pensiero che la sua Gillian venisse scaricata in quel modo era straziante.

All'improvviso, Lefty che si trovava dall'altra parte del parcheggio a cercare indizi, corse verso di loro esclamando: «Porca puttana, Trigger!»

Il suo cuore smise di battere.

«È stata trovata una donna dall'altra parte della città» gli disse eccitato. «In un parcheggio. Era a terra tra due macchine, priva di sensi. Pensano che sia Gillian!»

«È viva?» si costrinse a chiedere.

«Sì. La stanno portando al St. David's a nord.»

Partì prima che Lefty finisse di parlare.

Gillian era viva. Quella era l'unica cosa che gli importava al momento.

Brain si mise al volante della Blazer di Trigger e guidò come un pazzo fino all'ospedale; non si preoccupò di parcheggiare, ma si fermò davanti all'ingresso del pronto soccorso per far uscire tutti.

Trigger si ripromise di ringraziarlo in seguito, ma per ora era concentrato a raggiungere Gillian.

Andò verso la donna al banco dell'accettazione e mentre si avvicinava la vide spalancare gli occhi allarmata, ma non rallentò.

«Gillian Romano» sbraitò. «Devono averla appena portata dentro. L'hanno trovata priva di sensi in un parcheggio. Dov'è?»

La donna si schiarì la gola e disse: «Mi dispiace, signore, se vuole sedersi, vedrò cosa posso scoprire su di lei. È un famigliare?»

«Sì.» La bugia uscì senza esitazione. «Sono suo marito.»

Sembrò scettica, ma non lo smentì. «Ok, come ho detto, se vuole sedersi sarò da lei il prima possibile.»

«No» disse scuotendo la testa. «Devo stare con lei adesso. Dev'essere spaventata a morte.»

La donna aprì la bocca, probabilmente per proibirglielo ancora una volta, quando dietro di loro si sentì un po' di trambusto.

Voltandosi, Trigger riconobbe subito Gillian sdraiata sulla barella che stavano trasportando dentro al pronto soccorso. In qualche modo erano riusciti ad arrivare prima dell'ambulanza.

Senza esitare, andò verso la donna che le aveva rubato il cuore.

«Stia indietro, signore» sentì qualcuno dire, ma non lo ascoltò. Non poteva.

«Gillian?» chiamò, una volta vicino.

Lei voltò la testa e nel momento in cui la guardò, Trigger avrebbe voluto uccidere qualcuno. Aveva un occhio nero e un livido sullo zigomo.

Ma furono i chiari segni di dita sul suo collo a fargli vedere rosso.

«Walker?» gracchiò lei e gli tese la mano.

Entrambi i paramedici voltarono la testa verso di lui nello stesso istante in cui gli addetti alla sicurezza si avvicinarono al gruppo. Trigger sapeva che la sua squadra era stata alle sue spalle per tutto il tempo, e probabilmente creavano un impatto visivo piuttosto imponente per le persone all'accettazione.

Ma prima che potesse essere allontanato, uno dei paramedici sollevò una mano. «Lui può stare» disse, fermando di colpo gli agenti della sicurezza. «Non ha detto molto da quando si è risvegliata in ambulanza, ma ha riconosciuto lui. Lasciatelo passare.»

Grato del permesso, Trigger non esitò, andò dritto al fianco di Gillian e le prese la mano. Cercò di valutare il suo stato, ma quando lei piagnucolò, non riuscì a guardarla da nessun'altra parte se non negli occhi. «Sono qui, Di,» la rassicurò con dolcezza. «Va tutto bene. Sono qui.»

«Walker» disse un'altra volta.

«Cammini con noi» ordinò il paramedico, Trigger annuì senza distogliere lo sguardo dalle pupille dilatate di Gillian.

«Va tutto bene» ripeté mentre camminava accanto alla barella, tenendole la mano. Non ebbero la possibilità di dire nient'altro perché la portarono in una stanza e la spostarono dalla barella al letto. La presa di Gillian sulla sua mano era quasi dolorosa, ma non si sarebbe lamentato per niente al mondo.

A parte i lividi sul viso e sulla gola sembrava a posto. Si voltò per ascoltare un paramedico informare il dottore che era entrato nella stanza.

«La paziente si chiama Gillian Romano, età sconosciuta, dato che non ha saputo dirci altro che il suo nome. È stata trovata priva di sensi in un parcheggio a sud della città. Oltre ai lividi superficiali, non abbiamo trovato altre ferite evidenti. Niente ossa rotte e non sente dolore da nessuna parte, da quello che possiamo dedurre. La frequenza cardiaca e la pressione arteriosa sono alte, ma molto probabilmente perché sembrava non sapere dove si trovasse o cosa stesse accadendo quando ha ripreso conoscenza. Abbiamo iniziato una flebo, ma sospettiamo che sia sotto l'effetto di stupefacenti o abbia ingerito qualche tipo di farmaco.»

Trigger ascoltò con un misto di orrore e sollievo.

Il dottore annuì. «Infermiera, per favore faccia un esame del sangue completo e vediamo se riusciamo a farci dire cos'ha preso. Vorrei che venisse fatto anche un kit stupro, per ogni evenienza. Potrebbe aver bisogno di una risonanza magnetica per essere sicuri che non abbia battuto la testa. Gillian, può guardarmi? Cos'è successo?»

Invece di guardare il dottore, tenne gli occhi incollati a quelli di Trigger e lui odiava, *odiava*, quello sguardo terrorizzato. «Va tutto bene, tesoro. Ora sei al sicuro. Puoi dirci cos'è successo?»

Lei scosse la testa.

«Sei al sicuro» ribadì.

«Non ricordo» sussurrò. «Te lo direi se potessi, ma non

ricordo niente. Tutto quello che so è che mi sono svegliata in ambulanza e che mi fa male la testa.»

Trigger sentì una stretta allo stomaco. «Qual è l'ultima cosa che ricordi?»

Gillian deglutì a fatica e chiuse gli occhi. Dopo un momento li aprì e disse: «Ero in macchina, e parlavo con te al telefono.»

«Stavi andando al catering per assaggiare le torte per la festa dell'anniversario degli Howard» le suggerì.

Lei sbatté le palpebre. «Non lo ricordo. Ci sono arrivata?»

«Sì. Hai parcheggiato nel garage vicino e hai incontrato la figlia degli Howard. Avete scelto due torte diverse.» Sapeva tutte quelle cose perché aveva parlato lui stesso con il responsabile del catering, per verificare che Gillian fosse effettivamente arrivata lì.

«Non ricordo» piagnucolò.

Le sfiorò lievemente il viso con il dorso della mano. «Ti fa male?»

Scosse la testa, ma sussultò quando vi premette contro le dita. «Mi fa male la gola e mi sento come se avessi i postumi di una sbornia.»

«Se per favore si sposta, dobbiamo esaminarla» disse l'infermiera con impazienza.

Trigger, riluttante, le lasciò la mano e si spostò di lato e lei iniziò subito a tremare. Avrebbe voluto rimettersi al suo fianco, ma si costrinse a restare dov'era. Era già fortunato che lo avessero lasciato restare nella stanza e non voleva fare nulla per farsi cacciare dal dottore.

Osservò mentre le rimuovevano i vestiti per metterli in un sacchetto che sarebbe stato ritirato in seguito dalla polizia.

«Bagnata» disse l'infermiera mentre le tagliava la

maglia. «Puzza anche di alcol. Aveva bevuto prima che succedesse?» le chiese.

Gillian scosse la testa, ma tenne gli occhi chiusi mentre il suo corpo veniva maneggiato dal personale medico.

«Ha segni di legature intorno ai polsi e alle caviglie» aggiunse l'infermiera. «Sono lividi, ma la pelle non è escoriata.»

«Abbiamo bisogno di foto per il detective assegnato al suo caso» disse il medico.

Stavano parlando come se Gillian non fosse lì. Come se non potesse sentire ogni parola che dicevano. Ciò lo fece infuriare, ma rimase tranquillo.

Ovvero, rimase tranquillo fino a quando non arrivò il momento di fare l'esame per accertare l'eventuale stupro e l'infermiera cercò di cacciarlo fuori dalla stanza. «Deve uscire, signore» gli ordinò con fermezza.

Facendo di tutto per non perdere il controllo, Trigger si avvicinò al letto e prese di nuovo la mano di Gillian. «Vuoi che me ne vada, Gilly?» le chiese con dolcezza.

Lei spalancò gli occhi e scosse freneticamente la testa. «No! Non andartene! Per favore!»

«Rimango» disse con decisione all'infermiera.

Lei strinse le labbra ma non insistette.

«Sono stata violentata?» chiese spaventata, fissandolo negli occhi.

Trigger si sedette su una sedia accanto alla sua testa e le mise una mano sul lato sano del viso. «È solo una precauzione.»

«Ma è successo?» insistette. «Non ricordo niente. Non mi fa male... lì. Qualcuno mi ha toccata quando ero incosciente? Non credo di essermi ubriacata nel bel mezzo della giornata... ma magari l'ho fatto?»

«*Shhh*, tesoro. Non agitarti.»

«Non riesco a ricordare!» ripeté con voce sofferta.

«Ti hanno fatto il prelievo del sangue. Scopriranno cosa ti hanno dato. Fino ad allora, non devi farti prendere dal panico, Di.»

Gillian strinse gli occhi e si sforzò di controllare il respiro mentre l'infermiera le metteva le gambe nei supporti e iniziava l'esame per il kit stupro.

«Non sono Wonder Woman» sussurrò Gillian. «Sono spaventata a morte, mi fa male la testa e il collo e, a quanto pare, sono stata legata. Come mai non riesco a ricordare nulla di tutto ciò? Non ha senso!»

«Il fatto di essere spaventata non ti rende meno incredibile o straordinaria. E non ricordare ha senso se ti è stato dato qualcosa per aiutarti a dimenticare» cercò di placarla Trigger.

«Ma perché?»

«Perché cosa?»

«Perché non mi hanno uccisa?»

Si era chiesto la stessa cosa, ma non glielo fece capire. «Forse perché chiunque ti abbia preso si è reso conto di quanto sei incredibile, e ucciderti avrebbe lasciato un marchio nero nella sua anima da cui non si sarebbe mai ripreso.»

Per la prima volta da quando l'aveva guardata negli occhi mentre veniva trasportata nell'ambulatorio, Trigger vide qualcos'altro nella sua espressione oltre al terrore assoluto. «Sì, sono sicura che sia così. Dev'essere stato il mio perverso senso dell'umorismo.»

Trigger si sentì travolgere dalla gratitudine per il fatto che la sua donna fosse riuscita a liberarsi dalla stretta della paura che l'avvolgeva.

«Scopriremo cos'è successo» le disse, guardandola intensamente negli occhi, così gli avrebbe creduto. «Brain e il resto della squadra ci stanno lavorando. Voglio che tu venga a stare da me finché chiunque sia stato non verrà catturato.»

«E se non riuscissero a prenderlo? Non posso fornire informazioni su ciò che è successo.»

«Allora dovrai solo rimanere da me per sempre.» Non c'era niente che sembrasse più giusto del pensiero di andare a dormire ogni notte con Gillian al suo fianco, e svegliarsi allo stesso modo.

«Se me lo chiedi perché ti senti responsabile per ciò che mi è successo, la mia risposta è no» gli disse.

Trigger aprì la bocca per protestare, ma lei continuò prima che potesse farlo.

«Ma se me lo chiedi perché mi vuoi veramente lì, e se pensi che un giorno potresti amarmi tanto quanto io amo te, allora la mia risposta è sì.»

Rimase sconvolto dal suo coraggio; si trovavano in un ambulatorio del pronto soccorso e un'infermiera le aveva appena fatto stendere di nuovo le gambe sul lettino dopo averle fatto l'esame per accertare che non fosse stata stuprata.

«Ti amo. Quando ho capito che eri scomparsa, è stato come se mi avessero strappato il cuore dal petto. Ha iniziato a battere di nuovo solo quando abbiamo saputo che eri stata ritrovata viva. Voglio che tu venga a vivere con me così da poter vedere il tuo viso sorridente ogni giorno. Così da prepararti caffè e ciambelle ogni mattina a colazione per sentire il tuo sospiro di soddisfazione. Voglio ridere con te e anche litigare... semplicemente perché poi possiamo far pace. E sì, voglio proteggerti, ma alla fine questo periodo difficile passerà, ma vorrò comunque svegliarmi con il tuo viso meraviglioso davanti agli occhi ogni mattina.»

«Accidenti, che cosa bellissima» mormorò l'infermiera mentre era occupata a preparare i vetrini per i laboratori.

Gillian scoppiò a ridere. «Non lascio il lavoro. Ho ancora eventi da organizzare e finalizzare.»

Trigger aggrottò la fronte, ma annuì.

«Che ne dici se finisco con gli eventi che ho pianificato finora e poi trasferisco la mia attività nell'area di Killeen. Ciò non significa che smetterò di lavorare ad Austin, perché ho già molti contatti qui e clienti abituali.»

«Mi trasferirei io se potessi» le disse con sincerità.

«Lo so. Ma quello che fai è importante e devi essere il più vicino possibile alla base.»

Lui annuì. Non aveva detto niente che non fosse vero, ma gli dispiaceva comunque.

Il dottore rientrò nella stanza. «Come si sente, signorina Romano?»

Gillian scrollò le spalle. «Bene.»

«Su una scala da uno a dieci, dove dieci è il dolore più intenso che abbia mai provato in tutta la sua vita e uno è niente dolore, a che livello si metterebbe?»

«Tre?» rispose con un'alzata di spalle. «Mi fa male la testa e la gola, e basta.»

Il dottore annuì con approvazione. «Dovrà parlare con il detective non appena arriverà, ma non credo che sia necessario trattenerla per tutta la notte. Le sue pupille sono ancora un po' dilatate, ma a parte non ricordare cos'è successo, non sembra confusa o disorientata.»

«Non lo sono» confermò.

«C'è qualcuno che può stare con lei?»

«Sì» disse subito Trigger. «Starà con me. Sono nell'esercito e ho conoscenze mediche sufficienti per occuparmi di lei. La porterò in ospedale se le sue condizioni o il livello di dolore dovessero cambiare.»

Il dottore annuì di nuovo. «Bene. Spero che trovino chi l'ha ridotta così.»

«Anch'io» disse Gillian.

Poi con un piccolo sorriso il medico si voltò e lasciò la stanza, già concentrato sul suo paziente successivo.

Trigger sapeva che dovevano aspettare che arrivasse il detective della polizia, ma non avrebbe voluto altro che prenderla e portarla a casa. Era più che cosciente di essere stato sul punto di perderla. Non sapeva cosa fosse successo, ma aveva il presentimento che avesse a che fare con il dirottamento. Qualcuno voleva informazioni e aveva deciso di rapire una delle persone che avrebbe potuto averle. Si ripromise di chiamare l'agente dell'FBI e assicurarsi che gli altri passeggeri stessero in massima allerta.

Gillian era stata rapita, probabilmente interrogata, poi le era stato dato qualcosa per assicurarsi che non ricordasse nulla, prima di essere liberata in un luogo a caso, in gran parte illesa. Era molto strano e non aveva senso e ciò rendeva la situazione ancora più preoccupante.

Trascorsero il resto del pomeriggio e le prime ore della sera a parlare con le amiche di Gillian, assicurandosi di far sapere loro che stava bene e dove avrebbe vissuto nel prossimo futuro. Nel frattempo, era passato anche il detective, ed era stato doloroso e frustrante dover ascoltarla dire più e più volte che non ricordava nulla del suo rapimento.

Se n'era andato senza ottenere più informazioni di quante ne avesse prima. Aveva anche confermato il sospetto di Trigger riguardo al fatto che se non avessero ottenuto il DNA dai vestiti e se non fosse stata violentata, la polizia non avrebbe potuto fare molto per trovare i colpevoli, a meno che Gillian non avesse ricordato qualcosa.

Sapeva che era frustrata ed esausta, e quando il

dottore finalmente aveva firmato i documenti di dimissione, l'aveva portata via da lì in tutta fretta. Un'infermiera le aveva dato un camice da indossare e Gillian si era addormentata nell'istante in cui erano partiti verso casa.

I suoi compagni di squadra erano stati lì per tutto il tempo, avevano portato qualcosa da mangiare e fatto il possibile per tenerle su il morale.

Lefty e Brain erano saliti in auto con lui, gli altri se n'erano andati con Doc per tornare al garage a recuperare l'auto di Gillian, che avrebbero lasciato nel parcheggio del complesso di appartamenti di Trigger.

«Ho fatto delle ricerche» disse Brain dopo quindici minuti di viaggio, una volta sicuri che Gillian stesse dormendo. «Il dottore sospetta che le abbiano dato il Roipnol e sono d'accordo. In alcuni casi, le persone riescono a ricordare frammenti di cose successe un attimo prima di venire drogate.»

Trigger grugnì. Sarebbe utile che ricordasse qualcosa, ma non cambierebbe ciò che le era successo.

«Chi pensi ci sia dietro?» gli chiese Lefty.

«Onestamente?»

«Certo.»

«Sinaloa» disse senza il minimo dubbio.

«Sì, lo penso anch'io» confermò il suo amico. «Il Roipnol è facile da trovare in Messico. Laggiù è legale, quindi non dev'essere stato difficile metterne un po' in un drink e costringerla a ingerirlo.»

«Ma rapirla non ha molto senso» aggiunse Brain. «Perché ora? Voglio dire, hanno avuto dei mesi per fare la loro mossa e farla fuori se avessero voluto. E perché rilasciarla senza farle davvero del male?»

«Immagino che abbiano sentito del suo incontro con

l'FBI. Forse volevano sapere cos'avesse detto loro. Se sa chi è il settimo dirottatore» rifletté Lefty.

«E quando hanno scoperto che non ne aveva idea, hanno deciso che non valeva la pena rischiare di ucciderla» concluse Brain.

Trigger serrò la mandibola frustrato. Ciò che dicevano i suoi compagni di squadra aveva un senso, ma odiava che stessero parlando di *Gillian* in modo così distaccato. Era ciò che facevano a ogni missione, ne parlavano... ma questa volta sembrava sbagliato.

«Ragazzi?» chiese.

«Sì?»

«Che c'è?»

«Possiamo lasciar perdere per ora? L'ultima cosa di cui Gillian ha bisogno è di sentirci inconsciamente parlare di lei» disse Trigger in tono teso.

«Hai ragione, scusa.»

«Sì, scusa, avremmo dovuto aspettare.»

Fece un respiro profondo e cercò di rilassarsi, il che era impossibile.

«Allora... la fai trasferire da te, eh?» chiese Lefty, e percepì un sorrisetto nella sua voce anche se non poteva vederlo dal posto di guida.

«Sì.»

«Sa che non tornerà mai più nel suo appartamento a Georgetown?»

Sorrise per la prima volta da ore. «Non lo so. Non m'importa.»

I suoi amici ridacchiarono.

«Hai bisogno di aiuto per portare la sua roba da casa sua alla tua?»

«Lo apprezzerei» rispose con gratitudine.

«Andrà fuori di testa quando ci presenteremo con le

sue cose?» chiese Brain.

«Non lo so» disse di nuovo. «Ma col tempo, ne sarà felice. Io la amo e lei ricambia. Era destino che fosse mia. Finché non saprò per certo che è al sicuro da qualunque cosa la minacci, vivrà al mio fianco. E dopo, spero che si trovi così bene che non vorrà più andarsene.»

«La tua casa è piuttosto piccola» osservò Brain. «Scommetto che potresti trovare qualcosa di più grande, magari con tre o quattro camere da letto o qualcosa del genere.»

«L'ho già preso in considerazione» ammise. Proprio la settimana prima, aveva cercato su Internet posti da affittare vicino alla base, che fossero più grandi del suo appartamento. «Ma per ora, casa mia andrà bene. È piccola ma sicura. E preferirei non dovermi preoccupare di essere distratto da un trasloco fino a quando la minaccia per lei non sarà finita.»

«Sono d'accordo. Sono felice per te, Trigger» disse Lucky.

«Grazie.»

«Mi verrebbe da lamentarmi perché le cose non saranno più le stesse ora che hai trovato una donna, ma dopo aver visto Ghost e la sua squadra innamorarsi *profondamente*, e come le loro relazioni hanno resistito ai cambiamenti, non mi dispiace poi così tanto» disse Brain.

Trigger era d'accordo. L'altro team aveva dimostrato che, con le donne giuste, avere una famiglia poteva conciliarsi con la vita da soldato Delta. Non aveva cercato l'amore, ma gli era piombato addosso, che fosse dannato se avrebbe rinunciato a Gillian per paura di non riuscire a far funzionare una relazione.

Le loro anime erano legate e niente gliel'avrebbe portata via. Niente e nessuno. Avrebbe fatto tutto ciò che era in suo potere per assicurarsene.

CAPITOLO DICIOTTO

UNA SETTIMANA DOPO, Gillian si sentiva molto meglio. I primi giorni erano stati difficili, aveva avuto parecchi dolori e si era sentita molto vulnerabile. Odiava non essere in grado di ricordare ciò che le era successo; si era ricordata di essere andata al catering e di aver assaggiato vari tipi di torta, ma aveva ancora un vuoto totale riguardo al periodo che andava da quando aveva lasciato l'edificio a quando si era risvegliata in ambulanza.

Era bello potersi rintanare nell'appartamento di Walker e nascondersi dal mondo. Sapeva, senza ombra di dubbio, che lui l'avrebbe tenuta al sicuro. Non si era nemmeno arrabbiata quando il team si era presentato lì con una valanga di roba prelevata dal suo appartamento. Ora lo spazio a casa di Walker era ristretto con tutte le loro cose mischiate, ma non si era mai lamentato.

I primi due giorni l'aveva tenuta tra le braccia tutta la notte, rassicurandola quando si svegliava a causa degli incubi. Ma in seguito, si era stancata di essere trattata come un pezzo di vetro fragile. Voleva essere di nuovo

Diana Prince per lui. Essere la donna da cui aveva preso il soprannome.

Così, la terza notte, aveva fatto la sua mossa prima che si infilassero a letto. Lui avrebbe voluto continuare a coccolarla, ma Gillian aveva capito subito che l'avrebbe assecondata quando si era inginocchiata davanti a lui e non aveva protestato. Il viso le faceva ancora male, ma non significava che non potesse dimostrargli senza parole quanto lo amasse.

Con suo grande disappunto, non l'aveva lasciata indugiare troppo a lungo, rimediando però alla grande quando l'aveva presa in braccio e stesa sul letto, procedendo a darle i due orgasmi più intensi che avesse mai avuto. Poi aveva fatto l'amore con lei... non esistevano altre parole per definirlo. Era stato tenero e gentile e l'aveva guardata negli occhi per tutto il tempo in cui si era spinto dentro e fuori di lei.

Il terzo orgasmo era stato meno intenso dei precedenti, ma altrettanto sconvolgente. E quando finalmente Walker si era lasciato andare ed era venuto gemendo e gettando la testa indietro, non era riuscita a distogliere lo sguardo dalla pulsazione che martellava sul suo collo.

Aveva pensato che fare l'amore sarebbe stato un punto di svolta, che le cose sarebbero tornate alla normalità e lui si sarebbe rilassato un po' con il suo essere protettivo. Ma si era sbagliata.

Ora Gillian era combattuta. Amava che fosse così preoccupato, ma non la lasciava andare da sola da nessuna parte.

Ann, Wendy e Clarissa erano andate a trovarla una volta, e Walker era uscito solo quando le sue amiche avevano promesso di non lasciarla sola. Ovviamente, loro avevano pensato che fosse romantico e dolce, ma lei stava iniziando a sentirsi frustrata.

Sì, era stata rapita e aggredita.

Sì, era ancora spaventata per l'intera faccenda.

Ma non significava che si fosse improvvisamente trasformata in una bambina di cinque anni, che doveva essere sorvegliata in ogni momento.

Dopo la prima settimana, Gillian iniziò a irritarsi sempre di più. Walker era *troppo* protettivo. Era soffocante, e anche se sapeva che l'amava e *perché* fosse così riluttante a perderla di vista, anche solo per un secondo, quella storia doveva finire.

Il suo ultimo ordine fu la goccia che fece traboccare il vaso. L'aveva sentita parlare con la figlia degli Howard mentre la rassicurava che la festa si sarebbe tenuta come previsto quel fine settimana e non appena aveva riattaccato, lui era partito.

«Non credo sia una buona idea per te andare ad Austin questo fine settimana.»

Gillian fece del suo meglio per tenere sotto controllo la rabbia prima di voltarsi a guardarlo. «Walker, devo. È la mia fonte di reddito. Ho passato quasi tre mesi a lavorare a questa festa. Non posso mancare.»

«Hai fatto tutto il lavoro pesante, andrà tutto bene che tu ci sia o no» disse con una calma esasperante.

«Non puoi saperlo» ribatté in tono un po' più duro di quanto intendesse. «C'eri allo zoo. Hai visto cosa faccio. Ci sono un milione di piccoli dettagli di cui occuparsi. Se ci sono problemi dev'esserci qualcuno presente per indirizzare tutti.»

«Puoi assumere qualcuno per farlo. Dovresti comunque assumere un assistente» insistette Walker.

«Fai sul serio?» gli chiese, mettendosi le mani sui fianchi.

«Sì. Non puoi pensare *davvero* di tornare già ad Austin! Il tuo viso è ancora tumefatto e sei stata rapita poco più di una settimana fa. Perché pensi che sia una buona idea tornare lì?»

Gillian si era trattenuta dal mostrarsi frustrata negli ultimi giorni ma non poteva più farlo. «Ti amo, Walker. Davvero. Ma non posso essere il tipo di donna che è felice di rimanere a casa in attesa che il suo uomo torni dalla missione. Ho bisogno di lavorare. Amo ciò che faccio. Pensavo lo avessi capito.»

«Lo so» disse subito, avvicinandosi a lei.

Non era pronta per essere placata, quindi indietreggiò così che non potesse toccarla. Sapevano entrambi che quella era la sua debolezza. Che bastava il suo tocco a scioglierla come un pezzo di cioccolata in una giornata calda.

Walker si raddrizzò e strinse le labbra, poi continuò: «Va bene. Non ne abbiamo parlato, quindi ora è un momento buono come un altro. Quando mi sono reso conto che eri scomparsa è stato il giorno peggiore della mia vita. Peggiore di qualsiasi missione in cui sia stato. Il mio mondo si è fermato. Non sapevo cosa fare o da dove cominciare a cercarti. Ancora peggio era il fatto che fossi scomparsa già da un paio d'ore. So meglio di chiunque altro quanto sia facile uccidere qualcuno. Avresti potuto essere già morta prima che sapessi che eri scomparsa. Non ero lì per te, quando invece ti avevo promesso che ti avrei protetta, e ciò mi ha quasi distrutto.»

Le difese di Gillian iniziarono a sgretolarsi all'evidenza del suo strazio. «Walker» sussurrò.

Lui scosse la testa e parlò prima che lei potesse dire altro.

«Abbiamo fatto ogni cosa possibile e non è stato sufficiente. I federali non avevano idea di dove potessi essere, le telecamere di sorveglianza non avevano catturato nulla. Il tuo telefono, la borsa e la macchina erano ancora lì nel parcheggio. Non avevamo letteralmente *nessun* indizio. Potevi già essere in Messico per quanto ne sapevamo. Poi, per grazia divina, ci hanno chiamati per dirci che eri stata ritrovata viva. Il mio cuore ha ricominciato a battere in quel momento e ho giurato che non ti avrei *mai più* delusa.»

«Non mi hai delusa» insistette Gillian. «Non c'era niente che avresti potuto fare. Walker, potrei farmi male o morire camminando per strada fuori dal tuo appartamento. O in macchina mentre vado al supermercato. Oppure potrei avere un attacco di cuore.»

«Puoi per favore smetterla di parlare di morire?» la supplicò. «Non posso sopportarlo. Non finché hai ancora i lividi sul viso e non mi permetti di toccarti.»

«Va bene.»

«Non so se te ne rendi conto, ma il fatto che tu sia qui davanti a me in questo momento è un miracolo. Centinaia di persone scompaiono nel nulla ogni giorno. E da tutto quello che ha scoperto l'agente Tucker, e anche da quello che sospettiamo io e il team, sei stata presa dagli uomini di Sinaloa, il cartello della droga più spietato e pericoloso al mondo. Hanno dirottato un aereo, per l'amor di Dio, per ripicca verso una gang di trafficanti rivale.

Non solo ti hanno lasciata viva, ma non hanno abusato sessualmente di te, non ti hanno rotto le ossa, non mi hanno inviato parti del corpo per posta minacciando di ferirti di più se non avessi fatto ciò che volevano. *Non* dovresti essere di fronte a me ora. Non ha alcun senso. Proprio nessuno.

So di essere stato opprimente e stronzo nell'ultima settimana, ma è perché ti amo davvero tanto, e il pensiero che qualcuno potrebbe decidere di aver commesso un errore a lasciarti libera e di rapirti di nuovo, mi fa andar via di testa. Non posso rivivere una cosa simile. Non posso! Lo so che non è giusto nei tuoi confronti, e che mi fa sembrare un fidanzato dispotico il fatto che non riesca a lasciare il tuo fianco per due minuti senza assicurarmi che qualcuno ti stia tenendo d'occhio, ma *non riesco* proprio a fare diversamente.

Prometto che migliorerò, ma voglio solo che tu sia al sicuro. Ti voglio sposare. Avere una famiglia. Invecchiare con te. So che sei indipendente, mi piace che tu abbia la tua vita, che non abbia bisogno di me per essere felice. Se un giorno decidessi che non mi ami più e mi lasciassi, per me sarebbe orribile, ma alla fine lo accetterei... sapendo che sei viva e vegeta. Ma se venissi uccisa, non sarei in grado di sopravvivere.

Era destino che fossi mia, Gillian. Ho bisogno di te come dell'aria per respirare. Hai cambiato la mia vita in così poco tempo che è quasi incredibile. Vivevo per l'esercito, per i miei compagni di squadra. Ma ora vivo per *te*. Ora che ho avuto un assaggio di quella che può essere la mia vita con te, non posso tornare indietro. Per favore, dimmi che capisci.»

Gli occhi di Gillian erano pieni di lacrime. Sapeva che Walker era teso e preoccupato per lei, ma non aveva capito fino a che punto. Fece un passo e prima di rendersi conto che si era mosso anche lui, si ritrovò tra le sue braccia.

«Ti amo, Walker. E ti capisco, davvero. Non sto dicendo che voglio andare ad Austin da sola. Non credo che riuscirò più a tornarci da sola, ma avevo pensato che saresti venuto con me.» Lo fissò negli occhi. «Giuro che starò attenta. Non mi lamenterò se seguirai ogni mio passo durante la festa. È solo che... ho lavorato duramente per costruire la mia attività, mi danneggerebbe troppo mollare questo evento. I clienti perderebbero fiducia in me. A loro non importa se sono stata rapita da un cartello della droga; le persone sono egoiste, vogliono ottenere ciò che desiderano. Magari possono mostrarsi comprensive nei miei confronti per ciò che è successo, ma vogliono comunque la loro festa.»

«Voglio che ci sia anche il resto della squadra» le disse dopo un momento.

Gillian annuì. «Per me non c'è problema.»

«E non andrai da *nessuna parte* senza che uno di noi ti accompagni.»

«Anche in bagno?» lo prese in giro.

Lui non accennò nemmeno un sorriso. «Uno di noi lo esaminerà prima che entri, e nessun altro potrà entrare mentre sei lì.»

Gillian fece un respiro profondo. Avrebbe voluto protestare, dirgli che era paranoico. Ma poi si ricordò di quanto fosse spaventata quando si era svegliata in un'ambulanza senza avere la minima idea del perché si trovasse lì e stesse così male. «Ok» disse solennemente.

Walker le mise una mano dietro la testa e la attirò contro la sua spalla. «Ok» sussurrò.

Rimasero in quel modo in cucina per un bel po', e Gillian osservò gli uccelli che volavano da un albero all'altro fuori dalla finestra che dava sulla terrazza.

Falco.

Si tirò indietro di scatto e guardò Walker. «Falco!» disse con urgenza.

«Cosa?»

«Falco. Non so cosa significhi, ma ha a che fare con il mio rapimento.»

Lui sollevò un sopracciglio, ma la sua espressione si indurì. «Sei sicura?»

Annuì. «Sì. Non so perché, ma... sì.»

Le accarezzò i capelli, poi le passò il dorso delle dita sullo zigomo che stava guarendo. «Sono orgoglioso di te, Di. Sei al cento per cento una Wonder Woman.»

«Ma non ha senso.»

Walker scosse la testa. «Non importa. Chiamo l'agente Tucker e glielo faccio sapere. Può fare ricerche e vedere se riesce a capire cosa significa.»

Gillian chiuse gli occhi e desiderò che il suo cervello ricordasse qualcos'altro.

Falco, falco, falco. Lo ripeté in continuazione nella sua testa.

E le balzò alla mente un'altra parola.

«Salazar!» sbottò.

Questa volta sembrò scioccato.

«Che c'è?» gli chiese Gillian. «Chi è?»

«Alfredo Salazar è il capo del Cartello di Sinaloa qui in Texas. Calum Branch, l'agente della DEA con cui hai parlato, sostiene che abbia il quartier generale proprio ad Austin. Non so perché ti ricordi quel nome, ma se è stato lui a rapirti, o ti ha fatto rapire, allora è ancor più un cazzo di miracolo che tu sia qui tra le mie braccia in questo momento.»

«Perché?» domandò, non proprio sicura di voler sentire la risposta.

«È spietato. È entrato a far parte della gang quando era ancora alle elementari. Ha ucciso il suo primo uomo a dieci anni. Tutti sanno che se lo incrociano, sono morti.

Dicono che non abbia pietà. Che abbia ucciso *sua* sorella quando pensava che avesse tradito il cartello.»

Gillian spalancava sempre di più gli occhi a ogni parola di Walker.

«Devo chiamare Tucker» le disse.

Lei annuì. «Lo so.»

«Magari provo a sentire se anche Ghost e il suo team possono venire ad Austin con noi» mormorò.

Per quanto fosse spaventata, Gillian pensò fosse eccessivo; quattordici uomini che la seguivano durante una festa di anniversario era un po' troppo. Ma avrebbe combattuto quella battaglia più tardi. Magari quando fossero stati entrambi soddisfatti dopo alcuni orgasmi.

«Walker?»

«Sì, tesoro?» le chiese distrattamente.

«Mi fido di te.»

Quello lo fece tornare attento e sollevò un sopracciglio.

«Se mai mi dovesse succedere qualcos'altro, sono certa che arriverai in tempo. Anche tu hai cambiato la mia vita. Mi sono sempre sentita come se mi mancasse qualcosa, anche se ho dei genitori meravigliosi, degli amici fantastici e un lavoro che amo. Adesso so che eri tu. *Tu* eri quello che mi mancava.»

Si chinò e la baciò dolcemente.

«Supereremo anche questa cosa» gli disse. «Nessuno di noi era abituato a vivere con qualcun altro e ritrovarsi in due in uno spazio ristretto, il fatto che sia stata ferita e che tu non abbia accettato di non essere riuscito ad aiutarmi... eravamo destinati a litigare. Grazie per non avermi allontanato e per non esserti arrabbiato. Non è facile parlare di ciò che ci preoccupa, ma apprezzo che tu l'abbia fatto.»

«Sono scapolo da moltissimo tempo, ma niente mi sembra giusto come svegliarmi con te tra le mie braccia,

Gilly. Non posso promettere di essere sempre contento e di buon umore, ma prometto di non sfogarmi su di te a causa di ciò che mi preoccupa. Farò del mio meglio per parlarne prima di andare a dormire. Non voglio andare a letto arrabbiato.»

«Neanch'io. E Walker?»

«Sono qui, tesoro» disse con un sorriso.

«Non mi è sfuggito che i tuoi amici hanno trasferito qui praticamente tutto il mio appartamento questa settimana.»

Sorrise. «Non lo stavo facendo in segreto.»

«Quindi, ora che sto meglio, presumo che non vuoi che torni a Georgetown?»

«Assolutamente no» rispose subito. «E non solo perché sono preoccupato per la tua sicurezza. Mi piace che monopolizzi le coperte di notte. Mi piace guardarti mentre ti lavi i denti nel mio bagno... nel *nostro* bagno. Le lenzuola e gli asciugamani profumano di caprifoglio, e lo *adoro*. Mi piace portarti il caffè mentre ti prepari la mattina, e amo sollevare lo sguardo da qualunque cosa stia facendo e vederti. *Ti amo*, Gillian.»

Praticamente si sciolse tra le sue braccia. «Anch'io ti amo, Walker.»

«Sei d'accordo di trasferirti... definitivamente?»

«Ho qualche scelta?» chiese sfacciata.

«Hai sempre possibilità di scegliere» disse senza fare nemmeno un piccolo sorriso. «Non ti costringerei mai a fare qualcosa che non vuoi.»

«Voglio vivere con te» ammise.

«Bene. Alla fine, troveremo una casa più grande. Siamo stretti come sardine qui. Non che mi dispiaccia, ma potrebbe diventare difficile dopo un po'. Per quanto odi lasciarti andare, devo davvero chiamare Tucker. È una cosa positiva che ti sia ricordata quelle due parole. Potrebbe non significare nulla per noi in questo momento, ma il fatto che tu sia abbastanza forte da neutralizzare le sostanze chimiche che ti hanno cancellato i ricordi, rafforza solo di più il mio pensiero che tu *sia* davvero Diana Prince.»

E con quello, Walker la baciò sulla fronte e si voltò per prendere il telefono.

Gillian gli diede un po' di privacy, andando nella loro camera da letto. Non aveva bisogno di ascoltare la conversazione. Non aveva idea di cosa significassero falco e Salazar, e doveva ammettere che non *voleva* saperlo. C'erano altri dettagli dell'ultimo minuto da sistemare per la festa degli Howard, e aveva bisogno di parlare con la figlia e rassicurarla che sabato sera ci sarebbe stata.

«Non è molto» disse Gary Tucker a Trigger.

«Lo so, ma volevo farti sapere il prima possibile che Gillian si era ricordata qualcosa.»

«Hmmm. Ok, sono d'accordo con te sul nome Salazar. Anche se penso sia improbabile che l'abbia visto di persona. È elusivo e non è mai coinvolto nelle estorsioni e nei rapimenti.»

«Potrei non essere un esperto di boss della droga» incalzò Trigger, «ma immagino che sia più coinvolto di quanto tutti pensino. Voglio dire, so che esiste una gerarchia in quel genere di organizzazioni, ma vuoi dirmi che non è a conoscenza di tutto ciò che accade? Chi viene preso di mira e perché?»

«Porca puttana» disse all'improvviso l'agente Tucker.

«Che c'è?» gli chiese allarmato.

«Aspetta... chiamo Calum. Come DEA, sa molte più cose di me su Sinaloa.»

Trigger attese con impazienza mentre l'agente dell'FBI connetteva l'altro uomo alla chiamata.

«Ci sei, Branch?» chiese dopo circa un minuto.

«Sì» rispose l'altro.

«Trigger?»

«Ci sono» confermò.

«Bene, allora Calum, Trigger mi ha chiamato per dirmi che Gillian ha ricordato un paio di cose del suo rapimento.»

«Grande» disse l'agente della DEA.

Trigger fu felice di percepire la sincerità nella sua voce.

«La prima è il nome Salazar.»

Calum fece un fischio basso e lungo.

«Già. Mentre parlavamo di lui mi è venuta in mente una cosa.»

«Quale?»

«Stavo dicendo di quanto fosse improbabile che lo stesso Salazar avesse un contatto diretto con la signorina Romano. Gli ho detto che probabilmente per quanto riguardava i rapimenti e gli omicidi lasciava che se ne occupassero i membri di grado inferiore della sua organizzazione.»

«È probabile. I signori della droga di solito non si occupano di quel genere di cose. Hanno membri altamente qualificati e fidati che fanno il lavoro sporco.»

«Esatto. Il che ci porta all'altra cosa che ha ricordato Gillian.»

«Quindi? Cosa?» chiese Calum, quando Gary esitò.

«Si è ricordata la parola "falco".»

«Wow. Ok, ha senso. Vorrei solo che sapessimo qual era il contesto» disse dopo un momento.

«Per favore, uno di voi può illuminarmi?» chiese Trigger con impazienza. Non aveva idea di cosa potesse significare falco, ma ovviamente aveva una certa rilevanza, in base a ciò che stavano dicendo i due uomini.

«Allora, nei cartelli come il Sinaloa, ci sono diversi gradi gerarchici» spiegò Calum. «In cima ci sono persone come Salazar, i signori della droga. Loro sono quelli al comando. La testa del serpente, se preferisci. Sotto di loro ci sono i luogotenenti. Le persone a quel livello sono in contatto diretto con il signore della droga e sono altamente fidate e preziose, poiché supervisionano quelli di grado inferiore nell'organizzazione. Poi ci sono i sicari; penso che il loro lavoro si spieghi da sé. Ma sotto di *loro* ci sono i membri conosciuti come falchi. È la posizione più bassa nella banda e la maggior parte di loro lavora duramente per ottenere la fiducia e il favore dei sicari e dei luogotenenti, con l'obiettivo di salire la scala gerarchica un giorno.»

«Allora, cosa significa in questo contesto il fatto che Gillian abbia ricordato la parola falco?» chiese Trigger.

«Normalmente, direi che non ne siamo sicuri. Potrebbe essere che chiunque l'abbia rapita abbia parlato di un falco. Oppure potrebbe significare che ha visto un uccello volare sopra la sua testa dopo che è stata scaricata e il suo cervello ha semplicemente evocato la parola.»

«Ma allora, perché Tucker era tutto eccitato di coinvolgerti in questa chiamata?» insistette.

«Perché ricordare la parola falco da sola non significa nulla, ma ricordarla insieme al nome *Salazar* dimostra che era decisamente nelle mani del Cartello di Sinaloa. È stata rapita per una ragione, ma probabilmente ce n'era una più grande nel liberarla praticamente illesa... e non serve che ti dica che è molto, ma *molto* raro. Possiamo contare su una sola mano il numero di persone che sono sfuggite alle grinfie del Cartello di Sinaloa dopo essere state rapite» disse Calum.

«Delle persone che sono fuggite... quante sono state rapite di nuovo dal cartello?» domandò Trigger.

«Nessuna» rispose senza esitazione. «C'è stata solo una situazione in cui sappiamo con certezza cosa sia successo. Avevamo un uomo sotto copertura integrato nel cartello e ci ha riferito che i sicari avevano rapito qualcuno che pensavano stesse facendo la spia. Alla fine, avevano preso l'uomo sbagliato. Erano omonimi, ma il poveraccio finito davanti a Salazar era un tizio che si è trovato nel posto sbagliato al momento sbagliato. Lo hanno liberato dopo un duro pestaggio e l'avvertimento di non dire una parola su ciò che gli era successo. Ha finito per trasferirsi in Canada con la sua famiglia, e vive lì ancora oggi.»

Trigger fece un lungo sospiro. «Allora, dopo tutto questo qual è il vostro pensiero in riferimento a Gillian?» chiese. «E ditemelo chiaro e tondo. Perché è stata presa? Quali sono le probabilità che sia ancora in pericolo e che dobbiamo guardarci alle spalle per il resto della vita? Devo richiedere un cambio permanente di zona di servizio e farmi trasferire in Alaska?»

«In tutta onestà non so cosa pensare» rispose Calum, e Trigger diventò ancora più teso. «Voglio dire, il fatto che sia stata liberata illesa è un buon segno.»

Avrebbe voluto dissentire sulla parola "illesa", ma lasciò perdere.

«Però niente di tutto questo è normale. Il dirottamento è stato una mossa estrema e audace, e il fatto che ancora non sappiamo chi fosse il settimo dirottatore dimostra che ci sono molte questioni irrisolte. La signorina Romano ha avuto un ruolo molto attivo in tutta quella faccenda, è stata scelta tra tutti i passeggeri come portavoce tra i dirottatori e i negoziatori. C'era anche lei quando i terroristi sono stati uccisi. Quindi potrebbe essere che quelli di Sinaloa stessero solo cercando di scoprire se sapeva chi potrebbe essere l'altro dirottatore.»

«Questo fine settimana saremo ad Austin per un evento che ha in programma» li informò.

«Pensi che sia una buona idea?» gli chiese Tucker.

«No» rispose con enfasi. «Ma non posso tenerla rinchiusa per sempre. Se è abbastanza coraggiosa da tornare al lavoro dopo ciò che ha passato, allora io sarò al suo fianco. Io e i miei amici.»

Quando entrambi mormorarono la loro approvazione Trigger capì che avevano compreso il significato delle sue parole. Sapevano che era della Delta Force e che sarebbe stato lì come servizio di sicurezza.

«Facci sapere se noti qualcosa di strano» disse l'agente dell'FBI.

«Certo» li rassicurò.

«Grazie per averci informati di ciò che ha ricordato Gillian» aggiunse Calum. «So che non sembra molto nel grande schema delle cose, ma il fatto che si sia ricordata di qualcosa è davvero incredibile.»

«È quello che le ho detto anch'io» concordò Trigger. «Mi terrò in contatto.»

I tre uomini chiusero la chiamata e lui rimase in soggiorno a guardare fuori per un lungo momento. In un certo senso, la telefonata lo aveva fatto sentire meglio riguardo alla sicurezza di Gillian, ma provava comunque ancora un senso di disagio. Immaginò che sarebbe stato in ansia per lei ancora per molto tempo.

Quando era scomparsa, e si era reso conto che non avevano assolutamente alcun indizio su dove potesse essere, aveva quasi perso la testa. Non capitava spesso che si sentisse impotente e odiava quella sensazione.

Avrebbe voluto tenerla chiusa a chiave nel suo appartamento per sempre, sana e salva, ma sapeva che non era fattibile. Inoltre, con la sua fortuna, un vicino avrebbe fatto prendere fuoco alla cucina e sarebbe bruciato tutto il dannato edificio. Durante la sua carriera aveva imparato che a volte il posto più sicuro era in realtà il più pericoloso.

Doveva lasciar volare Gillian, ma ciò non significava che non sarebbe stato pronto a prenderla se fosse caduta.

Guardò il telefono e toccò l'icona per chiamare Lefty. Aveva bisogno di far sapere al team che sabato sarebbero andati a una festa ad Austin.

CAPITOLO DICIANNOVE

GILLIAN GUARDÒ SODDISFATTA la grande sala da ballo al Driskill. Era tutto bellissimo e, fino a quel momento, l'evento si era svolto in modo incredibilmente fluido. Quel pomeriggio era arrivata in hotel presto per assicurarsi che tutto fosse predisposto secondo le sue indicazioni. Aveva indossato l'unico vestito che i compagni di squadra di Walker avevano portato dal suo appartamento; per fortuna era elegante e appropriato per l'evento. Aveva comprato quell'abito verde chiaro mentre faceva shopping con Ann. La sua amica aveva detto che le faceva risaltare il colore degli occhi, e in un momento di debolezza Gillian l'aveva acquistato.

Quando era uscita dalla camera da letto dopo averlo indossato, per un secondo aveva pensato che Walker l'avrebbe piegata e presa lì sul divano. Non si sarebbe opposta, anche se ciò avrebbe significato arrivare in ritardo all'evento.

Invece si era trattenuto, sussurrandole all'orecchio che quando sarebbero tornati a casa quella sera, l'avrebbe scopata con così tanta forza che lo avrebbe sentito dentro di lei per almeno una settimana.

Si era sentita piegare le ginocchia, ma aveva semplicemente risposto che non vedeva l'ora.

Walker l'aveva seguita in giro per l'hotel mentre incontrava i vari membri dello staff per assicurarsi che tutto fosse pronto per la festa. Non era stato invadente, rimanendo in disparte, ma si era rifiutato di perderla di vista un secondo. Parecchie persone avevano chiesto chi fossero lui e i suoi amici e aveva detto loro che facevano parte della sicurezza. Tutti i ragazzi del team sembravano modelli nei loro completi scuri. Nessuno portava la cravatta, ma con le camicie bianche sotto gli abiti neri sembrava fossero usciti direttamente dal set di *Men in Black*. Aveva ricevuto qualche occhiata scettica alla sua spiegazione sulla "sicurezza", ma non c'erano state ulteriori domande.

Lefty e Brain avevano studiato la lista degli invitati ricevuta dalla figlia degli Howard, senza trovare alcun nome che destasse sospetti. Due ore prima, la coppia della serata era arrivata lì pensando che fosse una cena intima per due organizzata dalla figlia, ed erano stati piacevolmente sorpresi dalla grande festa in loro onore che si trovarono davanti.

Le torte erano state accolte con entusiasmo e divorate nel giro di un'ora. Le bevande scorrevano a fiumi dall'open bar e il DJ suonava musica che tutti, a prescindere dall'età, potevano apprezzare e ballare.

Nel complesso, la serata era stata un successo e Gillian era sollevata che fosse finalmente quasi finita.

«Signorina Romano?» disse alle sue spalle un membro dello staff del Driskill.

Gillian si voltò. «Sì?»

«*Ehm* ... c'è stato un problema con la carta di credito utilizzata per pagare la stanza degli Howard per la notte.»

«Oh, sono sicura che sia solo un malinteso. Vengo con lei e mi occuperò di tutto, e in seguito sistemerò le cose con il mio cliente. Walker» disse Gillian, voltandosi verso di lui. «Torno subito. Vado un attimo alla reception.»

«Vengo anch'io» ribatté lui.

Avrebbe voluto alzare gli occhi al cielo e insistere sul fatto che sarebbe riuscita ad andare e tornare senza bisogno che la controllasse, ma dal momento che non le importava davvero, si limitò ad annuire.

Seguì l'impiegato attraverso la folla di persone nella sala da ballo e lungo un corridoio; l'hotel era vecchio e i corridoi erano stretti. Dato che c'erano tantissime persone, ed era un sabato sera, le sembrò quasi di dover farsi strada a forza per arrivare alla reception.

Il personale al bancone era tutto occupato con le persone che dovevano fare il check-in o che avevano bisogno di questo o di quello, così consegnò la sua carta di credito all'impiegata e rimase di lato, aspettando che tornasse. Walker si trovava dall'altra parte della stanza, contro la parete. Incrociò il suo sguardo e gli sorrise, amando come il suo viso si addolcì mentre sorrideva anche lui.

Sentì del trambusto all'altra estremità dell'hall e Gillian girò la testa per guardare in quella direzione. Una coppia si stava urlando contro, e l'uomo afferrò la spalla della donna e la spinse. Osservò Walker allontanarsi dalla parete e andare verso di loro.

Ovvio, non sarebbe mai rimasto a guardare qualcuno che aggrediva una donna.

«Gillian!»

Sentendo il suo nome, si voltò e rimase a bocca aperta quando vide chi l'aveva chiamata.

Era Andrea. E aveva un aspetto assolutamente orribile.

Aveva dei brutti lividi sul viso che nemmeno il trucco era riuscito a nascondere, un supporto per reggere il braccio e tutta la mano fasciata.

«Santo cielo, Andrea, stai bene?» chiese Gillian, correndo verso la donna che non vedeva da quando erano state salvate in Venezuela.

Lei fece una smorfia e annuì. Poi trasalì a quel movimento.

«Che è successo?»

«Dovevo venire ad avvertirti. Non sapevo dove abitassi, ma ho ricordato che mi avevi parlato di questa festa. Quelli del cartello mi hanno rapita e volevano sapere tutto sul dirottamento. Hanno detto che sarebbero venuti a cercare anche te.»

«Lo hanno già fatto» ammise Gillian.

Andrea spalancò gli occhi. «Davvero?»

«Sì.»

La donna barcollò. «Oh, merda, non mi sento tanto bene» gemette.

«Forza, troviamo un posto dove farti sedere» disse, mettendole un braccio intorno alla vita.

«Non sarei dovuta venire. Ho trovato un parcheggio proprio in prima fila. Riesci a crederci? Aiutami ad arrivare là e mi toglierò dai piedi.»

«Non dovresti guidare» la riproverò Gillian preoccupata, mentre Andrea la faceva andare verso uno dei tanti corridoi della hall.

«Probabilmente no, ma dovevo venire a dirtelo. Non volevo farlo al telefono nel caso stessero ascoltando.»

Gillian si voltò in cerca di Walker. Voleva essere sicura

che vedesse dove stava andando, ma era impegnato a cercare di tenere sotto controllo l'uomo ubriaco dall'altra parte della grande stanza. La donna di certo non stava aiutando, dato che continuava a picchiare il marito o il fidanzato o chiunque fosse.

Pensando che sarebbe stata via solo per un minuto o due, e Walker non si sarebbe nemmeno reso conto che era scomparsa, aiutò Andrea a camminare lungo il corridoio verso l'uscita. Una volta fuori le indicò una fila di macchine. «È in fondo alla prima fila» disse.

«Mi dispiace tanto che ti sia successo» mormorò Gillian.

«Anche a me» ribatté l'altra.

Quando raggiunsero l'auto, continuò a tenerle il braccio intorno alla vita mentre la conduceva fino alla portiera. «Dammi la borsa, ti apro io.»

«Grazie.»

La lasciò andare e frugò nella borsetta per trovare le chiavi.

Aveva appena sbloccato le serrature quando sentì qualcosa spingere sul fianco.

«Entra» disse Andrea con un tono che non le aveva mai sentito.

Abbassò lo sguardo confusa e rimase scioccata nel vedere che teneva in mano una pistola. L'aveva puntata contro il suo fianco e gliela stava premendo con ferocia nella carne.

Ci volle un secondo prima che Gillian capisse cosa stesse succedendo. «Come scusa?» chiese incredula.

«Sali in macchina» ripeté Andrea. «Fallo. O ti ritroverai con un cazzo di buco nel fianco.»

«Perché lo stai facendo? Ti hanno costretta?»

«Loro? Il cartello? Fanculo! Ho fatto *tutto* ciò che volevano. E per cosa? Per niente, ecco cosa! Ho spinto Luis a offrirsi volontario per il lavoro in Costa Rica. Salazar ci aveva detto che sarebbe stato un gioco da ragazzi. I sostenitori di Sinaloa avrebbero fatto entrare delle armi nell'aereo e sarebbe stato facile prenderne il controllo. Ed è stato così. Quello stronzo di Lamas è stato ucciso, proprio come avevamo programmato... ma poi *tu* hai rovinato tutto!»

Gillian stava ancora cercando di comprendere ciò che stava sentendo. «Luis? Il dirottatore? Lo *conoscevi?*»

«Era mio marito!»

«Ma... avete cognomi diversi.»

«Il che non significa niente. Non è stato difficile ottenere documenti falsi. Mi presento in modo corretto: mi chiamo Andrea Vilchez, non Vilmer. Luis Vilchez era mio marito. L'amore della mia vita. E l'hai fatto uccidere!»

La mente di Gillian era in totale confusione. «Io?»

«Sì, stronza! Ce l'avevamo praticamente fatta ad arrivare sull'aereo che ci avrebbe riportati in Messico eludendo i radar, e non saremmo più stati i tirapiedi del cartello perché ci avrebbero promossi a un grado superiore. Invece no, *dovevi* inciampare e sbattere contro Alberto. Non so perché quello stronzo non ha seguito i piani e ha deciso di portarti con noi. L'hai fatto cadere e hai dato a quegli stronzi la possibilità di sparare al mio Luis! Hai rovinato *tutto*!»

«Ma...»

«Sali in macchina, Gillian, e renderò la tua morte il più indolore possibile. Se non lo fai, ti sparo alla pancia, il che significa che morirai dissanguata molto lentamente. Poi entrerò nell'hotel e comincerò a sparare agli ospiti della tua preziosa festa. Terrò per ultimo il bastardo che ha assassinato Luis. Prima di ucciderlo, mi assicurerò che sappia che morirà per colpa *tua*.»

Gillian non era stupida, era impossibile che Andrea potesse uccidere Walker. Non nelle condizioni in cui era ridotta.

Però *era* stata stupida a lasciare l'hotel, anche se pensava che Andrea fosse un'amica. Ma di certo non sarebbe salita su quella macchina. Se l'avesse fatto, sapeva senza ombra di dubbio che sarebbe morta in modo orribile e doloroso, a prescindere da ciò che aveva promesso Andrea.

E all'improvviso, le venne in mente una frase.

Maledette stronze e i loro drammi.

Lo aveva sentito quando era stata rapita.

«Hai detto a Salazar che conoscevo più cose di quante in effetti ne sapessi, vero?» le chiese.

Andrea sorrise. «Certo che sì. E ha fatto proprio ciò che volevo: ha approvato il tuo rapimento.» Il suo viso si contorse per la rabbia. «Ma poi sei riuscita a fargli credere di non sapere un cazzo!»

«Perché *non* sapevo proprio niente» insistette Gillian.

«Avrebbe dovuto picchiarti! Tagliarti qualche dito. Torturarti e farti soffrire come ho sofferto *io* ogni giorno da quando il mio Luis è stato ucciso!» sibilò Andrea.

«Ti ha torturata?» le domandò, guardando la sua mano fasciata.

«Non gli è piaciuto che avessi mentito» ammise con un tono troppo calmo. «Mi ha detto che mi avrebbe usata come esempio. Mi ha tagliato tre dita e pestata a sangue. Poi mi ha buttata nel seminterrato di una delle sue case di spaccio. Sperava che morissi dissanguata, e se non fosse successo, il giorno successivo avrebbe mandato un altro falco – un cazzo di novellino – a finire ciò che aveva iniziato; avrei dovuto essere la sua prima vittima. Ma sono riuscita a scappare. Sono rimasta nascosta nell'ultima settimana, solo ad aspettare che arrivasse stasera e avere l'opportunità di vendicarmi.»

Gillian avrebbe voluto sentirsi dispiaciuta per Andrea, per essere stata picchiata così duramente, ma non poteva. Non quando era lì per ucciderla.

Poi le venne in mente qualcos'altro e si sentì la persona più ingenua del mondo. «Luis non ti ha aggredita su quell'aereo» disse in tono piatto.

Andrea sorrise di nuovo. «No. Gliel'ho succhiato con piacere. Ed è stato *fantastico*.»

Le venne da vomitare e scosse la testa. «Non vengo con te» le disse.

«Sì che lo farai. Entra» le ordinò.

«No.» Indietreggiò. Non aveva idea di quanti minuti fossero passati, ma Walker doveva essersi reso conto che non era più vicino alla reception. L'avrebbe trovata. Doveva solo dargli il tempo.

Andrea sollevò la pistola e gliela puntò proprio in mezzo agli occhi. «Sali. In. Macchina.»

Era stanca di essere spaventata. Stanca di guardare la canna di un'arma.

Non aveva idea di cosa la smosse, ma non sarebbe più stata una vittima.

«Ho pianto per te» disse Gillian in tono gelido. «Mi sono sentita malissimo perché eri stata trattata in modo orribile su quell'aereo... o almeno *pensavo* fosse orribile. Ho anche parlato con gli altri passeggeri di fare qualcosa per aiutarti. E per tutto il tempo probabilmente ridevi di noi. Non ti è importato di quei passeggeri che sono stati uccisi. Hai sostenuto quei mostri tutto il tempo! In questo momento ho più rispetto per Alfredo Salazar che per te.»

Andrea non batté ciglio. «Non mi frega niente di nessuno tranne che di me stessa. Mi importava di Luis, ma ora non c'è più. A causa *tua*. Ultima possibilità. Entra in quella cazzo di macchina!»

Gillian fissò negli occhi la donna che aveva creduto di conoscere. Una donna che era stata testimone dell'esperienza più traumatica della sua vita.

Ma non era la persona che pensava. Era una spietata assassina.

Nell'istante in cui sentì un grido provenire dalla sua destra, Gillian agì. Invece di afferrare la pistola puntata in mezzo agli occhi, colpì con un pugno la mano fasciata di Andrea con tutte le due forze.

Parti un colpo e Gillian avvertì un immediato bruciore sul bicipite. Si accucciò a terra mentre qualcosa le volava sopra la testa. Colse un lampo di nero, e poi qualcuno la tirò indietro e si gettò su di lei.

Lottando sotto quel peso, fece di tutto per combatterlo.

«Tranquilla, Gillian, sono io» le disse Lefty all'orecchio.

Smise subito di muoversi e si afferrò alla sua manica con la mano del braccio che non le faceva male.

«Dagli solo un secondo e poi ci alzeremo» continuò.

Le sue parole non avevano molto senso, ma Gillian rimase immobile, fidandosi di lui.

———

Trigger era più irritato dalla coppia che litigava nell'hall che altro. Era intervenuto quando il tizio aveva spinto la sua fidanzata, ma lei non si era fatta da parte neanche quando il suo uomo era stato sottomesso. La sicurezza dell'hotel ci aveva messo un sacco di tempo ad arrivare per occuparsene, per separare la coppia e chiamare la polizia per sistemare la questione.

In realtà erano passati solo pochi minuti, anche se gli erano sembrati molti di più, e quando Trigger si voltò a guardare Gillian scoprì che non era più vicino alla reception.

Per la seconda volta in quel mese, il suo cuore smise di battere.

«Dov'è Gillian?» chiese a Lefty quando gli si avvicinò.

Dopo pochi istanti, tutto il team era nell'hall, cercando di capire dove potesse essere andata.

Un attimo dopo uno degli ospiti che si trovava lì vicino disse loro di aver visto qualcuno con un vestito verde lungo fino al ginocchio e con il braccio intorno a un'altra donna – che sembrava fosse stata picchiata di recente – percorrere un corridoio che portava a una porta sul retro.

Trigger non aveva idea di chi fosse la donna, ma gli si rizzarono i peli sulla nuca. Non aveva mai ignorato il suo istinto prima e non avrebbe iniziato ora.

Lui e il resto della squadra presero il corridoio. Non potevano estrarre le armi, non nel mezzo di un hotel affollato, ma sarebbero stati altrettanto letali senza.

Nell'istante in cui uscirono nel parcheggio sul retro dell'edificio, Trigger la vide. Lei e un'altra donna erano faccia a faccia in fondo alla prima fila di veicoli. Sembrava stessero parlando, e ciò fece calmare l'agitazione che sentiva nella pancia.

Ma poi la tipa misteriosa sollevò una pistola e la puntò in faccia a Gillian.

Si mosse prima ancora di pensarci.

Il suo team era ben addestrato e si aprirono a ventaglio. Doc, Oz e Lucky andarono a destra per mettersi dietro a entrambe, e Lefty, Grover e Brain seguirono Trigger.

Non poteva sentire cosa dicevano, ma non aveva importanza. Nessuno puntava una pistola contro la sua donna. *Nessuno, cazzo.*

Mentre si avvicinava, sentì l'altra dire: «Ultima possibilità. Entra in quella cazzo di macchina!»

Aprì la bocca e lanciò un potente ringhio che sperava avrebbe fatto voltare la stronza verso di lui. Gillian si mosse nello stesso momento. Non vide cosa fece, ma l'altra donna urlò e uno sparo risuonò nella tranquilla notte del Texas.

Trigger oltrepassò con un balzo Gillian che era accucciata e placcò la tizia facendola cadere all'indietro e sbattere forte la testa a terra. Avrebbe voluto girarsi e controllare Gillian, ma aveva fiducia che la sua squadra l'avrebbe portata in salvo prestandole i primi soccorsi se necessario.

Il suono dello sparo gli risuonava ancora nelle orecchie e l'adrenalina gli scorreva nelle vene mentre sottometteva la donna sotto di lui. Lei lottò debolmente, e mentre fissava il suo viso contuso si rese conto di conoscerla.

«Andrea Vilmer?» chiese scioccato.

«È *Vilchez*» sibilò, poi tentò di sputargli in faccia.

Allora gli fu tutto chiaro. Lei era il settimo dirottatore.

Vilchez era il cognome di Luis e chiaramente era imparentata con lui. Sorella, moglie... non aveva importanza.

Le colava del sangue dalla mano attraverso la benda, e Trigger dedicò solo un breve pensiero a ciò che poteva esserle successo. Era più preoccupato di assicurarsi che non avesse più la possibilità di far del male a Gillian. Ne aveva già fatto abbastanza. Anche troppo.

La tirò in piedi e le legò velocemente le mani dietro la

schiena con una fascetta. Aveva la sensazione che Gillian lo avrebbe preso in giro più tardi per il fatto di essersele portate dietro, ma aveva imparato a sue spese, durante una missione, che era necessario avere sempre un modo di legare il nemico.

Fu solo allora che si voltò a guardare Gillian; Lefty era sopra di lei e lo stava guardando. Lucky e Doc si avvicinarono a Trigger e li lasciò subito assumere il controllo della pazza che aveva placcato.

«La polizia sta arrivando e Brain sta chiamando Branch e Tucker» lo informò Lucky.

Sentì le parole del suo amico, ma non riuscì a distogliere lo sguardo da Gillian mentre Lefty si alzava lentamente.

Del sangue stava macchiando il terreno sotto di lei, ma non riusciva a capire da dove provenisse. Si avvicinò e gli sembrò di muoversi a rallentatore. Gillian sbatté le palpebre, poi le sbatté di nuovo, ma la seconda volta le ci volle un momento prima di riaprire gli occhi.

Il mondo di Trigger si fermò. «No» disse in un sussurro soffocato mentre si inginocchiava accanto a lei.

«Mi dispiace» mormorò Gillian con voce roca che riuscì a malapena a sentire. «Non avrei dovuto lasciare la hall con lei.»

«Non parlare» le ordinò terrorizzato a morte, qualsiasi conoscenza medica avesse era volata fuori dalla finestra. Era la sua donna quella stesa lì a sanguinare — e non riusciva a pensare a una maledetta cosa da fare al riguardo!

«È Andrea.»

«Lo so» disse. «Ti prego, non parlare.»

Chiuse di nuovo gli occhi. «Salazar l'ha picchiata perché ha mentito dicendogli che sapevo chi fosse e che lo stavo spifferando alle autorità.»

«Non lasciarmi!» la implorò. «Non posso vivere senza di te.»

Riaprì gli occhi e lo guardò confusa.

«Risparmia le forze. L'ambulanza sarà qui da un momento all'altro. Tieni duro.»

«Walker...» iniziò, aggrottando la fronte.

«Shhh» le ordinò.

«Non sto morendo» gli disse con fermezza.

Guardò il sangue sotto di lei e strinse le labbra.

«Non sto morendo» insistette. «Il braccio mi fa un male cane e penso che Lefty mi abbia spinto fuori tutta l'aria dai polmoni quando mi è saltato addosso per proteggermi dai proiettili vaganti, ma non sto morendo. Almeno... non credo.»

Trigger sbatté le palpebre, fece un bel respiro e tutto fu improvvisamente chiaro. Il sangue sotto di lei era solo su un lato. Le sue pupille stavano reagendo alla luce e il suo respiro era un po' veloce ma uniforme.

«Cazzo» disse, sedendosi sui talloni. «Cazzo, cazzo, *cazzo!*»

Sentì i suoi amici ridacchiare accanto a lui.

«Cazzo, amico, pensavi davvero che stesse morendo?» gli chiese Lefty.

«Chiudi il becco» borbottò lui.

«È così!» lo canzonò Grover. «Ehi ragazzi, Trigger ha visto un po' di sangue ed è andato fuori di testa!»

Smise di ascoltare la sua squadra prenderlo in giro quando sentì Gillian toccargli il braccio. Si chinò di più e le prese la mano.

«Sto bene» mormorò.

Trigger annuì. «Ora che riesco a pensare chiaramente, sembra che sia solo una piccola ferita. Ma andrai comunque all'ospedale» disse in tono serio.

«Va bene, ma solo il tempo necessario a ricucirmi. Sono esausta. Oggi mi sono fatta in quattro all'evento e hai promesso di farmi cose sconce una volta tornati a casa.»

Scoppiò a ridere e chiuse gli occhi scuotendo la testa. Quando li riaprì, vide le lacrime negli occhi di Gillian. «Mi dispiace per Andrea.»

«Anche a me» convenne.

Trigger pensò che avrebbe avuto dei giorni difficili davanti a lei. Sapevano entrambi che il settimo dirottatore era uno dei passeggeri, ma venire tradita da qualcuno che pensava fosse un'amica doveva far male. Avrebbe fatto tutto il necessario per far sparire il dolore per quel tradimento dai suoi occhi. Sapeva anche che passare del tempo con le sue vere amiche, Ann, Wendy e Clarissa sarebbe stato d'aiuto.

Ma non aveva dubbi che la sua Wonder Woman avrebbe raddrizzato le spalle e sarebbe tornata ad essere la solita donna coraggiosa molto presto. Mentre le sirene risuonavano in lontananza, Trigger promise di stare al suo fianco a ogni passo.

GILLIAN SI TENEVA al divano e le dita erano diventate bianche per lo sforzo, mentre Walker la prendeva da dietro.

Erano passati tre mesi da quando Andrea aveva tentato di rapirla e ucciderla dietro all'hotel Driskill. Aveva dovuto buttare via il vestito verde che gli era piaciuto tanto, ma era andata a fare shopping con Wendy e Clarissa trovando l'abito che indossava in quel momento.

Era più corto dell'altro, con una scollatura profonda che mostrava il décolleté, e aveva sperato che quando Walker l'avesse vista, la loro serata sarebbe finita *proprio* in quel modo.

Si erano incontrati al ristorante per cenare, dato che lui aveva dovuto lavorare fino a tardi, e la sua reazione vedendola con quel vestito era stata proprio quella che si era augurata: aveva spalancato gli occhi, le sue pupille si erano dilatate e aveva imprecato sottovoce.

Si erano seduti sullo stesso lato del tavolo nella steakhouse e per tutta la cena non era riuscito a tenere le mani lontane da lei; le sue dita si erano insinuate spesso in un territorio indecente sulla sua gamba. Non era neppure stato loquace come al solito.

Probabilmente era stata una cosa positiva che fossero tornati a casa separatamente, perché Gillian aveva la sensazione che altrimenti si sarebbe ritrovata nuda in macchina con lui sopra.

In effetti, nell'istante in cui la porta dell'appartamento si era chiusa dietro di loro, Walker l'aveva afferrata, trascinata contro di sé e baciata come se già quella mattina, non si fosse dato molto da fare con lei.

Ora, era piegata su un lato del divano mentre lui la prendeva da dietro, proprio come aveva immaginato avrebbe fatto dopo la festa degli Howard.

Era ancora completamente vestita, tranne per le mutandine di seta bianca che le aveva strappato via appena prima di penetrarla. Avevano smesso di usare il preservativo da un paio di settimane e Gillian non riusciva ancora a credere che sensazione fantastica fosse sentirlo dentro di lei.

Walker accelerò il ritmo mentre si avvicinava all'orgasmo. Portò una mano sulla sua pancia e la fece scivolare più in basso per strofinarle il clitoride, mentre spingeva con forza il cazzo dentro e fuori di lei.

«Vieni per me, Di» le ordinò.

Gillian una volta aveva cercato di spiegargli che solo perché le ordinava di raggiungere l'orgasmo, non significava che sarebbe successo, ma quella sera non era così; prima che arrivassero a casa era già bagnata e pronta per lui e solo vederlo perdere completamente la testa, incapace di trattenersi, l'aveva quasi fatta venire.

Come al solito, lui non smise di accarezzarle il clitoride quando la sentì avvicinarsi all'orgasmo; un attimo prima il suo tocco le fece quasi male, e quello successivo chiuse gli occhi, inarcò la schiena, spinse il sedere contro di lui e venne. Con violenza.

Lo sentì penetrarla con forza un'ultima volta e poi bloccarsi nel profondo del suo corpo mentre veniva anche lui. Il suo gemito risuonò intorno a loro, ma le sue dita non lasciarono il clitoride. Gillian cercò di allontanarsi, ma fu impossibile.

«Ancora uno» disse roco. «Fammi sentire che mi strizzi il cazzo.»

Non servì altro. Fu travolta da un altro orgasmo più piccolo e ogni muscolo del suo corpo si irrigidì. Avrebbe potuto giurare di sentirlo ancora pulsare dentro di lei.

Rimasero così per un momento, con il cuore che batteva all'impazzata e il sudore che colava dalle sopracciglia.

«Porca vacca» mormorò lei quando riuscì a far funzionare di nuovo il cervello.

Walker ridacchiò e uscì lentamente dal suo sesso bagnato. Gillian sentì il suo seme scivolare lungo l'interno della coscia.

«So che per te è fastidioso, ma non mi stancherò mai di vederlo. È sexy da morire» le disse. «Forza, ti aiuto a ripulirti.»

La aiutò ad alzarsi e la baciò dolcemente poi le mise un braccio intorno alla vita e la accompagnò lungo il corridoio verso la loro camera.

Non ci volle molto per ripulire le prove del loro amplesso e cambiarsi per andare a letto, e nel giro di dieci minuti erano già accoccolati sotto le coperte.

«Nel caso mi fossi dimenticato di dirtelo, cosa che penso di aver fatto, stasera eri bellissima» le disse.

«Grazie. Sono contenta che finalmente siamo riusciti a farlo in quella posizione sul divano» ribatté con sincerità.

«Cominciavo a pensare che mi avresti trattata come un fragile oggetto di vetro per il resto della vita.»

Lo sentì rabbrividire, e anche se sapeva che non gli piaceva parlare di quella sera, lei aveva bisogno di farlo.

«Sei la persona più forte che conosca, Di. Sul serio. Ma io... quella sera... cazzo.»

Gillian gli accarezzò il petto. «Lo so.»

«No, non credo. Quando l'ho vista puntarti la pistola alla testa, la mia vita mi è balenata davanti agli occhi. Non sono un tipo che si spaventa, basta che lo chiedi ai ragazzi, ma in quel momento ero terrorizzato.»

Gillian si alzò su un gomito per poterlo guardare negli occhi. «*Lo so*. Penso di aver avuto più paura quella sera che sull'aereo dirottato. Forse a causa dell'odio che ho visto negli occhi di Andrea. Mostrava un autentico disprezzo. Nella mia testa è stata una cosa difficile da conciliare a causa di com'era stata gentile con me sin dal dirottamento, e di quanto stavo male per ciò che pensavo le fosse successo su quell'aereo.»

«Come ti senti per quello che le è capitato?»

«Sul fatto che sia stata uccisa in prigione?»

«Sì.»

Gillian rifletté sui suoi sentimenti prima di rispondere. «Sollevata» disse dopo un attimo. «Lo so che è brutto, ma...»

«Non è brutto. Io oggi ho festeggiato con la squadra quando l'ho saputo» ammise Walker. «Ero così contento che fosse morta, che non avresti dovuto testimoniare, e che, si spera, qualsiasi pericolo gravasse su di te a causa del suo legame con il Cartello di Sinaloa, fosse finito per sempre. Non è che le autorità non tenessero già d'occhio il cartello, e dato che non è più un segreto che fosse Andrea il settimo dirottatore, non dobbiamo preoccuparci che Salazar ti venga a cercare.»

Gillian si sdraiò, posando di nuovo la testa sulla sua spalla. «L'articolo diceva che era stata presa di mira in prigione?»

«Sì. Era stata messa in isolamento, ma qualcuno ha combinato un casino, o forse l'hanno fatto apposta, ed è stata lasciata uscire nel cortile con le altre detenute. La mia ipotesi è che qualcuno collegato a Sinaloa abbia colto l'occasione per farla fuori. Non era esattamente nella loro lista bianca. Hanno una buona memoria e vivono secondo un certo codice.»

«Però mi dispiace per lei» disse Gillian con un sospiro.

«No, no» ribatté Walker, scuotendo la testa. «Non è degna della tua bontà, né della tua compassione.»

«Ma suo marito era stato ucciso» protestò.

«Hanno *scelto* loro quella vita.» La fece girare sulla schiena incombendo su di lei. I suoi occhi intensi la fissavano. «Nessuno li ha costretti a farsi coinvolgere nel cartello o a diventare spacciatori di droga. Luis era un assassino. Non è che stesse facendo un semplice viaggio d'affari e poi sia rimasto ucciso in un incidente d'auto. Non merita un grammo della tua bontà.»

«Va bene, Walker.»

«Dico sul serio, Gillian. Ha avuto ciò che si meritava.»

«Ho detto, va bene.»

Lo guardò prendere un respiro profondo e si rilassò quando rotolò di nuovo sul fianco e la attirò con la schiena contro di sé.

«Sono orgoglioso di te, Di. Non ero entusiasta quando ho dovuto lasciarti sola un mese dopo che era successo il fatto, ma sei stata davvero molto forte mentre ero in missione.»

«Nemmeno io ero entusiasta, ma sono uscita con le mie amiche e ho lavorato molto sugli eventi che stavo pianificando.»

«Ho quasi implorato il mio comandante di lasciarmi rimanere negli Stati Uniti, prima di rendermi conto che sarebbe stato altrettanto difficile lasciarti quando ci avesse inviati alla missione successiva, così ho ingoiato il rospo e sono partito. Ma ho pensato a te ogni secondo.»

«Che non è sicuro» lo rimproverò Gillian.

Walker ridacchiò. «I ragazzi sapevano che non ero al cento per cento e si sono assicurati che non prendessi il comando in nessuna situazione.»

Gillian non sapeva cosa significasse e non voleva nemmeno saperlo. «Sono bravi ragazzi» mormorò.

«È vero.» Poi Walker si allungò sopra di lei per raggiungere il cassetto del comodino accanto al letto.

Gillian grugnì quando la schiacciò con il petto per un secondo prima di sdraiarsi di nuovo. «Che diavolo?» borbottò. «Annusarti le ascelle non è molto eccitante.»

Prima che potesse sistemarsi e mettersi più comoda, lui le prese la mano che gli aveva appoggiato sul petto e quando le fece scivolare sull'anulare un bellissimo e perfetto anello con un diamante taglio princess, spalancò gli occhi sbalordita.

«Co...»

«Ti amo, Gillian Romano. Non riesco a immaginare di passare la vita senza di te. Vuoi sposarmi?»

La proposta era saltata fuori dal nulla... ma ripensandoci forse no. Si erano abituati a vivere insieme con così tanta semplicità che era come se lo avessero fatto da sempre. Aveva ufficialmente disdetto il contratto di locazione dell'appartamento di Georgetown, e le cose che non erano riusciti a farci stare in quello di Walker sarebbero rimaste in un magazzino finché non avessero trovato un posto più grande in cui vivere. Lui le diceva e le dimostrava ogni giorno quanto l'amasse, e una sera avevano avuto una lunga conversazione riguardo alle anime e al fatto che fosse davvero convinto che si erano conosciuti in un'altra vita e che quello era il motivo per cui tra loro c'era stata quell'intesa immediata.

«Certo che ti sposerò» gli rispose con un enorme sorriso. «A una condizione.»

«Spara.»

Gillian amava lo sguardo colmo di desiderio carnale nei suoi occhi e sapeva che stava per mandarla in estasi... di nuovo. «Non voglio qualcosa di grande e non organizzerò io il nostro matrimonio. Devo pensare alla logistica e pianificare feste ogni giorno della mia vita. Voglio qualcosa di sobrio e senza stress. Voglio solo fare la cerimonia, stare con i nostri amici e proseguire con la nostra vita.»

«I tuoi genitori non andranno fuori di testa se non parteciperanno a un grande matrimonio per la loro unica figlia?» le chiese.

Gillian amava quanto rispettasse i suoi genitori. Erano andati in Texas appena saputo che le avevano sparato e, sebbene non era stato quello il modo in cui avrebbe voluto che Walker li incontrasse, non avrebbe potuto essere più felice di com'era andata a finire; i suoi genitori lo avevano amato all'istante, il che non era sorprendente.

«No» gli rispose. «E i *tuoi* si arrabbieranno?»

«No. Penso solo che siano felici che finalmente abbia trovato qualcuno che mi sopporta. Quindi, qualunque tipo di cerimonia tu voglia, l'avrai.» Le prese la mano, baciò l'anello che le aveva appena messo al dito, poi la fece sdraiare sulla schiena. «C'è qualcos'altro di cui vuoi parlare prima di non riuscire più a pensare?» le chiese, mentre scivolava lentamente giù lungo il suo corpo, spingendo anche le coperte, esponendola al suo sguardo ardente.

Gillian allargò con entusiasmo le cosce per fargli spazio e scosse la testa. «No, penso di essere a posto.»

«Oh, sarai a posto, tesoro» le disse con un luccichio negli occhi.

Dopo almeno un'ora e mezza e tre orgasmi, due per lei e uno per lui, Gillian riuscì di nuovo a pensare con lucidità. Abbassò lo sguardo sul bellissimo diamante al dito mentre Walker la teneva tra le braccia, accoccolato contro la sua schiena. Pensò alle sue amiche e al team Delta, a quanto fosse stata fortunata a essere sfuggita alla morte non una, ma due volte, e si ripromise di essere sempre felice.

Non importava cosa sarebbe successo nella sua vita in futuro, aveva un uomo che l'amava, dei buoni amici e un lavoro che le piaceva. La vita non era perfetta, ma la sua sembrava andarci meravigliosamente vicino.

«Questi lavori di babysitteraggio sono quelli che preferisco meno» borbottò Doc, mentre una parte del team si trovava all'esterno di una stanza in una costruzione anonima di Parigi, in Francia. Doc, Trigger e Lefty erano in servizio in quel momento, Grover, Oz e Lucky sarebbero subentrati più tardi. Brain era di pattuglia, girava per strada, ascoltava le chiacchiere delle persone che si radunavano vicino all'edificio e osservava tutto ciò che avrebbe potuto compromettere la sicurezza dei funzionari presenti all'interno.

Normalmente, Lefty sarebbe stato d'accordo con Doc sul discorso del babysitteraggio, ma ore prima aveva visto arrivare il sottosegretario per gli affari insulari e internazionali, Walter Brown, e sapeva che ciò significava che la sua assistente era probabilmente lì da qualche parte.

Kinley Taylor. L'aveva incontrata l'ultima volta che avevano avuto un incarico di guardia del corpo in Africa. Il suo capo si trovava lì, e non aveva avuto il minimo riguardo per la sua assistente; l'aveva rimandata in hotel per prendere qualcosa che si era dimenticato – nel bel mezzo di una cazzo di protesta. Era quasi morta. Se non fosse stato per Lefty, che l'aveva seguita assicurandosi che un coglione di manifestante si pentisse di averla scelta tra la folla per aggredirla, sarebbe stata uccisa.

Lui e Kinley avevano trascorso il resto del viaggio incontrandosi di nascosto ogni volta che avevano potuto. Era divertente. E minuta, una cosa che come uomo lo affascinava; era sempre stato attratto dalle donne più piccole. Ogni volta che l'aveva vista, avrebbe voluto avvolgere le mani nei suoi lunghi capelli neri e stringerla a sé, ma avevano mantenuto le cose semplici e professionali.

Si erano divertiti molto in quel viaggio, ridendo e scherzando tra di loro. Ma anche quando lo aveva preso in giro, aveva percepito in lei una profonda tristezza, e ciò aveva reso ogni suo sorriso ancora più gratificante.

Quando quel summit era terminato e di conseguenza anche il lavoro di guardia del corpo di Lefty, lei aveva promesso che sarebbero rimasti in contatto, ma non l'aveva più sentita.

Gli ci era voluto un bel po' per lasciarsela alle spalle. Non sapeva se avesse fatto qualcosa per farle cambiare idea, e ciò lo tormentava.

Ma adesso erano di nuovo nello stesso posto nello stesso momento e Lefty voleva risposte. Voleva sapere perché lo avesse ignorato così freddamente quando lui aveva davvero pensato che fossero amici.

La Delta Force veniva utilizzata di tanto in tanto per guardare le spalle ad alti funzionari governativi quando andavano oltreoceano. Quella volta, il loro lavoro era proteggere il vice segretario all'agricoltura. Importanti membri politici di Paesi di tutto il mondo erano stati invitati a Parigi e, come al solito, tanti uomini potenti nello stesso posto attiravano i pazzi, gli infelici e le persone che volevano protestare contro qualcosa.

Il capo di Kinley era protetto da un team Delta proveniente da Fort McNair, Washington DC. Lefty aveva incontrato quegli uomini un paio di volte in altre operazioni, e sapeva che erano degli ottimi operatori e avrebbero fatto tutto il possibile per proteggere non solo il sottosegretario per gli affari insulari e internazionali, ma anche la sua assistente.

Non era sufficiente per Lefty, avrebbe voluto vegliare personalmente su Kinley.

«Che problema c'è?» gli chiese Trigger.

Imprecò tra sé e sé. Sapeva che prima o poi uno dei suoi amici avrebbe notato che si comportava in modo strano.

«Lei è qui.»

«Kinley?» gli chiese, sapendo esattamente di chi stava parlando.

Lefty annuì.

«Lavora ancora per quello stronzo?»

«Sì, per quanto ne so.»

«Hai già parlato con lei?»

Scosse la testa.

«Ci assicureremo che tu abbia tempo per farlo.»

«Grazie.» Erano lì per lavorare, non avevano tempo per divertirsi. Niente cene romantiche in un locale incantevole e niente visite alla Torre Eiffel. Ma sapevano tutti quanto fosse turbato dopo che Kinley non aveva risposto a nessuna delle sue mail o messaggi. La sua squadra avrebbe fatto il possibile per far sì che avesse la chiusura di cui aveva bisogno.

Lefty ricordava ancora la sua ultima conversazione con Kinley come se fosse successa il giorno prima.

«Grazie per essere stato uno stalker e avermi seguito in mezzo a quella calca di persone.»

«Prego. Spero che questo non sia un addio. Mi piaci, Kinley. Vorrei restare in contatto con te... se ti va bene.»

«Mi va più che bene. Mi piacerebbe davvero. Non ho molti amici. Vivere a Washington è... dura. La gente usa sempre gli altri per cercare di salire la scala politica.»

«E tu non vuoi farlo?»

«Assolutamente no! Se potessi scegliere, vivrei in una fattoria in mezzo al nulla solo con animali a farmi compagnia. Loro sono onesti, non mentono né cercano di ferirti.»

«Chi ti ha ferita?»

«Oh... era solo per dire. Ma sì, mi piacerebbe che rimanessimo in contatto.»

Aveva pensato in continuazione a quella conversazione per oltre un anno, dall'ultima volta che l'aveva vista, e lo aveva tormentato sempre di più, soprattutto dato che non aveva più avuto sue notizie. Aveva provato a fregarsene e dirsi che era stata solo gentile a dirgli che si sarebbe tenuta in contatto, ma non pensava fosse così. C'era qualcosa di strano in tutta quella situazione.

E ora Lefty aveva un'altra possibilità di andare a fondo del mistero che era Kinley Taylor. Non vedeva l'ora. Se pensava di poterlo ignorare ancora, era pazza. Mai nessuno lo aveva affascinato quanto lei. Una parte di lui voleva sapere cosa potesse aver fatto per portarla a comportarsi così, ma un'altra parte era preoccupata.

Erano entrati subito in sintonia. Non gli era mai successo. Mai. Era sicuro che qualcosa avesse spaventato Kinley tanto da impedirle di parlargli. Voleva sapere cosa fosse.

Per la prima volta nella vita, era grato per quel compito di guardia del corpo.

Spero che tu sia pronta a darmi delle risposte, pensò Lefty, i suoi occhi vagavano per il corridoio alla ricerca di potenziali minacce per gli uomini e le donne presenti nella stanza dietro di lui. *Perché non sono disposto a lasciarti andare così facilmente questa volta. Voglio sapere cosa c'è dietro il dolore che ho visto nei tuoi occhi... e cancellarlo.*

———

Cerca il prossimo libro della serie Team Delta Due:
La forza di Kinley

Trovare Lexie
Trovare Kenna
Trovare Monica
Trovare Carly
Trovare Ashlyn (7 Febbraio)
Trovare Jodelle (22 Luglio)

Armi & Amori: verso il futuro

Soccorrere Caite
Soccorrere Brenae
Soccorrere Sidney
Soccorrere Piper
Soccorrere Zoey
Soccorrere Avery
Soccorrere Kalee
Soccorrere Jane

Delta Force Heroes

Salvare Rayne
Salvare Emily
Salvare Harley
Il Matrimonio di Emily
Salvare Kassie
Salvare Bryn
Salvare Casey
Salvare Sadie
Salvare Wendy
Salvare Mary
Salvare Macie
Salvare Annie

Armi e Amori

Proteggere Caroline

Proteggere Alabama
Proteggere Fiona
Il Matrimonio di Caroline
Proteggere Summer
Proteggere Cheyenne
Proteggere Jessyka
Proteggere Julie
Proteggere Melody
Proteggere il Futuro
Proteggere Kiera
Proteggere i figli di Alabama
Proteggere Dakota

Mercenari di Montagna

Difendere Allye
Difendere Chloe
Difendere Morgan
Difendere Harlow
Difendere Everly
Difendere Zara
Difendere Raven

Ace Security

Il riscatto di Grace
Il riscatto di Alexis
Il riscatto di Bailey
Il riscatto di Felicity
Il riscatto di Sarah

Una raccolta di storie brevi

Un momento nel tempo

BIOGRAFIA

L'autrice best seller del *New York Times, USA Today,* e *Wall Street Journal,* Susan Stoker ha un cuore grande come lo stato del Texas, dove vive, ma questa tipica ragazza americana ha trascorso gli ultimi quattordici anni vivendo nel Missouri, in California, in Colorado, e nell'Indiana. È sposata con un ex militare dell'esercito, che ora la segue in tutto il Paese.

Ha debuttato con la sua prima serie nel 2014, seguita dalla serie SEAL of Protection, che ha consolidato il suo amore per la scrittura, e la creazione di storie in cui i lettori possono perdersi.

Se ti è piaciuto questo libro, o qualsiasi libro, per favore considera di lasciare una recensione. Gli autori lo apprezzano più di quanto tu possa immaginare.

www.stokeraces.com
susan@stokeraces.com